赵园，1945年生，河南尉氏人。1969年北京大学中文系本科毕业，1981年北京大学中文系研究生毕业，师从王瑶先生。中国社会科学院文学研究所研究员。由现当代文学转治明清思想史，著有《艰难的选择》《论小说十家》《北京：城与人》《地之子》《明清之际士大夫研究》《易堂寻踪——关于明清之际一个士人群体的叙述》《制度·言论·心态——〈明清之际士大夫研究〉续编》《想象与叙述》《家人父子——由人伦探访明清之际士大夫的生活世界》以及散文集《独语》《红之羽》等。

赵园

赵园文集

③

北京：城与人

北京大学出版社
PEKING UNIVERSITY PRESS

图书在版编目（CIP）数据

北京：城与人/赵园著. -- 3 版. -- 北京：北京大学出版社，2025.6. -- ISBN 978-7-301-36168-9

Ⅰ.Ⅰ267.1

中国国家版本馆 CIP 数据核字第 2025NG6156 号

书　　　名	北京：城与人 BEIJING: CHENG YU REN
著作责任者	赵　园　著
责任编辑	艾　英
标准书号	ISBN 978-7-301-36168-9
出版发行	北京大学出版社
地　　　址	北京市海淀区成府路 205 号　100871
网　　　址	http://www.pup.cn　新浪微博：@北京大学出版社
电子邮箱	编辑部 wsz@pup.cn　总编室 zpup@pup.cn
电　　　话	邮购部 010-62752015　发行部 010-62750672 编辑部 010-62756467
印　刷　者	北京中科印刷有限公司
经　销　者	新华书店
	965 毫米×1300 毫米　16 开本　15.25 印张　218 千字 2002 年 1 月第 1 版　2014 年 6 月第 2 版 2025 年 6 月第 3 版　2025 年 6 月第 1 次印刷
定　　　价	69.00 元

未经许可，不得以任何方式复制或抄袭本书之部分或全部内容。
版权所有，侵权必究
举报电话：010-62752024　电子邮箱：fd@pup.cn
图书如有印装质量问题，请与出版部联系，电话：010-62756370

目 录

小引 1

城与人 1
  一 乡土—北京 1
  二 北京与写北京者 6
  三 城与人 10

话说"京味" 14
  一 何者为"京味" 14
  二 风格诸面 19
    理性态度与文化展示 19
    自主选择,自足心态 28
    审美追求:似与不似之间 32
    极端注重笔墨情趣 34
    非激情状态 36
    介于俗雅之间的平民趣味 40
    幽默 44
    以"文化"分割的人的世界 46
    伦理思考及其敏感方面:两性关系 48
    结构:传统渊源 53
  三 当代数家 59
    邓友梅 60
    刘心武 63

	韩少华	67
	汪曾祺	69
	陈建功	72

京味小说与北京文化 75

一 文化的北京 75
二 现代作家:文化眷恋与文化批判 79
三 家族文化·商业文化·建筑文化 84
家族文化 85
商业文化 87
建筑文化 94
四 文化分裂与文化多元 100
五 生活的艺术 105
世俗生活的审美化 107
有限享受与精神的满足 115
"找乐"的不同层级及其沟通 121
对人生痛苦的逃避与生命创造 125
六 方言文化 128
北京人与北京话 128
声音意象与说的艺术 136
文化多元与新方言 142

"北京人"种种 146

一 北京人 146
二 礼仪文明 150
三 理性态度 161
四 散淡神情 170
五 胡同生态与人情 176
六 旗人现象 182
七 再说"北京人" 191
八 写人的艺术 194

城与文学 198
  一　寻找城市 198
  二　"城市"在新文学中 202
  三　城市文化两极:上海与北京 209
  四　形式试验:城市文学创作的热点 217
  五　城市象征与城市人 221

琐　语 229
2001年版后记 234

小　引

这不是一部研究北京文化史的书,也不是研究北京文化的某一具体门类的书。我在本书中想要谈论的,是城与人,一个大城与它的居住者,一个大城与它的描绘者。在出发的时候我的意图只在探寻城与人的关系的文学表达式,却终于被题目带到了事先并未拟定或并非位居目的中心的地方。我越来越期望借助于文学材料探究这城、这城的文化性格,以及这种性格在其居民中的具体实现。本书对于这一研究方向仅够作成一种开端而已。我很明白我手中材料的性质和使用中的限制。这不是可供对北京文化作充分描述的文化史材料,这是一些文学作品。它们的价值也正在于是文学作品。因而不但其所描述的,而且其所以描述以至描述者的自身形象,都可以在一种眼光下被利用。我相信文学对于文化形态及其包含的文化关系的把握,有时比之史料的铺陈更有价值。只是这种意义上的运用,不应超出材料性质所限定的范围罢了。

经由城市文化性格而探索人,经由人——那些久居其中的人们,和那些以特殊方式与城联系,即把城作为审美对象的人们——搜寻城,我更感兴趣于其间的联结,城与人的多种形式的精神联系和多种精神联系的形式。当我试图讲述城对于人的塑造,和对于创造其形象者艺术思维的干预时,不能不暗自怀着兴奋。因为这也属于人与其生存世界间的神秘联系,是他们共享的一份秘密。我是否多少说出了一点这秘密呢?回答应当是本书读者们的事,我不敢过分自信。我所能肯定的仅仅是,在写作本书的过程中,我发觉自己与这城的关系被改变了。我将难以摆脱有关城的以文字形式明确化了的认识,难以抗拒城对于我个人精神生活的越来越深入的参与。我比以往任何时候都更敏感于这城的巨大呼吸。一种感觉一旦苏醒,它会不断扰人,使人丧失了一份安宁。谁能说这不也是为研究、写作所支付的代价?

城与人

一　乡土—北京

　　如果说有哪一个城市,由于深厚的历史原因,本身即拥有一种精神品质,能施加无形然而重大的影响于居住、一度居住以至过往的人们的,这就是北京。北京属于那种城市,它使人强烈地感受到它的文化吸引——正是那种浑然一体不能辨析不易描述的感受,那种只能以"情调""氛围"等等来作笼统描述的感受——从而全身心地体验到它无所不在的魅力:它亲切地鼓励审美创造,不但经由自身的文化蕴蓄塑造出富于美感的心灵,而且自身俨若有着"心灵",对于创造者以其"心灵"来感应和召唤;它永远古老而又恒久新鲜,同时是历史又是现实,有无穷的历史容量且不乏生机,诱使人们探究,却又永远无望穷尽……

　　亲切近人,富于情调,个性饱满以及所有其他概括,都显得空洞而浮泛。北京拒绝抽象,它似乎只能活在个体人的生动感觉中。以这种方式"活着",必得诉诸具体个人的经验描述的,本身一定是艺术品的吧,而且一定是最为精美的那种艺术品。

　　北京,同时又比任何其他中国城市抽象。它的文化性格对于无数人,早已被作为先于他们经验的某种规定,以至它的形象被随岁月厚积起来的重重叠叠的经验描述所遮蔽而定型化了。这里又有作为巨大的文化符号,被赋予了确定意义的北京。

旧北京的景象曾由居住在该城的某人士——可能是埃德蒙·巴克豪斯爵士的一位朋友，但是未必算作"北京隐士"——作过大概的叙述，他那非凡的吹擂又经休·特雷弗·罗珀作了一番令人神往的演绎描绘。管他作者是谁，反正北京给我留下的印象是一座神秘莫测、色调微妙、差别细微的城市。它灰中泛青，褪色的黄围墙内檀木清香缭绕，在朱门绣阁间飘浮。

这自然是生活中的梦幻，即便在当时也并不存在，其实也许根本不曾有过。但是这种印象却深深地印在我的脑海中，不能磨灭。我似乎还能够听到深宅大院里的绸衣窸窣声、泉水溅泼声和走在石板地上拖鞋的劈啪声——我想这些都是一种如同蜘蛛网一般匀称精美的文化所发出的声音。①

这显然是已经被人们"文化模式化"了的北京，出诸集体创造，因而才有索尔兹伯里作上述描绘时那种奇妙的熟悉感，像是耳熟能详的故事，温熟了的旧境，一个久被忘却之后蓦地记起的梦。

关于北京的魅力，萧乾讲述过的最足称奇："著名英国作家哈罗德·艾克敦三十年代在北大教过书，编译过《现代中国诗选》，还翻译过《醒世恒言》。一九四〇年他在伦敦告诉我，离开北京后，他一直在交着北京寓所的房租。他不死心呀，总巴望着有回去的一天。其实，这位现年已过八旬的作家，在北京只住了短短几年，可是在他那部自传《一个审美者的回忆录》中，北京却占了很大一部分篇幅，而且是全书写得最动感情的部分。""使他迷恋的，不是某地其景，而是这座古城的整个气氛。"在萧乾看来，这证明着北京对于人不止于

---

① 〔美〕哈里森·索尔兹伯里：《捕捉新北京的故都余韵》，美国《纽约时报》1985年2月10日星期日版。此据徐广柱译文。

"吸引","它能迷上人"。①

文人学士们不消说是北京的文化意义当然的解释者。这只是因为唯他们有条件传达那份共同经验。又有谁能计数有过多少中国知识分子陶醉于北京情调,如同对于乡土那样对于这大城认同呢?

刘半农引过一首"痛爱北平"的老友的诗,写北京如写恋人:

三年不见伊,
便自信能把伊忘了。
今天蓦地相逢,
这久冷的心又发狂了。

我终夜不成眠,
萦想着伊的愁,病,衰老。
刚闭上了一双倦眼,
又只见伊庄严曼妙。

我欢喜醒来,
眼里真噙着两滴欢喜的泪,
我忍不住笑出声来,
"你总是这样叫人牵记!"②

那一代文人中,郁达夫的爱北京或也如是的吧。他正是那种与北京

---

① 萧乾:《游乐街》,《北京城杂忆》,第44页,人民日报出版社1987年版。法国学者保罗·巴迪在介绍老舍小说法译本《北京居民》时,也谈到北京的魅力:"……这魅力来自北京那些最狭窄的胡同,类似本世纪转折时期他出生的那个胡同一样;这魅力也来自古都大马路尽头那些雄伟的城门楼子,这些大马路把城区分割成了一个一个方块格。"(《老舍的〈北京居民〉》,《读书》1984年第5期)
② 刘半农:《北旧》(1929年12月),《半农杂文二集》,第154—155页,良友图书公司1935年版。

性情相谐的中国知识分子。

> 中国的大都会,我前半生住过的地方,原也不在少数;可是当一个人静下来回想起从前,上海的闹热,南京的辽阔,广州的乌烟瘴气,汉口武昌的杂乱无章,甚至于青岛的清幽,福州的秀丽,以及杭州的沉着,总归都还比不上北京……的典丽堂皇,幽闲清妙。

> ……所以在北京住上两三年的人,每一遇到要走的时候,总只感到北京的空气太沉闷,灰沙太暗澹,生活太无变化;一鞭出走,出前门便觉胸舒,过芦沟方知天晓,仿佛一出都门,就上了新生活开始的坦道似的;但是一年半载,在北京以外的各地——除了在自己幼年的故乡以外——去一住,谁也会得重想起北京,再希望回去,隐隐地对北京害起剧烈的怀乡病来。这一种经验,原是住过北京的人,个个都有,而在我自己,却感觉得格外的浓,格外的切。……①

能如此亲切地唤起他乡游子对于故乡、乡土的眷恋之情的,是怎样的北京!尤其在重乡情、难以接受任何"乡土"的替代物的中国。师陀用不同的笔墨述说的,是类似的"乡土感"。

> 在我曾经住居过和偶然从那边经过的城市中,我想不出更有比北平容易遇见熟人的了。中国的一切城市,不管因它本身所处的地位关系,方在繁盛或业已衰落,你总能将它们归入两类:一种是它居民的老家;另外一种——一个大旅馆。在这些

---

① 郁达夫:《北平的四季》(1936年5月),《宇宙风》1936年7月1日第20期。同文中作者说自己此文"聊作我的对这日就沦亡的故国的哀歌"。此文可与《四世同堂》关于北平四时的描写相映照。

城市中,人们为着办理事务,匆匆从各方面来,然后又匆匆的去,居民一代一代慢慢生息,没有人再去想念他们,他们也没有在别人心灵上留下不能忘记的深刻印象。但北平是个例外,凡在那里住过的人,不管他怎样厌倦了北京人同他们灰土很深的街道,不管他日后离开它多远,他总觉得他们中间有根细丝维系着,隔的时间愈久,它愈明显。甚至有一天,他会感到有这种必要,在临死之前,必须找机会再去一趟,否则他要不能安心合上眼了。①

不止于熟悉感,像是触摸过的那种感觉,而是在中国人更为亲切、深沉的乡土感。中国现代史上知识分子极其真挚地认同乡村,认同乡土,认同农民,却不妨碍如郁达夫、师陀这样一些非北京籍的作家以北京为乡土,而在普遍的城市嫌恶(尽管仍居留于城市)中把北京悄悄地排除在外。这自然也因为北京属于他们情感上易于接纳的"具城市之外形,而又富有乡村的景象之田园都市"②。西方游客先于经验的熟悉感,多半源自人类相通的文化感情与审美倾向,源自他们略近于中国人的历史文化记忆(如对欧洲中世纪的记忆),也依赖于欧美人习见的"中国文化"的种种小零碎——绸缎、瓷器以及檀香等等;中国知识分子的乡土感,却源自深层的文化意识。这里有人与城间的文化同构,人与城间文化气质的契合。这只能是中国人的,是中国人的北京感受、北京印象。它们不待用小零碎临时拼凑,是从人与客体世界融合的文化一体感中自然地发生的。

西方游客可以把熟悉感描述得如上引文字那样生动,他们却不可能像林语堂在《京华烟云》③中那样,把北京情调与北京人的生活艺术讲述得这般亲切体贴,说北京如说家常琐屑;他们也很难有周作

---

① 师陀:《〈马兰〉小引》(1942年10月),《马兰》,花城出版社1982年版。来自福建的庐隐,也曾说过"北京本是我第二故乡"(《寄燕北诸故人》)。
② 郁达夫:《住所的话》,《文学》1935年7月1日第5卷第1号。
③ 林语堂:《京华烟云》,张振玉译,时代文艺出版社1987年版。

人写《北京的茶食》那类文字时的精细品味,和由极俗常的生活享受出发对于一种文化精神的把握。这只能是中国人的经验感受,中国人由文化契合中自然达到的理解与品味。

乡土感即源自熟悉。对于中国知识分子,北京是熟悉的世界,属于共同文化经验、共同文化感情的世界。北京甚至可能比之乡土更像乡土,在"精神故乡"的意义上。它对于标志"乡土中国"与"现代中国",有其无可比拟的文化形态的完备性,和作为文化概念无可比拟的语义丰富性。因而纵然未亲践这片土,也无妨将北京作为熟悉的文本,凭借现有文化编码可以轻易地读解的文本。尽管现代生活的活力在于不断造成文化的陌生感,造成陌生经验与陌生语义,你仍会在面对北京时感到轻松与亲切。因为你是中国知识者。

如果漫长到令人惊叹的乡土社会历史不曾留下某种深入骨髓的精神遗传,才是不可思议的。有哪个居住于大城市的中国知识分子心底一隅不曾蛰伏着乡村梦!北京把"乡土中国"与"现代中国"充分地感性化、肉身化了。它在自己身上集中了中国的过去、现在与未来,使处于不同文化境遇、怀有不同文化理想的人们,由它而得到性质不同的满足。它是属于昨天、今天、明天的城,永远的城。

二 北京与写北京者

提供了先于个人经验的北京形象的,无疑有文学艺术对于北京的形象创造。这永远是那重重叠叠的经验描述中最有光泽最具影响力的部分。倘若你由写北京的作品——尤其京味小说——中发现了北京以其文化力量对于作家创作思维的组织,对于他们的文化选择、审美选择的干预和导引,以至对于从事创造者个人的人格塑造,你不应感到困惑。这一切都是自然而然且在不觉间发生的。他们创造了"艺术的北京",自身又或多或少是北京的创造物;在以其精神产品贡献于北京文化的同时,他们本人也成了这文化的一部分。

或许,只有乡土社会,才能缔结这种性质的城与人的精神契约的吧,人与城也才能在如此深的层次上规定与被规定。而"城"在作为乡土或乡土的代用品的情况下,才能以这种方式切入、楔入人的生活、精神,使人与其文化认同,乃至在某些方面同化、分有了它的某种文化性格;人与城才能如此地融合无间:气质、风格、调子、"味儿"等等,像是长在了一起,天生被连成一体的。我因而疑心这种"城与人"正在成为文化遗迹,这种"契约"将成为最后的。现代社会自然会造成新的"城与人",但那必有别样形态别种性质。近于一体的城与人,不免使人牺牲了部分独立性,也因此那关系更属于"乡土社会"。

我相信一位现象学美学家所说的,绝不只是艺术家在寻找他的世界,艺术家也在被"世界"这位"寻求作者的永恒的人物"所寻找,"当作者通过作品揭示一个世界时,这就是世界在自我揭示"[①]。至少这种说法很有味,所说的恰恰像是我们这会儿正说到的人格化、赋有了某种精神品质的北京这"世界"。

能找到理想的"人"的城想必是自觉幸运的。并非任何一个历史悠久富含文化的城,都能找到那个人的。他们彼此寻觅,却交臂失之。北京属于幸运者,它为自己找到了老舍。同样幸运的是,老舍也听到了这大城的召唤,那是北京以其文化魅力对于一个敏于感应的心灵的召唤。从此,北京之于他成为审美创造中经常性的刺激,引发冲动的驱力,灵感的不竭之源。

老舍曾谈到康拉德。他是那样倾心于这位英国作家,称他为海王。"海与康拉得是分不开的。""从飘浮着一个枯枝,到那无限的大洋,他提取出他的世界,而给予一些浪漫的精气,使现实的一切都立起来,呼吸着海上的空气。""无疑的,康拉得是个最有本事的说故事者。可是他似乎不敢离开海与海的势力圈。他也曾写过不完全以海为背景的故事,他的艺术在此等故事中也许更精到,可是他的名誉到底不建筑在这样的故事上。一遇到海和在南洋的冒险,他便没有敌

[①] 米盖尔·杜夫海纳:《美学与哲学》,孙非译,第29页,中国社会科学出版社1985年版。

手。"①——几近于夫子自道！老舍有他的"海"，那就是北京。他也是"海王"。他在这里所谈的，是他所认识到、体验到的创作对于题材、对于特定文化环境的依赖。创作是在创作者找到"个别"写出"具体"的时候真正开始的。海是康拉德的"个别"，北京则是老舍的"个别"。

如果不论"关系"的形态，在世界文学中，城（以及不限于城的具体地域）与人的缔约，是寻常的现象。巴尔扎克与巴黎，19世纪俄国作家与彼得堡、莫斯科，德莱塞与芝加哥，乔伊斯与都柏林，等等等等。在现代作家那里，城与人已纠缠扭结而将其中关联弄得复杂不堪了，比较之下，老舍与北京的关系是更古典的。索尔·贝娄在被问到关于"一个具体地点和作家写作风格与他写的人物之间的关系"的看法，比如，"是不是认为一个像芝加哥这样的城市在小说中已成为作家塑造自己的风格的一种主要的隐喻手法，而不仅仅作为一种报道性或自然状态性的背景而存在"时，似乎感到为难，他说自己"真不知道怎么看芝加哥这地方"，这地方对于他"与其说是根，不如说是一团纠缠不清的铁丝"。②

北京对于老舍，其意味却单纯得多，即使在情感矛盾中，它也仍然是单纯的，是一个熟极了的熟人那样的存在，而绝不会令老舍感到与其关系"纠缠不清"。老舍和他的这一对象间的审美关系也因之是单纯的、易于描述的。老舍经由发现"艺术的北京"而发现自己的艺术个性，经由完成北京形象而完成了他自己。北京不仅仅是他的艺术生命赖以存活的土地，也是他描写过的最重要的"人物"，他大部分作品的贯穿"人物"，《四世同堂》等北京史诗的真正"主人公"。这是一个作家和其对象所能结成的最自然、单纯的审美关系。

如老舍如沈从文与他们各自的对象世界的遇合，可以看作现代

---

① 老舍：《一个近代最伟大的境界与人格的创造者》，《文学时代》1935年创刊号。
② 〔美〕罗克威尔·格雷等：《访诺贝尔文学奖获得者索尔·贝娄》，美国《芝加哥》专辑。此据舒逊摘译。

文学史上的佳话的吧。其中有机缘,有诸种条件的凑泊。并非所有的城都天然地宜于文学的。文学绝不是无缘无故地冷落了许多城市。城只是在其与人紧密的精神联系中才成为文学的对象,文学所寻找的性格;也只有为数不多的城市有幸被作为性格来认识:如北京这样有教养、温文尔雅的,或者如某些欧美城市那样奢华、纷乱、饱涨着热情的。

老舍是当之无愧的模范北京市民。他固然因北京而完成了自己,却同时使北京得以借他的眼睛审视自身,认识自身的魅力——是这样禀赋优异的北京人!因而他属于北京,北京也属于他。他的"北京形象"不但启导了一批他的文学事业的后继者,而且将其影响远播,作为"前结构"规定和制约着人们对北京的文化认识、文化理解,诱导着他们观察北京的眼光、角度,训练了他们以他那种方式领略北京情调、北京风味的能力。这种文学创作以外的影响,有谁能估量得充分?你也许并无意识,但在你的我的以及其他人的北京感受中,已经有老舍参与。作品在人们精神生活中的上述渗透,难道不是极耐寻味极可探究的文学—文化现象?

老舍是使"京味"成为有价值的风格现象的第一人,"京味小说"这名目,却只是在新时期的当下才被叫了开来。老舍小说的北京色彩虽人所共见,如若没有后起诸人,那不过是一种个人风格而已。应当如实地说,"京味小说"作为一种风格现象获得了研究价值,固然因有老舍,却更赖有新时期一批作家有关的实绩,因有如《那五》《烟壶》《红点颏儿》《安乐居》等一批质、量均为可观的作品出世。这里自然也有城市魅力的当代证明。当代京味小说作者中,邓友梅、刘心武、韩少华、苏叔阳、汪曾祺、陈建功诸家,不断新起而令人不暇搜集的其他家,以及林斤澜、张辛欣的某些作品——岂不也略近于洋洋大观?我不倾向于把后起者轻率地指为"老舍传人",更愿意相信他们都是由北京所养育的。给予了后起诸家以滋养的,当然有老舍的创造物,而这多半已汇入博大深厚的"北京文化",而不再只是个别范本。老舍与后起京味小说作者的风格联系所表明的,毋宁说更是人与城间的文化联系,这种联系总在寻求富于审美能力的敏感心灵。在这里决定着风格联系的,是不同作者甚至不同"代"的作者与北京的文化认同。

老舍及后起者的文学活动,生动地证实着北京所拥有的文化力量——现当代中国城市中,唯北京才拥有的文化力量:"五四"时期新文化运动发源地的北京,三四十年代文化活动继续活跃并自成特色的北京,作家阵容再度强大的新时期的北京,人文荟萃,文化厚积。北京以其文化养育知识界、文化界,养育文学,也就收获了最为充分的文化诠释、形象展现。①

三　城与人

在上面一番议论之后,我察觉到自己将"关系"单纯化了。有必要重新谈论上文中一再使用过的那个"认同"。

如果城只是如上所说的那样"支配"与"规定"着创作思维,并投影在作品的人物世界,那么不但人的审美活动,而且城的文化涵蕴都过于简单,以致将为我们关于古城魅力的说法作出反证。我们并没有真正进入"关系"的审美方面。不妨认为,由于作家的工作方式,自其开始这一种精神创造的时候起,就不再属于任何特定地域。或者更准确地说,他属于,又不属于。

我不想径直引用知识分子是"流浪在城市中的波希米亚人"这种现成的说法。中国有的是田园式的城市,这类城市对于生长于乡土中国、血管里流淌着农民的血的中国知识分子,绝不像西方现代城市之于西方知识分子那样异己。上文所说的乡土感不就是证明?即便如此,知识分子在中国,也不可能与城融合无间,像终老于斯的市民那样。

---

① 中国作家对于城的犹如对于人的性格捕捉,那种细腻的审美品味,得自中国文化、文学的陶冶。唐诗的写长安,宋词的写汴京,这一笔丰厚的文学遗产,恰恰是被"五四"以后严于新旧文学区分的新文学者承继了。尤其是新文学的纪游体散文。京味小说则可作为以小说写城市的例子。

城(人文环境)吞没着人,消化程度却因人的硬度(意识与意志独立的程度)而不等。知识分子从来是城市腹中难以消化的东西——自然愈到现代愈如此。半个多世纪以来那些提倡大地艺术、原始艺术的,无不是城市(且通常是大都市)中的知识者。他们以文化、艺术主张宣告了对于城的离心倾向,有意以"离心"作成自己的形象,从而显现为特殊的城市人。他们是城市人,即使他们的城市文明批判,他们对于城市的叛逆姿态,也是由城市培养和鼓励的。但他们又毕竟不同于消融在城市中与城市确然同体的城市人。更早一个时期颂扬吉卜赛人,醉心于田园风情旷野文化的,也是一些困居城市备受精神饥渴折磨的城市人。他们未必意识到的是,只是在城市他们才奏得出如许的田园与荒野之歌,旋律中深藏着骚动不宁的狂暴的城市心灵。文学似乎特别鼓励对城市的反叛,这几乎已成近现代文学的惯例,成为被不断袭用的文学句法。因而作家作为"人"与城间的关系,又不仅仅是由其工作方式,也由其承受的文学传统、文学家家族的精神血统所规定。

这些说法仍然不能替代对于京味小说作者其人与城之间契约性质的分析。因为中国知识分子有其精神传统的特殊性,也因中国式的城市有其由历史中形成的文化形态的特殊性。田园式的城市是乡村的延伸,是乡村集镇的扩大。城市即使与乡村生活结构(并由此而在整个社会生活中的)功能不同,也同属于乡土中国,有文化同一性。京味小说作者不可能如近代欧美知识分子,一味"漫步"并"张望"于城市;他们与那城市亲密得多。他们也不可能只是"穿过城市"的精神流浪者。作为新文学作者或当代作家,他们自然引入了观照这城的新的价值态度,深刻的情感联系却使他们难以置身其外作精神漂流。他们与其他人一样居住于此,只不过这种空间关系在他们不像在其他人那样重要罢了。因为他们是从事精神生产的知识分子。他们对于城的不完全归属未必因文化离心,倒更是其精神生产方式决定了的。这又是由近代意义上的"知识分子"出世,也由文学的自觉意识形成承袭而来的关系。

他们居住于城,分享着甚至也陶醉于这城市文化的一份和谐,同时又保有知识者、作家的清明意识,把城以及其他人一并纳入视野。他们是定居者与观察者。后一种身份即决定了他们的有限归属。以城作为审美观照的对象(在老舍这样的作者更有文化批判的意向)使他们在其中又在其外。因而北京之于老舍是乡土又是"异乡"。两种关系都是真实的。两种关系的综合中,才有这特定的"城与人"。不唯老舍,其他京味小说作者也可以认为是一些特殊的北京人,是北京人又非北京人。对于这城,他们认同又不认同。值得考察的,正是这种关系的矛盾性质。知识分子自觉、作家意识,是妨碍任何一种绝无保留的认同的。那种认同意味着取消创作,取消知识者特性。观照与批评态度,使创作成其为创作,使知识分子成其为知识分子。对于城,无间者不言,描述即有间隙,也赖有间隙。京味小说作者在其中又在其外,亦出亦入,已经是一种够亲密的关系了。再跨进一步,即不免溶解在对象中,终于不言,不能言,至少不再能如此言说。

述说着乡土感的,未见得全无保留,倒是不知道这一种表达法的,更有传统社会的乡土依赖。北京的乡土特性所唤起的乡土感情是因人而异的。更何况使用着相似表达式的,其赋予"乡土"的语义又彼此不同呢!城也就在这诸种关系中存在并借诸讲述、言说以及"无言"呈现自身。有活在并消融于城、与城同体作为城的有机构件的人,也有居住于同时思考着城,也思考估量着自己与城的关系的人,城才是人的城。前一种人使城有人间性格,后一种人则使城得以认识自身,从而这城即不只属于它的居民,而作为文化性格被更多的人所接纳。

他们不尽属于城,那城也不尽属于他们。城等待着无穷多样的诠释,没有终极的"解"。任何诠释都不是最后的、绝对权威的。现有的诠释者中或有其最为中意的,但它仍在等待。它不会向任何人整个地交出自己,等待着他们各自对于它的发现。他们相互寻找,找到了又有所失落;是这样亲密又非无间的城与人,这样富于幽默感的对峙与和解。人与城年复一年地对话,不断有新的陌生的对话者加入。城本身也随时改变、修饰着自己的形象,于是而有无穷丰富不能说尽的城与人。

老舍说:"生在某一种文化中的人,未必知道那个文化是什么,象水中的鱼似的,他不能跳出水外去看清楚那是什么水。"(《四世同堂》)"水中的鱼似的",是他所写的北京人;他本人则是跳出水外力图去看清楚那水的北京人。但他又绝非岸上观鱼的游客。也许难以再有如老舍这样边写城边赞叹、评论,陶醉于赞叹又以评论保持距离,在出入之间有一份紧张的作者了。这也是站在乡土中国与现代中国之间的紧张,自处于乡土深情与新文化理想之间的紧张。当代文坛上正走着越来越多的城市漂流者,或者仅仅以"漂流"为简单象征的人。知识水平的普遍提高,与知识分子自觉意识的发展,必将发展居住者对于居住地的非归属性。上述"出入之间",不完全归属、认同,将越来越成为城市人普遍的文化境遇。乡土关系也如人类在其行程中缔结过的许多其他关系,是对于人的抚慰又是束缚。乡土感情是由乡土社会培养并在其中发展到极致的,也将随着乡土社会的历史终结而被改造。① 它将日益成为诗的、纯粹艺术的感情。城市人在失去乡土之后有精神漂流,却也未必长此漂流。漂流者将终止其漂流在人与环境、人与自然的更高层次的和谐中。但那不会是"乡土"的重建。因而乡土感在"五四"以后的文学中才更有诗意的苍凉。在这大幅流动的背景上读京味小说,看其城其人,岂不别有一种味道?

---

① 你不难注意到,上海尽管是一个被新文学与当代文学反复写到的城市,却难以在谈论"乡土文学"的场合被人想到。乡土感有时提供着双重证明:城的文化构成与人的文化经验的凝固。现代化与开放,鼓励对陌生经验陌生领域的探寻。非乡土感也许提示着你面对一个陌生世界。"无归属"有时只意味着由熟悉境界的失落,脱出生存惯性的有限的灵魂自由。在你我似的普通人,它只是选择过程中的一种状态而已。研究中国知识分子与城的真实联系,北京是理想的对象,上海同样理想。乡土感与非乡土感中,寓有中国知识者与生活的联系方式,及其独有的文化心态。

话说"京味"

一 何者为"京味"

"京味"是由人与城间特有的精神联系中产生的,是人所感受到的城的文化意味。"京味"尤其是人对于文化的体验和感受方式。因而有必要更多地谈论人,比如既是城的形象创造者,自身又是那个城的创造物,具有上述双重身份的京味小说作者。正如上文已经说到的,这人与城之间关系的深刻性在于,当人试图把那城摄入自己的画幅时,他们正是或多或少地用了那个城所规定的方式摄取的。"城"在他们意识中或无意间进入了、参与了摄取活动,并使这种参与、参与方式进入了作品。这就给了我们经由人探究城,经由城探究人,尤其探究人与城的具体关系的实物根据。

我并不以"京味"为流派。三四十年代北京有所谓"京派文学"。"京味"与"京派",前者是一种风格现象,至于后者,无论对于其流派意义有多少争议,它确是被某些研究者作为流派在研究的。

以概念涵盖现象总难尽如人意,何况"味"这种本身即极其模糊的概念。但对于京味小说,稍有鉴赏力的读者,即能在读到作品的最初几行时把它们拣选出来。在这种情况下,直觉判断的自信,证明确实存在着这样一些京味小说以至京味文学。[①] 作为一种风格现象,

---

[①] 如话剧剧作《左邻右舍》《小井胡同》《遛早的人们》,以及电影文学作品《夕照街》《嘿!哥们儿》等、电视剧作《同仁堂传说》等。

"京味"的实际界限比之许多生硬归类的"流派"更易于分辨,更便于直觉把握。这使人想到,那种不能诉诸定量分析的模糊性,或许也由于研究工具、手段的限制。既有这种被审美判断所公认了的"味",就有味之形成,味之所从出,以及与味有关的观念形态、审美追求、情感态度、心理特征等等,有决定着同味的共同性,而且这种共同性或许也比某些强被归结的流派"共性"更深刻。

京味既以"味"名,它强调的就不是题材性质,即它不是指"写北京的"这样一种题材范围。写北京的小说已多到不胜计数,其中北京仅被作为情节背景、衬景的自可不论,即使那些有意于"北京呈现"的,也并不就是京味小说。现代文学史上写北京的向不乏人。"五四"时因作家群集北京(更群集于北京的大学城),北京自然成为相当一些作品的指定空间,其中却没有可称"京味"的小说。此后王西彦①、靳以的写北京(《前夕》且是长篇)②,沈从文早期作品的写北京③,齐同《新生代》的写北京,师陀《马兰》的写北京④,李广田《引力》的写北京,"写北京"而已,无关乎"京味"。这令人想到京味作为一种风格现象,决定的正是写的态度及方式。自然也并非绝对不关题材,我在下文中还要再谈到这一点。即使新近"出土"、很受青睐的林语堂的《京华烟云》,也并非京味小说,虽然题中赫然有"京华"二字。京味是不能用英文写出的,而译本又的确并无京味。这又令

---

① 王西彦的"古城景"三篇写沦陷前后的北平,小说收入《眷恋土地的人》(作家出版社1957年版)一集时,"古城景"改为"古城的忧郁"。
② 《前夕》的作者有写历史的宏大意向,于创作中博采旁搜,务将"一·二八"事变后到华北沦陷期间的事件悉数呈现,小说有相当的纪实性。对于1935—1937年前后的北京,还没有人作过如此规模的描写,因此可作形象的"北京史"读。
③ 沈作中短篇小说《生》写旧北京杂耍艺人苦中作乐幽默自讽,神情尚肖,但"京味"并不只系于人物神情。沈从文早期作品写京居生活的,几全无京味,他的感觉能力似乎只是为了写湘西而准备的。
④ 师陀《谈〈马兰〉的写成经过》(1981年11月)中说:"K城的'K'乃是汉语拉丁化或英语北京的'京'字的头一个字母,也就是'京城'。"师陀是作略具京味,尤其语言的脆滑爽利——意味近之。但也只能说"略具""近之"。此文收入《马兰》。

人想到京味对语言趣味的倚重。的确,那"味"在相当程度上,也正是一种语言趣味、文字趣味。因此许地山的《春桃》固然写北京胡同居民生活极见特色,却怕也难称京味小说,因其还不具备为"京味"这种风格所包含的语言要求。林海音写在台湾的那一组作品也如此。[①] 其他如张恨水的《啼笑因缘》《夜深沉》之属,不无京味,却也并不具备京味小说的审美特征——这里又有严肃文学与通俗文学的不同旨趣,令人感到京味小说作为风格现象其审美尺度的严格性。更值得注意的,是一些非京味小说中的京味,比如张洁小说人物的京片子,张辛欣某些小说中那些十足京味的部分、片断,甚至比一般京味小说味儿更足,更有劲道。这又令人想到京味小说还有种种未加规定的规定;概念虽模糊,也包含有题材范围、创作态度、表现方法等具体要求,有关于纯度、风格统一性的限定,是把作者、创作过程和作品综合一体的观察。

新文学史上用京白写过小说的自不止一个老舍。老舍好友且与老舍风格呼应的,有老向(王向辰);不大被人由这一角度研究的萧乾,其《篱下集》中亦有用了京白且取材于北京生活的作品。来自乡下自称未脱"黄土泥"的老向,更有兴味于乡村经验,集子中确也有写胡同、富于北京气息的,如《故都黎明的一条胡同儿里》。

既然是"味",就要求相应的审美能力。"味"要"品"而后可知,京味小说依赖"知味"的读者群。在这个意义上,"京味"又是赖有接受,赖有接受者的条件才能成立的。也正是"成熟性",使京味小说较之一般作品有更苛刻的对于鉴赏力的要求,尤其语言鉴赏力。它作为风格现象的形成,也正是大致相近的鉴赏标准与趣味的结果。当然除此之外还有文化意识、人生理解诸种条件。制约着创作的有些条件,也制约着欣赏。因而京味小说比之别种风格更要求创造者与欣赏者间的默契。

至于京味小说的作者们,通常也如所写人物那样洒脱,出入自

---

① 指林海音的《我们看海去》《驴打滚儿》等一组记"城南旧事"的作品。

由,未必具有显明的流派意识。写京味可能是偶一为之,可能是一个时期的风格试验。即使老舍,也一再跳出,写非京味的小说,虽然他的失败也往往正在这种时候。你由此可以看到,京味小说作者并非即"京味作家"。京味是作品的风格标记,而非作者唯一的风格标记。

京味小说中有丰富的"乡土社会"的描绘,却不能归入鲁迅定义的那种"乡土文学"①。北京对于写京味小说者,可以并非"乡土",比如邓友梅、汪曾祺、林斤澜等。在我看来,比之于是乡人写是乡,非本乡本土的京味小说作者,对于说明审美创造的条件,或许更具有深刻性。② 土生土长并不就能天然地把握一种文化精神。而越是较有深度的文化精神,越有可能被闯入者所把握,条件之一即是对于文化形态的比较认识。文学作品中的地方性,要求的首先是真正作家的资质禀赋,作家感受个别性的那种能力。即使方言这一种地方性文化也非唯特定方言区域的土著才能把握。何况高层次的方言文学,所要求的首先不是对口语的模仿、记录,而是对方言中含蕴的文化情趣的领略,这要求的是小说家的语言感觉、语言能力。问题几乎只在于是否"真正的小说家"。闯入者的成功,则多半在能舍末求本,略枝节而得精神。正宗北京人尽可对汪曾祺、邓友梅二位的方言运用不表佩服,仍会承认那种语言中真有"精神"在。汪、邓所达到的,还不止于"精神"。他们的作品里正有"乡土感"。③ 这是一种扩大了

---

① 鲁迅《〈中国新文学大系〉小说二集序》:"凡在北京用笔写出他的胸臆来的人们,无论他自称为用主观或客观,其实往往是乡土文学,从北京这方面说,则是侨寓文学的作者。"(《鲁迅全集》第6卷,第247页,人民文学出版社1981年版)。
② 上文所引索尔·贝娄的谈话中还说:"人们常常想从爱本土的意义上问我为什么对这个地方有感情。这里并不是我的家乡,我是9岁时到这里并在这里度过了大半生的。"
③ 考察作家与特定对象的关系,或许是有趣味的事。王蒙是北京人却并不熟悉胡同里的北京,也无可称"京味"的作品,但在写及伊犁时,却让人约略感到出诸北京人的对世情、人生的理解,即如所写新疆人语言中包含的人情内容,维吾尔族兄弟那种天真的狡黠,他们自我保存的机智——略近于北京人"找乐"的"塔玛霞尔"(《淡灰色的眼珠》)等等。

的乡土感情,非由本乡本土而是由中国知识者的共同文化心理结构决定,系于共同"文化乡土""精神故园"的文化感情。近闻有人谈及"新乡土文学",以为写别处的"好象不如写北京一带的泥土气息和人情味重,仍有点旅游、下放、体验生活的外来人眼光和口气"①。殊不知他从中感得"泥土气息"的,可能正出于"外来人"的手笔呢。这多少也因助成了上述风格现象的那种文化,较之一般的地域性文化,其内容更深沉博大,更富于包容,更具有普遍性品格。

京味小说依赖当代小说创作才以风格现象而引人注目,并使老舍作品由此获得新的研究角度与文学史意义,当代小说中的京味却又是驳杂的。京味之为京味,并不赖有风格的单一。如同其他有研究价值的文学风格那样,它是以其内在包容的差异性、丰富性作为形成条件的。近现代史上的文化变动,当代社会更为剧烈、更为戏剧性的文化重构,也使我们不能不以弹性尺度对待京味这概念,以期包容风格变异,不失灵敏地反映当代新的文学现实。在论述中提出一个概念,有时即是对于范围的限定,但诸多形态纷繁的事实毕竟更值得关注。在本书中我不打算以概念范围现象,而希望仅以京味这概念为基点,对有关的风格现象(包括京味小说的当代变异,以及不能一股脑儿塞进"京味"中却与之有风格联系的作品)一并作出描述。我不知道是否真有所谓"正宗京味"——"正宗"怕是最难划定的。文化在不断的变动中,城与人与文学都在迁流。老舍所写"北京文化",事实上是北京胡同文化。即使老北京的胡同文化,据说也有区域性差别。一种说法是,正宗北京风味在城南——聊备一说而已。你固不必深信,却不妨以为其中透露了"差异自在胡同之中"的消息。文化学意义上的"北京文化",是赖有省略,赖有有意的忽略,赖有选择而成立的。人们所认为的北京的文化统一,正是上述省略的结果。至于文学,也可以说正因多味才有京味的吧。正是在这里,你觉得京味那模糊的"味"给了你便利,使你有可能穿越明显差异性的

---

① 辛竹:《新乡土文学》,《读书》1986年第5期。

表层,捕捉微妙的风格关联,并经由这种捕捉达到作者意识、作品境界的深层,发现被差异掩蔽了的某种共同性,由相对狭小的"风格"及于广大,及于风格的最终设计者——北京文化与北京人。

北京魅力是内在于人生的,内在于居住古城中分有其文化精神的人们的人生的。本书将由作家与他们所写人物两个方面(恰是两组"北京人"!)来研究京味小说,由作家的创作态度、创作状态、风格设计和设计的实现,由包含于作品的作者的文化意识、历史意识、美学理想,同时也由他们所写北京人的诸种特征来研究京味小说之为"京味"。此章即由创作者的一面谈起。

二 风格诸面

理性态度与文化展示

京味小说作者的理性态度表现于创作行为的,首先应当是自觉的风格选择和自觉的文化展示。老舍由《老张的哲学》到《离婚》,是愈益自觉的风格选择;后起诸家,更有以老舍作品为范本的风格选择。不妨说,构成"京味"的那些特点,多半出于事先的设计、有意的追求,以此种"自觉"提供了事后归纳的便利。老舍的一本《老牛破车》[①],写在他创作的盛期,边创作边自审自评,而且所评正在风格。意图与其实现毕竟不能刚好合榫,不差分毫。但老舍与其他京味小说作者所实现的,大体上确是所意欲实现的,并非偶然得之。

这"自觉"在创作中,又主要表现为自觉的文化展示,这也是京味小说作者设计中的风格的主要部分。至于文化展示中的理性则又表现为文化批判、文化评价,以至分析的冲动、说教的倾向:浮上了表层的理性。与此相关的,是对认识价值的强调:认识这个城市、城市性格,认识这种文化、文化精神。在部分作品中还表现为浓厚的知识

---

① 《老牛破车》,人间书屋1937年初版。

趣味——诉诸认知的强烈意向,那神情意态令人不期然地想到长于"神聊"而又趣味优雅的北京胡同居民。凡此,也都出诸明确的风格选择,而不是信笔所之的偶然结果。

　　文化展示在"文化热"的当下已不能充当"独特"了,却使老舍在他开始创作的那个时期足标一格。因为那是强调文学的社会意识、政治意识的时期,老舍的思路因之显得迂远而不切时务。他又并不就因此而是主潮之外的游离者。就文学观念说,老舍毋宁说是相当"正统"、中国化的,在当时也更与"主流"的左翼文学相近。比如强调文学的社会功能,早期创作甚至还常有浅露的"教化"倾向(我在下文中还要说到,当代有些京味小说对此也一脉相承)。区分只是在选择何种"社会功能"上。比之20世纪30年代初急进的青年作者,他更关心"文化改造"这一当时的不急之务,却也在这里,他以他的方式,继续了"五四"一代启蒙思想者有关"中国问题"的思考。

　　对于形成京味小说这种风格现象,老舍的上述选择至为重要。后起诸家,文化价值取向容或不同,但以展示北京文化为旨归,则是一致的。彼此间的差别在于所展示的方面和展示方式,在于对所展示者的具体的文化评价和审美评价。还应当指出,因有范本,当代作家这一方面的自觉,在普遍的"文化热"发生之前,虽然不曾发表宣言,也没有使用"文化小说"一类名目。他们沿着自己的传统,以自己的逻辑,与时下一部分作家的文学选择合辙了;又因有自个儿的发展逻辑,于"共同选择"中仍有自己独擅的玩意儿。

　　老舍创作成熟期的作品,是以对于北京的文化批判为思考起点的。他的北京文化展示,自觉地指向"文化改造"的预定主题,并由此形成他大部分作品的内在统一。当然,批判倾向并不就是他对北京文化态度的全部。我在本书的第三部分还要对此再加探究。然而也正是文化批判的思维线路和呈现于作品中的作者情感判断、价值判断的矛盾,极大地丰富了老舍作品的文化蕴涵——那不是风俗志,不是文化陈列,那是一个中国现代知识者以其心理的全部丰富性对北京文化的理解、认识、感受与传达。在自己的作品里,老舍由两个不同的方面审视中国传统文化(他在作品中称之为"北京文化"):一方面,他从中国文化自身的更新改造着眼,探究这种文化传统在对于中国人("北京人")的文化设计上的消极意义,由文化现象而透视北京人的精神弱点;另一方面,他又关注着中国文化在世界大环境中的命运,"乡土中国"被置于资本主义、殖民地文化冲击下的现实处境,从而复杂化了他对于北京文化的情感态度,在创作中统一了严峻的批判意识和对于北京文化的诗意方面、对于北京人的优雅风度的脉脉深情。这里正有着启蒙与救亡两大历史主题的冲突①在一个具体的现代作家、现代知识者那里的呈现。

京味小说并不以思想胜,却又自有其深刻之处。老舍曾说自己不长于思想②,这不是自谦。但他对于中国"城市化"的文化忧虑又绝不浅薄。也只有一时代的精神文化的代表,一时代优秀的知识者,才能自觉分担时代痛苦,并自觉地承担未来。有趣的是,当上述文化主题在"文化热"中被作家们强化的时候,不少当代京味小说作者却意有别属,把兴趣中心移到非批判性的文化呈现上了。这里又有两代作家因所处时势不同而有的不同心态,构成另一有趣的对照。

无论老舍还是后起诸家,他们的作品当被放在以发掘地方风情为旨趣的某些"乡土小说"中间时,越发表现出文化意识的成熟。自老舍作品起,京味小说就不满足于搜罗民俗的表层开发,集注笔墨于平凡的人生形态、最世俗的文化——人伦关系,从中发现特殊而又普遍的文化态度、行为、价值体系;同时由北京人而中国人,把思考指向对于中国文化与中国社会的发现。故而它们所写者实,所及者深。不是个案、特例的堆积,不是文化博物馆,而是中国人日常生活中最现实的文化内容。往往是,平实才更能及于深刻。在平实处,在日常行为、日常状态的描写中,即有"风情",即富含"风情";即有民俗内容,有民俗的最为深广的文化背景。

---

① 参看李泽厚:《启蒙与救亡的双重变奏》,《中国现代思想史论》,东方出版社1987年版。
② 参看老舍:《我怎样写〈老张的哲学〉》等,收入《老牛破车》。

在具体描写中，出于上述意图，他们注重表现生活中那些较为稳定的文化因素，实现在生活中的文化承续性。对于北京，最稳定的文化形态，正是由胡同、四合院体现的。在这一方面，当代作家中陆文夫的趣味最与京味小说作者相近。正如老舍笔下的胡同文化是为有清一代旗人文化熏染过的，陆文夫所写苏州小巷文化，也是一种被士大夫文化熏染过的"平民文化"。北京文化即使在胡同里，也见出雍容的气度；苏州文化在小巷里，则依稀可见士大夫式的精致风雅——只不过都已斑驳破败，像是花团锦簇的旧日风华的反光。

老舍聚集其北京经验写大小杂院，写四世同堂的祁家四合院，写小羊圈胡同；刘心武写钟鼓楼下的胡同和形形色色的胡同人家，甚至在《钟鼓楼》中以近一节的篇幅考察四合院的建制、格局，和积淀在建筑形式中的文化意识、伦理观念；陈建功写辘轳把胡同，写豌豆街办事处文化活动站……当代北京固然正崛起着成片的新建住宅区，但这种所在往往严整而缺少情调。[①] 情调不可能一下子冒出来。情调是文化的积累。构成胡同情调的小零碎，是经年累月才由人们制造出来、积攒起来的，因而成为最具体实在的"文化"，具体亲切到可供触摸的情调、氛围。这种胡同，也才足以令作家们寄寓乡土感情[②]，当被作为审美对象时使作者获得成功。

体现着稳定形态的，因而也必是那些胡同居民、四合院的新老主人们。而在胡同间，京味小说作者又有自己的选择，有他们更为熟悉的范围。凡有限定，即成局限；但没有限定，也就没有任何一种风格。

---

① 新建住宅区的缺少"调子"（或曰调性不明确），也多半由于缺少胡同里人与人间的熟稔、知根知底。这里才开始产生着现代城市的异己感——一种正属于现代城市的调子。

② 关于苏州小巷，陆文夫说过："我也曾到过许多地方，可是梦中的天地却往往是苏州的小巷。我在这些小巷中走过千百遍，度过了漫长的时光；青春似乎是从这些小巷中流走的，它在脑子里冲刷出一条深深的沟，留下了极其难忘的印象。"他还说，他所喜欢的小巷，是"既有深院高墙，也有低矮的平房；有烟纸店、大饼店，还有老虎灶"的那一种（《梦中的天地[代序]》，《小巷人物志》第一集，中国文艺联合出版公司1984年版）。这里有人经由特定情调对一种文化形态的眷恋。

值得留意的是,京味小说作者无论新老,似乎都更熟悉那种胡同里的老派人物,老派北京市民,写来也更从容裕如。老舍笔下最称形神兼备的,是如祁老人(《四世同堂》)、张大哥(《离婚》),以及《牛天赐传》中的牛老者、牛太太,《正红旗下》中的大姐公公、大姐夫,《茶馆》中的王利发、常四爷们——老北京的标准市民。邓友梅更令人惊讶不已。这位中年作家所最熟悉也最感兴味的,竟是陶然亭遛早的北京老人,以及八旗王公贵族的后人们。你想不出一个当过劳工、进过部队的山东汉子,打哪儿来的那一整套关于旧北京、北京人、旗人生活的知识①和笔底下那份"乡土感情"的。至于汪曾祺,他的写《云致秋行状》《安乐居》,也如写《故里三陈》,无论为北京为高邮,那都是他"烂熟于心"的世界。当面对这种世界时,也就表现出他素有的极优雅纯净的审美态度。陈建功写《找乐》里的一群胡同老人,与其说出于熟悉,不如说出于兴趣吧;这兴趣却又是京味小说作者彼此相通的。上述选择不能不说由于对象形态的稳定性。至于某种文化性格(如旗人),更因近乎文化化石,令人有可能从容地研究、品评。汪曾祺本人就说过这种意思。② 这又令人想到京味小说对于题材的要求,京味小说既经形成的形式,既经公认的审美规范,作为其成熟性标志的既有文学传统,为审美创造设置的限制。形式越成熟,越具有内容的规定性。形式的成熟往往也由它的限定性、它的严格的适用性来标志。你自然想到,扩大包容不能不改变形态。于是,那个题目适

---

① 关于邓友梅,汪曾祺说过:"友梅有个特点,喜欢听人谈掌故,聊闲篇。三十多年前,我认识友梅时,他是从部队上下来的革命干部、党员,年纪轻轻的,可是却和一些八旗子弟、没落王孙厮混在一起。当时是有人颇不以为然的。然而友梅我行我素。……也正因为这样,许多老北京才乐于把他所知的掌故轶闻、人情方俗毫无保留地说给他听。他把听来的材料和童年印象相印证,再加之以灵活的想象,于是八十多年前的旧北京就在他心里活了起来。"(汪曾祺:《漫评〈烟壶〉》,《文艺报》1984年第4期)

② 汪曾祺这样谈到自己:"为什么我反映旧社会的作品比较多,反映当代的比较少?……过去是定型的生活,看得比较准;现在变动很大,一些看法不一定抓得很准。……对新生活我还达不到挥洒自如的程度。"(《回到现实主义,回到民族传统》,《北京文学》1983年第2期)

时出现了——"扩大"与"改变"会否在某一天取消了京味小说本身？

通俗小说中有写"世情"的一派。京味小说往往既重人物，又重世态。也有的当代作品使人感到较之人物似更注重世态。[①] 当然，一般地说"写世态"很难被认为是特点。现代小说或许没有不写世态的。社会生活也无所不是世态。世态不同于事件，它强调的是空间形象而非时间过程。较之写重大历史题材、以揭示"意义"为旨归的一类小说，以及专注于儿女柔情的一类小说，京味小说中确有更丰富的世情、世相的展示，并因而形成相应的结构特点，比如注重横向的空间铺展。以邓友梅作品情节的单纯，也往往枝节繁生，随处设景，如《那五》的写小报馆、"书曲界"黑幕。老向《故都黎明的一条胡同儿里》铺排胡同人生相，似漫不经心，意只在"铺排"。老舍写于建国后的《正红旗下》，对于旗人社会的诸种制度、礼俗、家族关系，以至旗人与汉、回民族的关系，无不写及，几近于"旗人风习大全"。在别的小说结构中或许会被作为闲笔、令人以为冗赘的，对于这种结构、创作意图，却正是"主体"。在这里世态即"人物"。为了集中地铺展世相，京味小说还往往采用舞台化布局，使诸多生活形态汇聚于同一空间互为衬映，如《四世同堂》《钟鼓楼》的写一条胡同。创作构思与作品结构又造成对于人物描写的特殊要求。老舍"三言五语就勾出一个人物形象的轮廓来"[②]，而不总像"性格小说"那样反复描摹、层层敷染，也方便了世相更多面、更广泛地呈示。京味小说，尤其中长篇，通常出场人物众多，人物品类繁杂，就是自然而然的了。世相即人，即人的生存状态。以人物汇集"社会"，追求社会现象、人生形态的无所不包的丰富性，正出于对于世情、世态的兴趣。因注重世态而又有描写中的铺张、选材的不避琐细，有情节进行中的种种"过场戏"、小穿插，和人物设置上的因事设人，以至人物随事件起讫。

---

① 邓友梅在谈《寻访"画儿韩"》等作品创作时说，它们"都是探讨'民俗学风味'的小说的一点试验。我向往一种《清明上河图》式的小说作品。作来很不容易，我准备作下去"（《光明日报》1983年5月12日第3版）。

② 老舍：《对话浅论》，《出口成章》，作家出版社1964年版。

就这种小说的艺术要求而言,"过场戏"非但不多余,小穿插的意义也绝不"小",人物的随事起讫亦不足为病。欣赏这种小说艺术,又赖有古典白话小说的审美训练。

除上述种种外,造成这批小说中的"京味"的,还有小说家对北京特有风物、北京特具人文景观的展示及展示中注入的文化趣味。① 于此京味又表现为具体的取材特点。《骆驼祥子》(老舍)、《那五》(邓友梅)、《找乐》(陈建功)写天桥,《七奶奶》(李陀)写隆福寺庙会,都写得有声有色。足称邓友梅小说中一绝的,是《烟壶》的写德外"鬼市"②。作者在小说里由"人市"写到"鬼市",写"鬼市"上奇特而又传统的商品交易方式,令你如亲见亲闻地渲染出"灯光如豆,人影幢幢"的诡异气氛。此外,还有澡堂子(《钟鼓楼》《烟壶》)、小酒馆(《安乐居》《找乐》)、戏园子(以《那五》所写为最生动)。③

构成"古城景"的,主要是人事。比如作为北京特有人文景观的北京人的职业和职业行为。京味小说作者普遍注重人物的职业特点、职业文化对于性格的渗透,而且表现出极为丰富的相关知识。传统职业本身就含蕴有传统文化,积极参与了人格塑造。为老北京所有的较之他处似更为繁多的职业门类,又积久而散发出北京市民特有的生活气味,以至于那职业名称、职业活动方式(包括商贩的叫卖方式),都因之而"风光化"了。比如《我这一辈子》中的裱糊匠,《四世同堂》中的棚匠(搭天棚的)④、"窝脖儿的"(为人搬家、扛重物的)、"打鼓儿的"(收破烂的),《烟壶》《寻访"画儿韩"》中"跑合的"(买卖的中间人),《找乐》中撒纸钱儿的(为人出殡的)、"卖瞪眼儿

---

① 这里要在"文化趣味"。你比较一下老舍作品与萧乾的《篱下集》。萧的小说也写到白塔寺、柏林寺、圆明园,写到柏林寺的"盂兰盆会",却并无此种"文化趣味"。
② 德胜门外"鬼市",旧北京主要用于销赃、买卖来历不明的商品的所在;此等所在亦称"小市"。
③ 韩少华《少管家前传》所写八大胡同,也应算作旧北京一景。
④ "搭棚匠,裱褙匠,扎彩匠,所在有之,而以京师为精。"语见《清稗类钞》工艺类"京师之搭棚裱褙扎彩"条,中华书局1984年版。

食的"(卖饭馆里的残羹剩饭),《钟鼓楼》中的"大茶壶"(妓院杂役),以至《那五》《找乐》所写作为旧天桥特色的名目繁多到匪夷所思的行当,行当中人千奇百怪的行为方式。① 这里正有最浓郁的市井风味。

  于是,写这城的作者们,又近乎一致地,发展了一种最与北京风格协调的趣味:知识趣味。由城厢市肆到衣食器用,有时近于知识堆积,却又令人觉察到作者本人的陶醉,他们对所写事物的由衷喜爱与赞叹。《红点颏儿》(韩少华)写鸟笼,写鸟、养鸟的学问,笔致备极工细;《烟壶》则由鼻烟而鼻烟壶而制壶工艺,介绍不厌其详——非关作品主旨,诉诸认知,构成特殊的阅读价值。不同于《正红旗下》的写旗人文化,这无疑是一些游离性的构件,浮出于情节、人物之上的"文化",却又因这看似游离、独立,丰富了作品的结构形态。文学本难"纯粹"。不掺入审美趣味以外的别种趣味、小说意识以外的其他意识的"纯小说""纯文学",是让人无从想象的。

  同一种内容,在老舍,或许只是寻常世相,在与他同时的读者,亦是不必加注的经验材料,而在当代作者与读者,则是古董,是文化化石。因而描写与接受中,又各有不同心态。本来,北京满贮着的,是历史,是掌故,是种种文物。这在京味小说作者,自是分上该有的宝贝,因而细细道来,态度有时不免近于收藏家的摩挲古玩。有关烟壶的知识,到了邓友梅写《烟壶》时,已成为"掌故",熟于这掌故的作者自然会把玩不已。这种趣味却是前代作家那里不大有的。对此也很难简单地论优劣,不妨作为不同社会环境、文化氛围影响至创作心理与创作设计的例子。

  当代京味小说作者不但由有关文学传统中发展出上述知识趣味,而且表现出追索渊源的浓厚兴趣。说世态,尤其说风俗,往往追

---

① 上述人物属于京味小说作者兴趣所在的"五行八作""三教九流"——上层知识分子圈层、政界以及高门巨族、富商大贾以外的小民。这让人再次注意到,"京味"不是出于对北京生活的无所不包,恰是由于选择,由于省略。其他"味"也必是如此,否则就只会有三合面、合子菜的那种味吧。

本溯源,务要打"根儿"上说起。这里或许有世事沧桑在京城居民这儿培养起的历史意识、时间意识?具体"趣味"又因作者而互有不同,比如邓友梅作品的注重情趣,与刘心武作品的某种文献性、资料性。刘心武在其《钟鼓楼》中,考察北京市民的职业状况和行业历史、从业人员的构成,举凡营业员("站柜台的")、三轮平板车工人、旧中国的职业乞丐("丐帮"),以及有关人员新中国成立后的职业流向,如数家珍,较之老舍对北京洋车夫状况的介绍,更追求社会学的精确性。老舍着重于人物的职业性格、气质,也即"职业文化"。他总能由形及神,由外在状貌达到内在精神,对于有关材料,不是作为事实材料,而是作为小说材料处理的。刘心武则诉诸解说、分析,表现出有意的"研究"态度:北京市民职业考,或北京市民职业分布及演变研究,一派庄重谨严的科学论文文体风格,是"非小说"的社会考察,而不是结构化的小说内容。同书还以类似态度考察北京人的"婚娶风俗"及四合院的建制、历史沿革。即使对于人物,刘心武也会显示出类似态度,比如"北京人心态研究",且通常都追究到人物的身世、经历,以及环境的变化等等——一种求解的热情;却又会因单一的历史追究而致浅化。因为世间的事物并非都能由历史考察中求解的,而"解"也通常非止一个。

这种对科学性的追求,这种研究态度,在老舍绝对是陌生的。老舍作品少"学问气""书卷气",少有剥离了审美的历史兴趣。他的"历史"即活的人生形态,而不是别的什么东西,不是教科书或史著中的历史陈述。即如对于四合院,老舍感兴味的,只是其中人的生活形态、伦理秩序,尤其由这一种生活格局造就的人际关系特点,胡同、四合院生活的特有情调等等。凡此又不能仅由四合院,而要由整个北京文化来解释。

由上述材料你已能看出京味小说作者们特有的文化价值取向——这也是造成"京味"的更为深刻的根据。上文已经说到,老舍在他创作丰收期(30年代)虽然承续了"五四"启蒙思想有关中国问题的思考,但那种过于专注的文化眼光已使他与许多"主流作家"不同。更使老舍显出独特、极大地影响到当代京味小说创作的,是浸润在他的作品具体描写里的对俗文化、大众文化的浓厚兴趣,其中那往往被文化批判的显意识、自觉意图遮蔽的深刻的文化认同,又正是老舍研究往往轻忽或未加深究的。"趣味"或许比之自觉意识对于说明作品、说明创作更根本也更深刻。本书在下文中还要谈到京味小说作者在雅、俗(文化、文学倾向)之间的选择,渗透在作品中的他们关于世俗人生、大众文化的态度,和包含其中的文化价值判断。在老舍创作的时期,上述方面是不足以引起注意的;在"文化寻根"中,又因其过于凡俗,过分生活化,非关哲学,非关形而上,非"原始",非边地文化而被忽略。京味小说以那被普遍忽略的方面确认了自己,确认了自己的身份、面目和位置。当然,"独特"本身并不就是价值。在自我选择中,京味小说同时选择了自己的优长和缺欠,也就选择了自身命运,它的生机和危机。

自主选择,自足心态

在京味小说确认自己面目的诸种选择中,极其重要的一种选择是,选择与读者、与普遍文学风气的关系。这通常也正是对于"位置"的选择,在任何创作者都含有严重意味。

不能设想会有哪个文学作者没有他意识中的读者群。完全不计及"接受"的创作,很难说还是一种社会行为。郁达夫有他的对象意识,否则他那种夸张的情感态度就难以解释。那绝不会是一味的自我情感满足。他强烈地意识着对象,并有意无意地在博取同情。(这里或者也多少有一种"弱者心态"?)而他那些热情放诞的痛哭狂歌,在当时所能指望的共鸣只能来自青年。鲁迅说过自己的作品是非有相当的人生历练而不能懂得的①,这种意识不可能不参与他的创作过程。或许多少也因了这一点,他曾被激进青年所误解,被目为

---

① 鲁迅说:"我的文章,未有阅历的人实在不见得看得懂……"(《致王冶秋》[1936年4月],《鲁迅全集》第13卷,第350页)

"老人""老头子",被讥为"落伍"。然而鲁迅的小说、杂感固然苛求读者的理解力,却仍然是写给当时有思想追求的青年、先进的青年知识者的。老舍也有他的对象意识:包含在他的作品、他的风格选择、他的创作方式里。他的作品也诉诸有一定阅历的人们,但它们选择的首先不是思想能力,而是具体的生活智慧,以至阅读者的心境、情趣,与领略文字趣味的审美修养。它们不是(或曰"首先不是""主要不是")写给当时的"热血青年"的。较之鲁迅,也较之叶绍钧,较之40年代的闻一多、朱自清,老舍和青年始终有着另一种联系。仅仅这一点,就足以使他与"五四"以来的主流文学之间现出若干空隙。

"五四"新文学的青春气象,其表征之一,即以青年(又指青年知识分子)为作品人物,为读者对象,向同时代的青年寻求感应、共鸣。这种情况一定程度上影响到新文学三十年的总体面貌。也许可以不夸张地说,新文学三十年的存在,极大地依赖于主要由进步青年构成的进步读书界。老舍当弄笔之初,也如当时的一班作者,是青年。但他却非但不追求这种感应,而且在其早期作品中对于青年中的激进倾向持挑剔态度(如《赵子曰》等)。还不止于"早期"。他所最熟悉的一种知识青年,是耽于幻想、不能行动,被称为"新哈姆雷特"的,这也是为他所一再嘲讽的青年一型(《新韩穆烈德》《归去来兮》等)。在父与子对照描写的场合,用于儿子的笔墨较少成功(如《二马》《离婚》等)。即使上述种种姑置不论,他的经验的琐细性质,那种新文学中的俗文学成分,那种过分讲求的文字趣味,在那个风起云涌的大时代,也很难指望热血沸腾的青年关注(他们往往没有此种心境),更不消说共鸣。"共鸣"也确非老舍所追求。较之其他同代作家,老舍的作品更像是一种"中年的艺术",其中更有"中年心态"。① 那份从容、稳健(包括政治态度),独立于一时兴趣中心的不

---

① 老舍作品在这一点上多少让人想到市民通俗文学。后者即非以急进青年,而以有相当阅历、人生经验、常识、世故、历史知识("演义"式的历史知识)的市民为对象。当然其间的差别又是显然的,我将在本书第五章中谈到。

迎合的神情,都隐约可辨中年标记。①

这种对象意识,竟也能在当代京味小说作者中找到对应物——或者较之文学前辈,更是一种自觉意识。新时期文学有着类似于"五四"文学的青春气象,其关于读者对象的假定也与"五四"文学相近。相当一些作家(尤其青年作家)的创作,是以青年的社会敏感、变革意识,以他们的审美取向,以他们的哲学热情、人生思考、人生价值追寻,以至以他们的探险意向,寻求陌生、奇特、刺激等等心态为一部分依据的。当代京味小说作者关于读者对象,显然有另一番假设。他们作品的风俗趣味、历史趣味,尤其文字趣味,提出的是对读者条件、阅读条件的不同要求。当然,其中的青年作者有其特殊选择;当代京味小说中的知识趣味,也适应了青年读者的认知要求。但如《烟壶》《那五》一类作品,显然是写给有一定阅历,至少略具清末民初历史知识,对老北京有所了解的读者们的。那种谈论掌故时摩挲把玩的优雅姿态更难为一般青年所欣赏。邓友梅在其小说集《烟壶》的"后记"中说:"我向来没有赶浪潮的癖好,也不大考虑市场行情,我写了就拿出去发表。"②这倒是京味小说作者中较为普遍的态度。由此不也令人约略认出某种北京人的风神? 有时岂止是不赶浪潮,简直是怕过于"时新"。汪曾祺说自己"愿意悄悄写东西,悄悄发表,不大愿意为人所注意"③。在讲求功利的现如今,这的确近乎古典风格、传统心态;也令人觉察到老派北京市民的自足神情——自个儿乐自个儿的。

这种心态势必影响到审美表现,在完成风格时使作品付出代价。比如,因不"取悦""迎合"青年,老舍作品虽则承续了"五四"启蒙思

---

① 艺术上的成败也多少联系于对象意识。老舍说自己是个"善于说故事的",说给他选定的听众。当没有严格的对象选择时,他会太讨好,用力太过,而"理想的对象"总能使他节制,适可而止。这节制中有对聪明的读者的尊重,在尊重中也就找到了自己的自尊感。

② 邓友梅:《烟壶》,第 507 页,上海文艺出版社 1985 年版。

③ 汪曾祺:《回到现实主义,回到民族传统》,《北京文学》1983 年第 2 期。

想有关中国问题的思考,其情感形式却正少了"五四"特征。在某些当代作家,不赶浪潮,有时也使他们在自足中淡化了时代。当然,付出上述代价时他们确也显示出艺术创造中的独立性,不骛新、不追逐时尚的较为稳定、一贯的文学选择。因而《钟鼓楼》写改革期的北京,却不便算作"改革文学";当代京味小说作者发掘民俗、发掘北京文化,也不便归在"文化寻根"的大旗下。这里又有风格的真正成熟。因"自足"与自主的文学选择,邓友梅可以坦然声称:"我的作品不会和任何人撞车。"①虽不一定大红大紫风头十足,依据经验的独特性和表现的个人性质,他们也许较之别的作家更能确认自己的价值。这也才有所谓"自足心态"。在认识自己的局限,认识个体生存意义的有限性之后对自身存在意义的确信,从来都是一种更成熟、稳定的自信。这些作者,或许所占据的总也不是文学舞台的中心,扮的总也不是最得彩声的角色,那却是他们最便于施展的一方舞台,演来最得心应手从容裕如的角色。他们也确实在这方舞台上,把一种艺术完善得近于极致,又缘何不自足?艺术创造的境界,在有的京味小说作者,也正是人生境界——北京人的神情意态又在这里隐现着。这才有骨子里的文化契合,有从最深潜隐蔽处发生的文化认同:城与人,城的文化性格与人的文化气质。同时这种自主选择中包含的文学意识,又联系于某种现代品格,或者说契合了"现代"——中国文化传统、文学传统中的某些因素,中国知识者精神传统中的某些因素与现代意识的合致。这么些年来,不论外界何种潮流及潮涨潮落,他们都耐心地写那份生活,精心地琢磨文字。京味小说虽时像大国,时如小邑,但总有佳作问世,有新的作者出现。对于京味小说作者的上述态度,评价自会因人因时而有异,其得失确也让人看得分明。但这总还不失为一种可喜的态度,而且相信有关作者对于别人作何评价,

---

① 邓友梅说:"别的方面我确实不如大家,但我有一点是可以自负的,我的作品不会和任何人撞车。……我写的人物只有我熟悉,这是别人无法和我重复的。"(《略谈小说的功能与创新——在小说创作讲习班的讲课[摘要]》,《北京文学》1983年第9期)

压根儿不会在意。

审美追求：似与不似之间

中国现代文学史提供的城市形象中，北京形象无疑具有较高的审美价值：最完整、被修饰得最为光洁的"城市"。现代作家也以大量笔墨写上海，那形象是芜杂的，破碎且难以拼合。而郁达夫、周作人、林语堂等现代作家对于北京文化的体验，却统一到令人吃惊。出诸老舍之手的北京形象创造，更具有美感的统一性，和无论文化意义还是美学意义上的完整性。从现代到当代，文学关于上海，始终在发现中。文学关于北京，却因认识的趋近与范本的产生而易于保持美感，形成彼此间的美感统一，同时难有既成形式、规范外的创造、发现——京味小说为其创作优势付出的代价。

正如"北京文化"出于有意的省略，"京味"出于自觉的选择。北京形象的美感统一，这一形象的美学意义上的完整性，它所达到的近于纯净的美感境界，也因作家们的有所不写。这里有创作过程中来自文化意识、伦理意识、审美意识等等方面的协同节制，更有成熟了的形式对于内容的选择与限定。① 大略地看一下你就不难发现，由老舍到当代京味小说作者，往往避写丑的极致，甚至避写胡同生活中的鄙俗气（自然亦有例外），足以损害美感、触犯人的道德感情的那种鄙俗气，比如市侩气②；基本不写或不深涉政治斗争；不深涉两性关系，极少涉笔性意识、性心理（《骆驼祥子》是精彩的例外）；等等。正是这"有所不写"，使有关作品中的"生活"不同程度地单纯化了。那多半是一个提纯了的世界。这种保持美感的努力，不能不妨碍对

---

① 形式愈成熟，即愈有选择中的限定，不但是有所不写，而且是有所不能写——形式的排异性。
② 京味小说作者不避粗野、愚昧，如苏叔阳的《画框》、汪曾祺的《安乐居》，更如非严格京味的陈建功的《鬈毛》，却不免会规避市侩气这一种鄙俗气。《画框》中的青年固然粗野，其对于师傅的关切，又透出心地的纯良。《鬈毛》的叙述语言粗俗之至，人物——无论鬈毛还是盖儿爷——仍有超出鄙俗功利的人生理解和不失淳朴的道德感情。

现代社会的发现,限制了向人性的深入,以致造成风格的缺乏现代色彩。

据说曾有人建议老舍写康熙,而老舍辞以经验材料不足。不长于写上层,或因经验限制;不长于写巨奸大猾,则因经验与认识能力、思想力的双重限制。不切入恶与丑的深处,是难以获取巨大真实的。修饰得平滑圆整的世界固然悦目,却往往少了泼辣恣肆的生命力量。

老舍的创作,仅据其取材于下层人民生活,注重细节刻画,与通篇的具体性和感性丰富性,可大致归入写实一派;人们通常也正是这么归类的。但这要求"写实"的概念极具弹性。"现实主义"的确是个太大、因其"大"正在失去界限的概念。仔细地审视会使你发现,老舍作品与同时期(我指三四十年代)的现实主义创作有不同的艺术渊源。他所承继的,首先并不是19世纪巴尔扎克等为代表的现实主义文学传统。如我已一再提到的,老舍以及当代京味小说作者,并不追求描写社会生活时所具有的反映论意义上的真实性,不追求长期以来为人们所理解的现实主义艺术的镜子般的精确性。他们强调选择——对于对象的选择,同时还有创作主体与对象间关系的选择。这一种风格并不寻求逼肖,毋宁说寻求的是"似与不似之间",是神似。这里正有中国传统文学中极为发达的审美意识。京味小说的艺术成熟性,也在于它们脱出模仿追求情调、"味",以至更具体的笔墨趣味。在结构布局上,你可以分明看出"中国的从二开始并以二为基本的数学变化思想模式"[①],即图景的完整、均衡;人物设置上,则表现为行当齐备,性格成对出现(对称性),等等——并非模仿生活的自然形态,而是以材料适应形式要求,适应既有的风格设计。

文字方面,京味小说作者强调本色,"原汁原汤",力求平实浅易,但绝不以"本色"等同于"原色"。较之一般创作,毋宁说更致力于文字的艺术化,追求平实浅易中的语言功力。那种"本色"也因而离语言的自然形态更远。文字美感属于形式美感,文字运用中的上

---

① 金克木:《比较文化论集》,第27页,生活·读书·新知三联书店1984年版。

述美感节制,不能不有效地制约着对材料的选择与表现。这也是一种在实际创作过程、创作心理中极为重要的节制。凡此都与中国传统文学的审美境界相通。不见经营的经营,"无迹可求"的艺术努力,以至于俗中的雅,平实中的雕饰,似无选择的选择。这种小说所要求于鉴赏的,是不斤斤于以生活的自然形态为尺度的那种"真实",而感受其形式美,领略其味,尤其是笔墨趣味。在老舍创作的当时,这实在是一种极其注重形式因素的风格。然而这种与流行写实艺术的差异却被笼统的"写实"给忽略了。京味小说对内容的选择和对形式的强调,使其提供了高度艺术化、组织化了的"北京"。但我仍要不厌其烦地说,造成成就与限制的,通常正是同一个东西。

如果再回头看前文中的那种比较,你的感想会复杂起来。上海形象是芜杂、不完整的,但是否也因此有关的形象发现会更生气淋漓呢?写上海诸作的艺术非统一性,是否也孕含着更广泛的可能性、更多种多样的选择,以至在将来的某一天推出较之"北京"更为深刻丰富的城市性格?即使在老舍的时代,文学关于上海的发现也已达到相当的深广度了。如茅盾关于上海工业、金融界的描写,"新感觉派"对上海上流社会消费者层的生活氛围的传达,张爱玲对上海旧式家族、中产阶级家庭生活场景的惊人细腻的刻绘。没有先例,没有范本,又造就着机会与可能,激发寻求与创造。较之那个芜杂的"上海","北京"有点儿过于光润了。它的过于纯净的美感,过于纯正优雅的文字趣味,过于成熟的形式技巧,都令人看得有些不安,怕正是那种"纯净""纯正""优雅",使它失去了自身发展的余地。我在这里想到了老舍关于北京文化说过的话,关于北京文化"过熟""烂熟"的那些话。老舍当时自然未及想到,由他本人完善着的这一种风格,也会有一天因"过熟"而少了生机。

极端注重笔墨情趣

这是刚刚提到过的话题,在本书第三章"方言文化"部分还要铺开了再谈。因为文字风格是京味小说最为醒目的标记。也许可以这么说,"京味"在相当程度上是一种文学语言趣味。在其佳作中,那实在是一种极富于同化力的文字。它触处生春,使得为其所捉住的一切都审美对象化了。在描述这样贴近的生活,处理如此庸常的人生经验时,也许只有那种语言,才能在一开始就营造起艺术氛围,将作品世界与经验世界区分开,从而使创作与阅读进入审美过程。

京味小说对于对象的依赖,很大程度上是一种语言形式的依赖。即使"乡土文学"对"方言文化"的依赖是规律性现象,在你将京味诸作与现有其他味(如上海味、苏州味,以至于写乡村的湖南味等等)的作品比较时,仍能发现京味对于方言文化的超乎其他味的依赖程度。这也从一个极重要的方面,解释着这种风格何以达到了现有水准。而把这种语言趣味本身作为追求,又的确更是当代京味小说兴起以来的事。三四十年代,能以京白写小说的并不乏人,老舍外,老向更乐于自称"乡下人",写乡俗人情;萧乾则注重个人情感经验的传达,而较少表现出对于方言作为"北京文化"的意识。这也系于当时的文学风气和普遍的语言观念。

京味小说作者较为发展了的审美意识,突出地表现在他们强烈的语言意识,和对于北京方言功能的不断发掘上——包括当代青年作家对于北京新方言的发掘。也正是这种连续的发掘过程维系了京味小说的风格连续性。京味小说中的佳作使你感到,作者不止于关心表达方式,而且沉醉于"表达"这一行为本身。他们追求语言运用、文字驱遣中的充分快感,和语言创造欲的充分满足。也因此这是一种充分实现了的文学创造的境界。并非所有有成就的作家,都企望并达到过这种境界的。你或许不难发现,京味小说作者的语言意识,正与作为北京方言文化重要内容的北京人的方言意识联系着,那种语言陶醉往往也是北京人的。这种发现会诱使你进一步搜寻京味小说作者作为北京人表现在语言行为中的特有情趣,他们对于北京、北京文化的情感态度,并经由语言意识、语言运用中丰富的心理内容了解北京人。京味小说作者在这里也如在其他方面,不止于一般地汲取北京人的文化创造,他们还把北京人的某种文化精神体现在创造过程、创作行为中了。①

非激情状态

不苟同时尚的自足心态,即易于造成"非激情"的创作状态。在实际创作过程中,强烈的形式感、对语言表达的沉醉,也足以使创作者脱出激情状态。内容选择上的避写丑的极致,不深涉两性关系,也是在选择一种情感状态。至今人类最强大的激情,仍然是在对于恶的挑战以及性爱一类场合发生的。

老舍的同代人巴金曾经反复作过如下自我描述:"每天每夜热情在我的身体内燃烧起来,好象一根鞭子在抽我的心,眼前是无数惨痛的图画,大多数人的受苦和我自己的受苦,它们使我的手颤动。我不停地写着。……我的手不能制止地迅速在纸上移动,似乎许多许多人都借着我的笔来倾诉他们的痛苦。我忘了自己,忘了周围的一切。我变成了一架写作的机器。我时而蹲在椅子上,时而把头俯在方桌上,或者又站起来走到沙发前面坐下激动地写字。我就这样地写完我的长篇小说《家》和其他的中篇小说。"②

老舍自称"写家"。"写家"这概念强调的应当是"制作"而非"表现";其中还包含有自我职业估价,那是极质朴并略含谦抑的:写家而已。既是写家,即不至于神智昏乱,陷于迷狂。老舍曾谈到他写作《牛天赐传》时,因系长篇连载,"每期只要四五千字,所以书中每个人,每件事,都不许信其自然的发展"。而当《骆驼祥子》开始连载时,"全部还没有写完,可是通篇的故事与字数已大概的有了准谱儿,不会有很大的出入"。"故事在我心中酝酿得相当的长久,收集的材料也相当的多,所以一落笔便准确,不蔓不枝"。③ ——这种近于工匠般的制作活动难以想象会有巴金似的"非自主状态"。你即

---

① 具体分析见本书第三章"方言文化"部分。
② 巴金:《文学生活五十年》,《巴金论创作》,第 11 页,上海文艺出版社 1983 年版。
③ 老舍:《我怎样写〈牛天赐传〉》《我怎样写〈骆驼祥子〉》,《老舍生活与创作自述》,第 43、47 页,人民文学出版社 1982 年版。

使仅由阅读也可以感到作者写作过程那井然有序中的自主控制。这些作品显然不是放任了的激情与想象的结果。曾有不止一位作者谈到过他们笔下人物的"主动行为",情节自身的能动推进。这种情况在老舍那儿即使发生过,也一定是偶然的。他更经常地表现出的,是对他的故事、人物的清醒控制。因而他笔下的图画少有朦胧,笔触少有不确定性,少有意向未明缺乏自觉目的的勾勒。当世界形象可以用过于确定的线条勾勒时,这世界必定带有抽象性质,尽管建造它的材料件件具体。老舍作品世界的模型式的完整性中,就有这种抽象性。

当然绝对可控又不成其为创作,因而有《微神》中的神思迷离①,有情节进程中的某种半自发倾向,如《骆驼祥子》的后半部。老舍的其他作品有时也会令人感到并非出自严整的创作计划的实施,你能触摸到始终在形成中的创作意图。一边写着,一边寻找——即使极有经验的工匠也不能不凭借偶然来袭的灵感的吧。

文学创作又自不同于工匠的制作。在老舍,那多半赖有艺术家以知觉与概念糅合为一的心理能力。形象在记忆和有目的的选择中,保有着鲜活的感性形态;创作者在选择的自觉与不断进行的估量判断中,维持着生动的感觉能力。老舍的情况正是这样。对于自己创造的那世界,老舍并不忘情无我地参与,他也不诱使你参与,要求你与他的人物认同。他的作品较之逼真性更关心情味、形式美感,也不足以造就那种心理效应。于是,你由他的文字间感觉到的,是世事洞明的长者,不是如巴金那样平等对话的青年的朋友。他不鼓励你的幻想,而是引领你看世态,同时不使你失去清醒的自我意识。他的不忘情无我却又不足以造成"间离效果"。老舍的作品在这里毋宁说更让人想到市民通俗文艺;说书艺人在对自己所说人物故事的鉴赏中意识到自己鉴赏者和讲述者的双重身份。很难想象一个说书艺

---

① 即使《微神》也仍然是清醒的"记梦",而非神思迷离状态的直接呈现。那种记述的清晰性正说明着老舍经常性的创作状态。他是清醒的意识清明的梦者。

人会像浪漫诗人那样浸淫于自己造出的情境,直接以幻想为生活,物我两忘或物我一体。鉴赏着同时意识到自己的鉴赏,描述着而又对自己所描述的以至自己所用以描述的有清醒意识——这也许正是老舍的"写家"所意味的?

这里又有新文学史上那几代作家共同的认识特点,他们在创作中与对象世界的关系。他们所描写的是"已知世界"。这儿有全知视角背后的认识信念。京味小说的明亮清澈,其艺术上的单纯性,也多少联系于上述信念。这种信念只是到了新时期文学中,才显得"传统"。

过分清明的意识,是不免要限制感觉、幻觉的。人们宁愿老舍牺牲一点他的心灵中向不缺乏的均衡与和谐,保留一些原始状态的梦——不无粗糙的感觉与意念,未经"后期加工"的感官印象和内心体验。过于自觉、富于目的感的艺术选择,从来不是最佳的选择;这种选择有时破坏而非助成理想的创作状态。老舍是太成熟的人,太成熟的中国人,太多经验,以致抑制了感觉,抑制了恣肆的想象和热情。"非激情状态"参与调和了极端性(在有些作者那里则是太极端而缺少了调和),难得的是大悲大喜大怒,难以有"巨大的激情"。据说"只有情感,而且只有大的情感,才能使灵魂达到伟大的成就"[①]。因而他是艺术家,却不能成为超绝一世的艺术家。那样的艺术家既有强大的理性又有无羁的梦思,他们的思维有其轨道又能逸出常规而驰骋;他们既是日神又是酒神,同时赋有阿波罗与巴库斯两重神性。老舍的情形又令人想起那城:或许正是北京人的优异资秉限制了他。由经验、世故而来的宽容钝化了痛感(使之不易体验尖锐的痛苦,像路翎那样),节制了兴奋(使之不至于热狂,如巴金通常表现出的那样)。这使他显得温和,有时也显得平庸。

必须说明的是,这里说的是创作状态,创作中的情感状态,而非

[①] 狄德罗:《哲学思想录》,《狄德罗哲学选集》,第1页,商务印书馆1959年版。同篇中狄德罗还说:"情感淡泊使人平庸。""情感衰退使杰出的人失色。"(第1、2页)

作品的情感内容。非激情的创作状态并不就导致作品的非激情化。老舍作品是有内在激情的。他的《离婚》《骆驼祥子》《我这一辈子》《四世同堂》以至《茶馆》，都有伤时忧世的深沉感情。但也仍不妨承认，非激情的创作状态与思想能力的薄弱，确也限制了情感达于深刻。老舍就气质而言是天生的散文作者，这也使他显得特别。那个时代较为杰出的作家都或多或少地是个诗人。这是一种时代性格、时代气质。老舍的创作活动因而有最平凡的特点，既不神圣，也不神秘。写作是他的生活。老舍乐于强调这种平凡性。"非激情"所反映的，或许也多少是这种心态？

文学创作要求强烈的文学语言意识，然而创作过程中过于强烈的语言意识又会妨碍幻想的高扬。或许对于语言，也应既有意识又无意识，意识而又能忘情的吧。这里难得的也是其间的平衡。因而我疑心正是中国文人的笔墨趣味，使老舍的作品更能臻于中和之美，乐而不淫，哀而不伤。

弗洛伊德的以梦来描述创作状态，并不能从20世纪中国的文艺实践中得到足够充分的证明。近乎理想的，大约是介于迷狂与非迷狂、激情与非激情、投入与非投入、参与与非参与之间的那种状态，是上述状态间的平衡。但那或许只具有理论意义。我们应当庆幸的是，正因实际状态的不理想，才使我们有了风格千差万别的艺术创造，这也如造物的不圆满才成人的世界。每种风格都非平衡，有倾斜，都因所得而有所失。即如老舍，你会遗憾于他的作品缺少了蓬勃满溢的生命力量，却又会想到在一时期文学的全景中，老舍正以其均衡、以其安详衬托了骚动的激情，以其宽容衬托了强烈峻急。人类心灵要有极端性、要有巨大的骚动不安才更能达到深刻，却也要常态、稳态、中和境界。众多艺术家各依其性情禀赋的创造，才最终构成瑰丽的艺术世界。

最后还得说，每一种概括都以有"例外"为条件。用"非激情状态"概括京味小说的创作状态，自然太过笼统了。以此也许可以大致描写老舍①,以至于描写汪曾祺、邓友梅,却难以描写刘心武。刘心武是有强烈的参与意识的。但他后来作品中的考察态度,至少是一种效果上的"间离"。邓友梅亦有其激情,比如讲述掌故时的那种陶然——陶然却还不至于忘情,亦出亦入,意态依然安闲。

介于俗雅之间的平民趣味

克莱夫·贝尔曾谈到文艺复兴运动的知识分子性质。这看起来不免像是一种倒退,似乎是,在艺术活动中知识分子与下层人民更加分离了。人们也可以从这一方面谈论"五四"新文化运动。瞿秋白二三十年代已经用无以复加的严峻态度这样谈论过了。② 与那些囿于所属文化圈、自得于有限的接受范围的新文学者不同,瞿秋白力图由总体文化格局,阐明新文学的实际处境。"新文化圈",与相比之下显得广大无比的大众文化,是中国现代史上又一种文化分裂现象,复杂化了这一时期原已复杂不堪的文化格局。当时极落后的研究手段,不可能提供统计学的材料以证明新文化之于大众的影响及影响方式——比如以对新文学出版物的传播、流通情况的计量分析,确认其实际波及域、直接影响域。然而仅由出版物的印数上,也能约略得知个中消息。中国现代史上的精英文化主要来自"外铄",并非由大众文化中选择、淘洗、提纯的;这使它在一段时间里,不能不成为独立自足的文化岛,而缺乏与大众文化间的交换。"五四"以后知识分子规模空前地走向大众,与在实际上和大众间空前扩大的文化分隔,是极有趣味的现象。走向大众的知识者及其精神产品,经历着大寂寞。而在中国漫长的"中世纪",文人创作与民间创作倒像是有过更亲密

---

① 即使老舍的情感态度也是复杂的。他写及自然物,写及儿童、小动物时的亲昵,写到北京风物时的陶醉,由人而爱及万物,爱及整个属人的世界,这不消说也是情感的投入,即使算不上"巨大的激情"。

② 参看瞿秋白:《荒漠里——一九二三年之中国文学》(1923年10月)、《普洛大众文艺的现实问题》(1931年10月)等,收入《瞿秋白文集》文学编第1卷,人民文学出版社1985年版。

的形式上的联系。这使得"五四"新文学由形式到内容的知识分子化也像是一种倒退。今天这个问题已不再能困扰我们。纵然中世纪城堡中的贵族和茅屋寒舍中的农民在精神上有过怎样的平等(?),我们仍然乐于在一个时期抛弃关于这种"平等"的幻想。我们宁愿欢迎上述平等的破坏,从而指望更高层次上平等的建立。

"五四"新文化运动、文学革命在当时的确是也只能是知识分子的运动,因此它才有可能成为影响深远的运动。即使在"大众化"这一较为具体的方面,"五四"启蒙主义者的呼声尽管微弱,"五四"新文化运动仍然是使文学艺术走向民众的真正开端——因其不止于形式上的袭用从而是更其伟大的开端。

如果我在这里把老舍也把其他京味小说作者描写成彻底洗去了知识分子气味的平民诗人,那么这种甜腻腻的描写不但是虚伪的,而且对于被描写者绝不是一种光荣。老舍确曾说过,他的作品是写给市民和知识分子看的。然而由他自《离婚》以后的作品看,还应从这里合乎实际地删除"市民"二字。老舍的作品在当时是写给知识分子的,写给"五四运动"以后的知识层。这一方面以及其他方面使它们属于新文学而非市民通俗文学。它们提供的是知识分子的社会人生思考,和思考市民社会、市民人生的知识分子视角、趣味。这里即包含有创作者与其描写对象间的"不平等"(强调"平等"也从来不是出于文学自身的要求)。在这一方面,平等的倒是被新文学作为对立物的礼拜六派、黑幕小说等等——与市民趣味、市民意识、市民智力水平的平等。

老舍对于市民社会的文化批判态度不可能出自上述意义上的平等感,而只能出于知识分子意识。他的幽默作为智慧的优越感,也是一种非平等感。指出上述事实就有可能划出界线,确定前提,使下文中不至于有概念、界限上的混淆。因为无论老舍在他的时代,还是当代京味小说作者在新时期文学中,又都确实表现出一种异于同代作家的"平民精神",一种与生活、与文学的独特联系。或许可以称之为平民化的知识分子趣味?

欣赏俗世中的俗人俗务,肯定琐屑人生的文化及美学价值的,并不都出于近代意义上的"平民化"。《儒林外史》以王冕的故事开篇,书中写杜少卿携娘子醉酒游山,以"市井四奇"的故事煞尾,都包含有对俗人俗务的价值态度。有士农工商的区分,即有对分界的超越。中国的"中世纪"并不如中世纪的欧洲那样阶级壁垒森严,故而文人雅士偏能以混迹俗人俗世为飘逸,以世俗生活中的脱俗姿态为超拔,以不避俗务琐务甚至不避工匠式的劳作为洒脱。作为知识人极其入世的人生姿态,其中很难说不包含有对凡俗人生的通脱认识与理解。这理解、估价中正有士大夫的自我意识,以士大夫而与俗人俗世的那一种文化认同(而且往往清醒地意识到这认同,表现为自我肯定、自我欣赏)。老舍与当代京味小说作者的态度,多少也出于上述传统,在现代社会,只能是一种更为知识分子化了的平民精神。"五四"新文化运动中知识分子的先觉身份、启蒙使命空前强化了知识分子意识。六十年后,恰像对于"五四运动"的遥远回应,以知识分子为主体的思想解放运动,再次强化了知识分子意识。正是在这种背景下,老舍那种亲近俗人俗务的平易神情才显得独特,当代京味小说作者那入世近俗、以俗为雅的文化趣味,又与同代作家显出了若干区别。

京味小说作者有他们自己的经验世界,老舍曾说到自己爱交"老粗儿","长发的诗人,洋装的女郎,打微高尔夫的男性女性,咬言哑字的学者,满跟我没缘。看不惯。老粗儿的言谈举止是咱自幼听惯看惯的"①。邓友梅自己说过,他有不少陶然亭遛弯儿的三教九流的朋友。刘心武的平民姿态更是一种"姿态",在表现出强烈的知识分子意识。但那毕竟是一种姿态。对于被同时期文学漠视的胡同下层居民的关切与理解,出自悲天悯人的人道主义情怀。青年作家

---

① 老舍:《习惯》,《人间世》1934年9月1日第11期。上流社会不但不是老舍的,也几乎不是整个中国现代文学的经验范围,这一点与19世纪俄国文学不同。这与中国现代作家的经济地位有关。老舍爱交打拳的、卖唱的、洋车夫等,姿态又见出特别。

的情况有所不同。然而如陈建功对胡同深处"找乐"的老人的那份体贴,在同辈作者中也是罕有的吧。

精英文化中的俗文化趣味——而且是自觉的、服务于既定美学目的的俗文化趣味,使京味小说较之其他严肃文学作品有别味、别趣。这里有北京文化提供的便利,京味小说作者所遭逢的特殊幸运:北京俗文化的审美价值、可再造性、作为新艺术材料的可能性。

平民精神在创作中,主要是一种包含价值判断的情感态度,具体化为笔墨间的亲切、体贴,作为底子的,是作者的人生态度。那是一种与世俗人生认同的态度。即如老舍,在现代作家中,他从头到脚都是现世的、入世的,几无任何形而上的玄思,无郁达夫式的遁世倾向,极少浪漫情绪,难有超越追求。他是个天生的现实主义者,较为狭隘意义上的现实主义者。其平民精神绝不像流行文学那样外在,它不只是一种文学语言现象,而有更深层的基础。这不仅仅是知识分子对于凡庸小民,而且也是人之于人的人生价值认识上的平等感。老舍所说的"写家"因而又有了更丰富的意味。写作无非如匠人做工、艺人做艺,在谋生意义上是平等的;写作在"谋衣食之资"这一点上也是更平凡的。这又是近现代写作职业化之后才有可能产生的职业平等观念。老舍出于其与市民社会的生活与精神联系,出于他独特的人生理解人生价值估量而有这种平等感,当代京味小说作者则因知识者的某种精神传统,也因大动乱后的人生领悟而获得了这种平等感。①

与30年代的大众化运动不无联系而又自有渊源、思想根柢,这里强调的是为那一运动普遍忽略的更为具体、琐屑、形而下的生活理解、人生理解,是包含在作品中的文化认同。至于文字风格的俗白浅易,毋宁说更出于美学目的,而较少社会学旨趣。他们追求的实则是

---

① 契诃夫曾说过,除了告密信之外他什么都写,老舍也可以说类似的话。这对于中国的文人雅士,也许比别的什么都更能表明非贵族倾向,一种朴素平易的平民态度。

浅俗中的雅趣①。对于人生对于文字,中国知识分子明于雅俗之辨并特具领略俗中的雅的那一种能力。其间的分寸在创作实践中却难以掌握得恰到好处。古人论画曰"甜俗二病不可救也"。写俗世俗人、亲近俗务,并不就是审美态度。京味小说的好处正在,写俗世而不鄙俗,能于雅俗间调剂;文字则熟而不甜,透着劲爽清新。这些极重要,或可认为是京味小说艺术上的优劣所系。正因内容近俗,更要求审美的严格控制,水准往往也确是在此间波动。优秀的京味小说作品能以俗为雅,体现"平民化的知识分子趣味",与市民通俗文学,又与同时期其他严肃文学从两个方向上区分开来而获得自己的面目。至于京味小说与通俗文学的区别与联系,本书还将继续探讨。

幽　默

北京艺术的喜剧风格(最突出地体现于相声、曲艺)或多或少也缘于清末以来的历史生活:京城所历风云变幻的戏剧性、喜剧性;京都小民苦中作乐、冷眼看世相的幽默传统,没落旗人贵族讽世玩世及自讽自嘲的倾向——这儿也有诸种因素的汇集。其中满族人、旗人的幽默才能是不应被忽略的方面。这可能是失败者的幽默,却也因"失败"更显示了一个民族的优异禀赋与乐天气质。

幽默作为创作过程中的作者心态,通常正是一种非激情状态,其功能即应有对于激情、冲动的化解。老舍曾被称为"幽默大师",因此而被捧也因此而被批评。鉴于新文学的严肃、沉重的性质,不妨认为老舍式的幽默出于异秉,尽管这幽默也不免有《笑林广记》的气味。幽默作为一种智慧形态,在专制社会,通常属于民间智慧。北京市民中富含这种智慧。帝辇之下的小民,久阅了世事沧桑,又比之别

---

① 这也是一种区别于俗文学的"俗文学趣味",介于雅俗之间。上文中已谈到、下文中还要谈到诸种"之间"。中间状态、间色,或许也是成熟性的标记。真正成熟的文学风格总难简单地归类,难以一种标准界定,通常也正在"之间"。这里则有精英文化与大众文化,严肃文学、纯文学与通俗文学之间分界的相对性。

处承受了更直接的政治威慑。有清一代北京市民中大大发展了的语言与幽默才能,一方面出于对上述生活严峻性的补偿,另一方面,如上所说,也由于历史生活固有的幽默性质。清王朝的覆没,带有浓厚的喜剧色彩。大凡一个王朝终结,总要有种种怪现状。清王朝由于极端腐败,更由于其腐败在近代史特殊的国际环境中,更增多了荒唐怪诞。"福大爷刚七岁就受封为'乾清宫五品挎刀侍卫'。他连杀鸡都不敢看,怎敢挎刀?"(《那五》)事情就有这么可笑,可笑得一本正经。北京人以其智慧领略了历史生活的讽刺性,又以其幽默才能与语言才能(幽默才能常常正是一种语言才能)解脱历史、生活的沉重感,自娱娱人。幽默也是专制政治下小民唯一可以放心大胆地拥有的财产。老舍不无幸运地承受了这份财产。他的幽默,他的文字间的机趣,的确大半是源自民间的,其表现形态不同于开圆桌会议的大英国民的那一种。

一旦以幽默进入创作,幽默即统一于总体的美学追求;到当代京味小说,更出于自觉的风格设计。在京味小说作者,幽默中包含有他们与生活特有的审美关系。他们敏感于极琐细的生活矛盾、人性矛盾,由其中领略生活与人性现象中的喜剧意味,以这种发现丰富着关于人生、人性的理解,和因深切理解而来的宽容体谅,并形成文字间的暖意,柔和、温煦的人间气息。这里有智者心态。由于所见极平凡细微,他们写的自然不会是令人哄然大笑的喜剧(《钦差大臣》或《悭吝人》之类)。这只是一些人生极琐屑处的通常为人忽略的喜剧性。作为创作心态,幽默节制了对生活的理性评价与情感判断的极端性,其中包含着有利于审美创造的距离感,却又不是淡漠,不是世故老人或哲人的不胜辽远的目光,而是浸润在亲切体贴中的心理距离,以对象为审美对象同时意识到自己的鉴赏态度的距离感。在一批极其熟于世情、深味人生的作者,这儿自有世事洞明后的人生智慧。

幽默不只是非激情状态,它还包含有轻松闲暇。人生中没有余裕是不会有幽默的。如汪曾祺写《安乐居》那种闲闲的笔调或许是最合于京味小说的幽默旨趣的了。"闲闲的"——慷慨激昂、愤世嫉俗,都于这心态有碍。幽默中含有嘲讽(当然它温和化了),也含有调侃,在不同的运用中显示为不同的功能。京味小说作者在选择中自有倾侧。他们更用幽默于调侃,追求谐趣。这种运用的背后不消说有浓重的中国传统的喜剧意识。对于京味小说作者,幽默发自人性中的均衡与和谐,其美学功能也在造就均衡与和谐。这优异禀赋同样会阻碍"巨大的激情"。向老舍、汪曾祺这样赋性温厚的作者要求谢德林式的大笑是不明智的,却也不妨承认,老舍的幽默有时温和化了道德感情,模糊了文化判断;而文化批判本是他为自己选定的任务。在调侃中,有时罪恶像是仅仅缘于无聊,丑行则只令人感到滑稽。这里又牵涉到距离问题。人们一再谈论距离感,而在实际创作中找到理想的距离又谈何容易!

以"文化"分割的人的世界

20世纪30年代一时并出的小说大家中,茅盾是最能代表主流文学的认识特点和艺术思维方式的一家。他对中国社会的全景观照,对中国社会结构、阶级关系的全面呈现,都体现了一时的文学兴趣。纵然在较短的篇制中,那时的作家也力争较为准确地再现已经认识到的社会阶级关系及其动态发展。巴金的创作是主情的,他以自己的方式呼应着革命文学中的社会批判倾向。较之巴金,由表面看来,老舍在艺术方法上更接近主流文学,差异也正在这看似相近中显现出来。

最触目的差异是,老舍并不注重阶级特征与阶级关系。较之主流文学以现实社会的阶级结构作为作品艺术结构的直接参照,老舍作品或以人物命运为线索,作纵向的时间性铺叙(如《骆驼祥子》《我这一辈子》《月牙儿》),或依呈现世相、人生相的要求而进行空间铺排,在与主流文学相近的结构形态中,透露的是对于生活材料的不同选择,以及艺术结构与生活结构不同的对应关系。如上文所说,他的作品是讲求行当齐全的,但着眼常在出场人物的个性分布,文化风貌的差异,人物职业门类的"三教九流"、"五行八作",伦理层次的老中幼(如《骆驼祥子》中老车夫老马,中年车夫二强子,顺次而下的祥子、小马等;再如《四世同堂》中的四代,其他作品里的父与子)——是这样的生旦净末丑。其中《骆驼祥子》的创作最能见出普遍文学风气的影响。即使在《骆驼祥子》里,也并非偶然地,老舍并不着力于车厂老板刘四对车夫祥子的直接经济剥削,将祥子的悲剧仅仅归结为阶级矛盾的结果。用《我这一辈子》中主人公的说法,他强调的是"个人独有的事"对造成一个人命运的作用,如与虎妞的关系之于祥子,也如《我这一辈子》中"我"家的婚变之于"我"。这使得小说世界内在构成与构成原则,与一时的流行模式区分开来。①

  老舍非但不强调较为分明的阶级,甚至也不随时强调较为朦胧的上流、下层。小羊圈祁家无疑是中产市民(《四世同堂》),牛天赐家(《牛天赐传》)、张大哥家(《离婚》)也是的。在小羊圈胡同中,处于胡同居民对面的,是汉奸冠晓荷、蓝东阳,洋奴祁瑞丰,以至于在"英国府"当差而沾染了西崽气的丁约翰。至于其他胡同居民,倒是因同仇敌忾而见出平等的。不唯一条小羊圈,在老舍的整个小说世界中,作为正派市民的对立物、市民社会中的异类的,主要是洋奴、汉奸、西崽式的文人或非文人:仍然主要是文化上的划分。上述特征在当代京味小说中也存在着。即使现实感较强的刘心武,对于他笔下人物众多的那条胡同(《钟鼓楼》),也更乐于表现作为胡同文化特点的和谐、平等感——包括局长及其邻居之间。

  老舍长于写商人,那种旧北京"老字号"的商人,所强调的也非阶级(商业资本家),而是职业(所营者"商")。他甚至不大关心人物具体的商业活动。吸引他的兴趣的是人物的文化风貌、德行,是经由商人体现的"老字号"特有的传统商业文化。在这种时候他对人物的区分,也同样由文化上着眼:以传统方式经营的,如祁天佑(《四

---

① 在《骆驼祥子》中,祥子感受最强烈的,是精神践踏,对于他的作为人,作为一个体面的自食其力的车夫之自尊感的践踏。践踏他的是整个社会。在这普遍的不公正中,原有可能分明的阶级关系多少变得模糊起来。老舍也写贫穷,如小福子的一贫如洗。但原因的归结也不是具体的,比如具体的具名姓的剥削者——"冤有头,债有主"之类。

世同堂》)、王利发(《茶馆》),以及《老字号》《新韩穆烈德》诸作中的老板、掌柜;站在这一组人物对面的,则是以凶猛的商业竞争置"老字号"于绝境的洋派商人。他并非无意地忽略了上述商人共同的商人本性(阶级属性),而径自专一地呈现其不同的文化面貌、商业文化渊源与背景。

上述总体构思下的人物关系,自然不会如左翼文学中通常可以分明看到的阶级关系。这里构成人物生活世界的,是街坊、邻里,以及同业关系,也即胡同居民最基本的生活关系。其中,尤其街坊、邻里关系,往往是京味小说中描写最为生动有味的人物关系。老北京的胡同社会,主要由小生产者、中小商业者、城市个体劳动者构成。生产活动、商业活动的狭小规模,经济层级的相对靠近,都不足以造就充分发展的阶级结构与阶级对立关系;东方城市中素来发达的行会组织,也强调着人的职业身份,人与人之间的行业、职业联系。当代北京胡同情况虽有变动,仍在较为低下的生活水准上保留着居民经济地位的相对均衡(这种情况近年来才有变化)。这正是构成胡同人情、人际关系的生活依据。京味小说作者的选择在这一点上,又出于对北京生活的谙熟,而不全由形式的制约。来自生活世界的与来自艺术形式、艺术传统、艺术惯例的多方面制约——或许要这样说才近于完全?

伦理思考及其敏感方面:两性关系

京味小说作者长于表现人伦关系,在呈现家庭关系上最擅胜场。京味小说作者尤其长于描写父子关系——铸入伦理结构中的世俗历史,凝结在人伦链条上的文化传递与历史衔接。"父与子"之间,所长又更在写"父亲",无论老舍还是当代京味小说作者。新文学所提供的"父与子",大多合于"青年胜于老年"的社会进化论思维模式;老舍以自己的文化经验、审美选择,复杂化了新文学的家庭图景。当代京味小说作者在呈现代际关系,取材于变革期中被忽略的北京胡同老人生活时,竟与老舍当年的情形有几分相像,也与同一时期京味外写北京的作品形成对比(或者说"互补")。①

　　强项往往同时又是弱项,一种艺术的明显优势中包含着其最脆弱之处。京味小说长于展示伦理现实、家庭伦理关系,与此互为表里、也许更具有特征性的另一方面,即正是在伦理发掘中,集中了某些京味小说作者与传统文化的精神联系,表现出伦理发掘者本身伦理意识的"传统"性质。你在这里发现的城与人之间的文化契合,或许比之我们已经谈到的那些都更深刻,更值得讨论。

　　一个引人注意的事实是,我们已经提到过的那些京味小说作品,几乎没有成功的值得谈论的性爱描写。老舍曾坦率地说到因为自己"差不多老是把恋爱作为副笔","老不敢放胆写这个人生最大的问题——两性间的问题","在题材上不敢摸这个禁果",以致使得作品难臻"伟大"。② 这是老老实实的话,并非谦词。对于性爱,对于两性关系观察的肤浅,的确极大地限制了他的创作切入人性、切入生命的深度。

　　与此不无关系的是,老舍小说除《微神》《月牙儿》等少数几篇外,几乎再无以女性为主人公的作品。他的小说所呈现的最为重要的伦理关系,是"父子"而非"夫妇",是代际关系而非两性间的关系。当代京味小说在这一点上似更有发展,所写多半是"爷们儿"的世界。豌豆街办事处文化站、小酒馆或大酒缸周遭,不消说是清一色的爷们儿,在文物行、德外鬼市等处折腾的,也只能是爷们儿无疑。京味小说长于写老人世界。你在这里可以想起一长串篇名来:《红点颏儿》《话说陶然亭》《找乐》《安乐居》《画框》等等。这老人世界容

---

① 更值得玩味的是,即使关注并力图理解青年的刘心武,用以评价胡同青年的尺度,有时也是胡同中旧有的。《钟鼓楼》里的正派市民后代,无不"沉着""敦实""实在",沉静朴实得如同那胡同本身,并且一致地表现出道德上的义务感、对传统的伦理秩序的尊重,无不是那些个家庭中本本分分的儿子、孙子、兄长、大伯子。小说实际描写中也仍然在写父亲们时更无须用力也更见精彩。这一点也近于老舍。老舍写得最好的儿子辈人物,比如大姐、韵梅,精神上是属于上一代的。作者在父与子的和谐中发现了儿子的美。

② 老舍:《我怎样写〈二马〉》,《老舍生活与创作自述》,第16页。

或有老妪们加入。东方式的老人世界是被认为已排除了"性爱"这一种关系的。那里只是些"老人"而已,并不同时被作为男人与女人看待。

上述文学选择也对应于传统社会的伦理现实。在中国家庭,五伦中的"父子"一伦,其位置在"夫妇"伦之上。这是家族生命链。据费孝通《乡土中国》的分析,乡土中国的家庭,夫妇关系的冷漠是常态。作为补偿的,是同性间关系的亲密化:娘们儿的世界,与爷们儿的世界。李昂小说《杀夫》中台湾乡镇水井边,与陆文夫小说《井》中苏州小巷水井边,同属于娘们儿的世界。而如《找乐》中的文化站,《北京人·二进宫》(张辛欣、桑晔)中票友聚会的小公园,则基本上是爷们儿的世界。

这又并不意味着老舍不长于写女性。老舍以其作品提供了一些极鲜活生动的女性形象,从初作《老张的哲学》中的赵姑母,到《牛天赐传》中的牛太太,以至《正红旗下》中的大姐婆婆;极其惹人爱怜的,还有大姐(《正红旗下》)与韵梅(《四世同堂》),更不必说著名的虎妞与小福子。这些女性形象在他的作品世界中一如女性在传统社会的实际生活中那样处于配角地位,却是一些极有神采的配角。老舍长于描写的,是家庭关系中处于太太、妻子地位的女性,旧式妇女或"半新不旧的妇道们","夫妇"这一伦中的"妇"。写上述女性中的年轻女性,他对代际(比如婆媳)而非夫妇关系的表现尤能成功——韵梅的作为祁家儿媳妇、孙媳妇、"小顺儿的妈",大姐的作为大姐婆婆的儿媳妇。这也是传统社会中女性主要的角色。刘西渭说过沈从文善写"少女怀春",老舍则始终不长于写少女。《微神》太抽象、朦胧,《月牙儿》也过于诗化。他自己对此很自知且善藏拙。情况似乎是,他不熟悉那些未经传统家庭关系充分界定、被传统社会认为尚未完成的女性。老舍用以观察女性的眼光,显然是男性社会通用的、爷们儿的,他所写的婚姻痛苦也多半是男性一方所承受的。他很少由女性方面思考婚姻伦理问题,即有也难以入深。因而对于

"家"的批判性追究竟无妨于对传统女性美德(如温柔贤淑)的备极欣赏①,这倒使得有关人物益加惹人爱怜。他写出了极富于"东方美"的女性,对这种女性美的欣赏、玩味,也表现着对人生的审美态度。人物形象体现着审美判断与道德判断的合致;或者说注入其中的,是统一了道德感情的审美感情。他贡献于现代文学的女性形象,其审美价值未必低于丁玲、茅盾所写新女性、都市女性,尽管这两组形象在文化坐标上处在两极。还应当公正地说,投入创作中的京味小说作者"爷们儿"的自我意识,也有助于其风格的大气、沉雄与厚重,戒却了纤弱柔靡。

伦理思考中的薄弱处也就同时呈现了。上文已经说到,对性爱观察的浮泛肤浅已经大大限制了作品达到人性、生命的深处;上述男性趣味(而且是保守的男性趣味,如女性评价囿于传统的"太太规范")更阻碍了对乡土中国、对家庭伦理的现代认识。不错,老舍描写了女性在家庭中地位的可悲(比如大姐),但这种认识并不就必能通向"五四"时期有关思考的逻辑结论。"五四"新文化运动后的文坛上,老舍在某些方面确能不苟同时尚,如对激进青年、对女性的观察。老舍曾半庄半谐地说过,他不喜欢剪发女子。② 没有这种不苟,就没有老舍写得那般成功的老人形象与旧派女子形象,这又正是新文学界同行们所疏于或拙于表现的。作为成功的条件的就有作者自己的传统心态。这使得以文化批判为自觉意向进行伦理发掘的老舍,恰在当时最为重大的伦理课题"父子问题"和"妇女问题"上,证明自己缺少现代意识,缺少为文化批判所必需的现代人的文化眼光。个人条件就这样限制着意图的实现,复杂化了他的作品的文化内容。

当代京味小说作者在某些认识课题上显然超过了文学前辈,如

---

① 《四世同堂》里,有关婚姻的思考终于归结为即使不幸的婚姻也有它重要的补偿,韵梅以其女性美德,完成着艰难时世的家庭义务。这种女性评价中,有对家庭伦理秩序的尊重。这尊重与对秩序合理性的怀疑,是同属于老舍的,从一个方面呈现出他的文化意识的自身矛盾。

② 老舍:《习惯》,《人间世》1934年9月1日第11期。

对体现于父子关系中的文化变动的估价。同时却又在某些方面承袭了老舍作品的弱点,甚至把老舍那里的强项也变成了弱项。当代京味小说中几无值得一提的女性形象,无论"新""旧"。女性人物不但在作品中充当配角,而且往往只粗具轮廓。至于两性关系问题上的思考,有时也像文学前辈那样落后于一时期文学的一般水准,如《钟鼓楼》借诸人物的婚姻伦理问题的讨论。老舍出于文化批判、文化改造的时代热情,强调传统家族制的崩坏(无论他面对这种景象时心理何等矛盾),以对人性的思考为线索,表达了对旧有伦理秩序——"四世同堂"的家庭结构及旧式婚姻关系——的怀疑和对合理人生的追寻。这种激情,已不再见于当代京味小说。某些当代作品使人感到的,更是对胡同中固有秩序的小心翼翼的尊重,对"和合"的人际关系的过分陶醉。较之前代作者,对传统生活方式所造成的伦理痛苦,像是更能宽容,更乐于"理解"。两代作家间的上述差异又不是个别现象,这里有两个时期文学间参差的对比——文学史并非总适于用"进步"或"倒退"这样的概念作笼统描述的。

  你在这里可以清楚地看到,一种风格的优长,是在付出了怎样的代价之后获得的,从而使"长"与"短"纠缠在了一处。再回到前文中关于美感纯洁性的话题上来,你又会进而想到,造成京味小说的美感统一的,或许正有上述对"和合"境界、秩序的陶醉,为此牺牲了伦理思考的现代性与理性深度。造成京味小说的美感纯洁性的,还有有意规避两性关系方面的描写①。"纯洁性"的代价在这里是人性发掘上的自设限阈。这后一种代价更其沉重。作为心理背景的,或许也有北京有教养的正派市民的洁癖?追求人间味的,又终难更深地进入人间——人间本是芜杂、美丑并陈的。

  我又想到了市民通俗文学。市民文学有"言情"的传统(往往言

---

① 市民文化也有层级。旧时代相声、曲艺有所谓"荤口",传统京剧中也有有关"性"的暗示、挑逗性内容。京味小说也不能一概而论。《骆驼祥子》《月牙儿》等作即有关于性心理的有力描写。其中有关妓院、暗娼的描写,不无民间性文化的趣味。

情而"滥情"),现代如张恨水写北京生活的《啼笑因缘》《夜深沉》之属,都写男女间情事而得市民读者青睐。在较为严肃如张恨水这样的作者,描写中也力避狭邪趣味而"有所不写"。与京味小说趋同的,是不及于性心理、性意识等,专以过程的曲折("悲欢离合")取胜,因而"言情"却在描写两性关系方面同样乏善可陈。

谈到京味小说作者的伦理关切,还有必要说明,这种关切固然是发掘中国文化所必要的,过分的伦理关切却有可能导致以"道德化"削弱了作品的现代意识。既有对于伦理现实的切入底里的观察,又不囿于伦理眼光,避免生活、人性评价的道德主义,才更出于"世事洞明人情练达"那一种智慧。京味小说作者并不乏这种智慧。老舍的写虎妞,邓友梅的写那五,汪曾祺的写云致秋,都表现出超越狭小伦理眼界的对于人生、人性的更为开阔、通脱的见识。写伦理现实而又超越伦理眼界,这儿有京味小说与市民通俗文学的几乎是最重要的分界。然而又应指出,摆脱通俗文学的影响,也证明着影响的存在。"摆脱"作为过程确实从一个方面描绘着京味小说的发展轮廓。京味小说的上乘之作,成功在其不"道德化",某些作品的浅薄处即在道德化;创作不免在其间摆动。这也令人想到北京人,北京人对于人事的通达、洒脱,和市民社会中素有的道德传统。最突出的,是具体人性理解的通脱和历史文化评估时的褊狭。在那种认识框架中,冲突着的历史力量被用单纯的道德眼光区分为善或恶、义与不义,历史哲学被世俗化了。[①]

结构:传统渊源

既然"漫论"的是京味小说,除已经谈到的作者心态、创作选择,以及尚未谈到的作品中人物面貌外,自然还有必要谈及京味小说作

---

① 对于人物行为的伦理意义的明确判断,也造成着京味小说的单纯与清晰;习于评价和评价的明确性也约略近于市民通俗文艺。这种文艺及其接受者都不能忍受善恶评价的非明确性、人物行为意义的不确定性。这种认识特点也有效地"结构化"了。

为"小说"的某些形式特征。本书是将京味小说作为一种风格现象讨论的。艺术风格包含形式因素。"风格"较之"形式"毕竟更为笼统,更易于诉诸概括性的描述,在较为宽松的标准下,也易于引出"共同性";一旦进入更为具体的形式研究,情况就不同了。京味小说究竟不是一种小说样式。但既然风格中包含有形式因素,就有可能进行形式上的探讨,即使由这一角度所能发现的更多是差异性。

粗略地清理一下文学史你就能发现,无论在"五四"至30年代新小说初创—成熟期活跃的形式探索中,还是在新时期以来令人眼花缭乱的形式试验中,京味小说都没有引人注目的表现。老舍在他的时代不是如鲁迅那样的艺术革新家,甚至也不是如沈从文、张天翼那样的文体家。30年代沈从文、张天翼在小说(主要是短篇小说)形式技巧方面的尝试,是有功于中国现代小说的艺术发展的。老舍却属于那种在较为通用的形式之中创造了自己的作者。这在某种程度上也许更为困难。样式的新变易于令人兴奋,他却宁以那些更为基本的小说手段、文学手段叫人惊异。这在平庸的作者,几乎等于无所凭借。也许用得上他关于康拉德说过的话:"康拉得的伟大不寄在他那点方法上。"①因不注重形式的探索与试验,他的小说结构较早地定型化了,此后是运用中的益加圆熟。他的形式兴趣似乎只集中在短篇写作中,但短篇毕竟不是他选择的主要小说样式。他的长篇的结构布局尚可谈论;当代京味小说诸家,甚至在结构方面,较之文学前辈也没有提供新的东西。

老舍的长篇小说,结构形式的形成也像是在不经意间。因"不经意",难免常有纰漏弊病;也因"不经意",结构上的重大变动(如《骆驼祥子》的成"断尾巴蜻蜓",再如《四世同堂》的一度尾巴失踪,另如《茶馆》在演出中舍弃尾巴),竟能无妨于作品大体上的完整。他长于叙说,但对于现代叙事学的诸种要求,也表现得同样粗疏。他

---

① 老舍:《一个近代最伟大的境界与人格的创造者》,《文学时代》1935年创刊号。

的《月牙儿》《我这一辈子》的叙事角度,与叙事内容、叙事所用时态之间存在着明显的抵牾。① 你会想到,同一题材倘若经了更为现代的叙事技巧处理,必定会呈现出另一种面貌,以至改变了整部作品的调子吧。在写作中,他的热情仿佛只在那些具体场景而不同时关心"架构"。他在文学语言方面的强大自信,也使他不屑于"弄巧"。而他那些明显的优势(细节的感性生动性,尤其文字功力),竟也使得读书界长期以来容忍、有意忽略了他的作品结构上的明显瑕疵。这无论如何是一种有趣的现象。这里很可能有着中国读者的审美心理,由话本、古典白话小说培养的阅读习惯与阅读要求。我由此想到,中国小说发展历史的悠久与某些形式环节的不发达适成对比,是否多少也由于上述稳定的审美心理与阅读要求?

在同时代大作家中,茅盾是注重小说的总体构架的。《子夜》拟定提纲的巴尔扎克式的写作方式,也与老舍的连载小说式的写作习惯不同。在茅盾,对小说整体布局的注重,与注重社会全景展现,追求社会经济关系、阶级关系的"艺术结构化"等特点是一致的;老舍的趣味则在平凡人生,人生中最为平凡俗常的生活场景。茅盾往往将历史事件置于正面,作大全景式的、鸟瞰式的艺术概括,力求广阔、宏伟;老舍则通常以一胡同、一院落、一家庭为舞台,由一孔而窥视时代、历史,着力于细节的结实具体、作品中文化内容的饱满性。茅盾常以历史事件聚焦,有清晰可见的结构中心;老舍则近于散点透视,随处生发,以便于展列"众生相"。作为那一代作者,他们都追求作品境界的开阔性。茅盾追求开阔,让开阔直接呈现于艺术结构之中;

---

① 即如《月牙儿》的叙述,出诸第一人称的当事者之口,却把叙述内容客观化了。老舍的叙述本质上是现时态的,他追求表现的直接性,那种"历历如在目前"的现场性,情境的逼真性。因而在倒叙中,往往不顾及这一叙事方法的艺术要求,在叙述的时态上表现出随意性,不严守作品的形式假定,以至破坏了本可造成的幻觉。这也许可以归因于大作家通常会有的粗心。他们往往只注意那些对于他们的意图而言最关紧要的东西。倒是一些较小的作家,更有耐心在细节处琢磨。"五四"新文学作者在技巧运用中有较为普遍的粗率。当代文学的技巧发展,使得人们可以用更挑剔的眼光看待前代作家的创作,重新审视被研究界忽略的那些环节。

老舍同样企求开阔,却习于让他所理解的开阔实现在具体有限的场景、画面上。你已经可以看出,较之茅盾,老舍的美学趣味是更有中国艺术的传统渊源的。

据说《茶馆》的初稿中场景不限于茶馆;最终把剧情限制在茶馆这一特定空间,才是更合于老舍的艺术思维特点的。"茶馆"在这里也是那"一孔"。空间限制中的"众生相"铺展是老舍的长技,他必要在这种为自己特设的限制中才便于施展:据有"一孔",然后以人物为触角,层层叠叠地推展开去。那往往是一个自身完整且不失开阔的小世界。在对结构形式的"不经意"间,老舍因其特殊经验,因其与传统美学间的上述联系,提供了适宜于他的才能的结构样式。

当代作家中,刘心武在《钟鼓楼》、陈建功在《辘轳把胡同9号》中所写,也是那种百宝箱式的胡同或杂院,体现着与老舍作品相似的结构意图。《安乐居》(汪曾祺)写的也是《茶馆》式的场景,规模虽小,结构意图亦近之。刘心武在《钟鼓楼》里,谈到他意在进行"社会生态群落"的考察。那种结构上的横向铺陈显然是合目的性的。老舍借类似结构所展现的,何尝不是"社会生态群落",只是当时还没有流行类似的概念罢了。京味小说作者以外,陆文夫也长于以这种方式结构小说,写那种把一城一地的世相、众生相搜集起来一并展出的小巷,以此寻求城市文化形态的完整性、城市文化的缩微形式,以至城市文化模型。这儿含有中国传统艺术关于片段与整体、部分与全体间关系的理解。你大约还会进而想到,唯苏州、北京这种古旧城市才能有文化在分化中的同一,多元中的协调,无形而无所不在的"内聚力";因而那一胡同一院落,才可能寓有古城的魂儿。

这种结构固然难称新奇,却也并不就较别种结构易于把握。我已经说到,老舍也有运用中失去控制的时候。当代有些京味小说更因过于追求信息量,以至作品中事件丛集,"生活"膨胀,使本可助成"从容"的结构形态显出逼仄局促。欲把生活矛盾借一种结构如数收集起来,难免损害了这结构本身。艺术意义上的饱满不就是内容的满;新闻记事式的满,适足以挤掉美感所需要的余裕,弄狭了作品的美学空间。

老舍既选择了上述结构,也就选择了与此有关的一系列艺术矛盾,比如非戏剧化与戏剧化。铺展小民生活的日常情景的,本应达到非戏剧化;然而作品世界的过于严整、完备,近于舞台艺术的人物设置和场面安排调度,又适足以造成戏剧性。京味小说常在这两者之间。如情节总体设计的非戏剧性和具体情景的戏剧化。这也使京味小说在艺术方法上,与市民通俗文艺既区别又联系。这儿或者有俗文化趣味的渗透?

前面谈到过老舍创作中的抽象与具体。老舍创造的世界极其具体,具体到可触摸,他由以出发创造这具体可感的世界的图式,又不免是较为抽象的。抽象性潜隐在具体性中。不是如现代派艺术的哲学抽象性,而是社会概括的抽象性。这抽象性与中国传统艺术如戏曲的写意性也不无相通。

老舍说过自己"是个善于说故事的,而不是个第一流的小说家"①。他的情节意识却显然不同于说书艺人。他的作品常有清晰且较为单纯的情节线。不必说《骆驼祥子》《我这一辈子》《月牙儿》这样纵向展示一个完整过程的小说,即使枝节横生如《四世同堂》,也有易于把捉的情节线索。但情节在老舍的构思—结构中,又不像是最关紧要的。你的阅读经验会告诉你,正是"故事",对你不构成太大的吸引力。② "过程"并不难把握,"过程"中还往往掺杂有因过于随机而导致的不合理性。人物走向命定的结局,在悲剧故事中则经由一连串偶然或非偶然的厄难——通往宿命的预先设置好的道路;结局也往往是匆促地安排就的,显出粗陋(如在他最著名的《骆

---

① 老舍:《〈老舍选集〉自序》,《老舍选集》,第13页,开明书店1951年版。
② 本书前面也已写到,老舍结构小说较之时间更注重空间。《四世同堂》松散之至,在共时空间中铺排世相,强调的不是时间因素;《骆驼祥子》的情节也不过是简单的时空连续体。

骆祥子》与《月牙儿》里)。这个"造物主"显然过分意识到自己的权力,而又不大肯为他的创造物的结局操心。他甚至不屑于使用传统小说、评书艺人用之有效的结构手法,如设置悬念等。他宁可"平铺直叙"。然而即使如此,你仍然被吸引着。吸引了你的并非情节、故事,而是过程中、情节线上每一个细节、情景。你会忘掉人物的宿命,因为小说在人物走向宿命的途中精彩纷呈,以至于"结局"显得并不重要了。① 这种艺术方法又使"命运"淡化,"生活"获得了它应有的位置。老舍艺术的魅力即在这粗糙的情节结构中随处展现的人生形态,处处饱满结实的"生活",虽"横生"却如此茁壮的枝节,更不必说足以引起审美愉悦的文字。倘若你是有着某种现代趣味的读者,这血肉丰盈的情节、鲜活生动的人间情景,以及富于美感的语言,就足以使你获得快感,因为有生命在作品的每一处流布。如果你不但有现代趣味,而且在严肃地思考着人生、社会,那么作品也能以其严肃的思考令你满足。在随处可得的具体满足中,你不再计及全体的工拙。你承认,作者艺术思维中的惰性、保守性,被那种生机勃勃的创造力量盖过了。

也如其他作家,老舍有他的情节模式,而且是那种较为老旧的模式。但他更有模式运用中的新鲜创造。他以强大的优势使得"弱项"成为非决定意义的,以此补了自己主观条件的不足。弱化情节,也属于为当时所理解的新小说的特征。他的才能不利于构造情节,而利于创作进程中的即兴发挥,利于细节血肉的丰润圆活,这一点偏又让人想到俗文学作者。除一套屡用不厌的情节技巧,说书艺人通常也不能如文人创作那样潜心于经营位置、谋篇布局,而更擅长于具

---

① 老舍的工作方式也使他集注力量于过程中的"点"、每个具体环节,在一个个局部中使其艺术发挥到极致,以至那些个"点"、细节、情景独立自足,被赋予了它们自己的意义。情节的重要性,就这样被各个环节的重要性分割了去。具体场面、情景、细节构成作者的基本兴趣单元。到写《正红旗下》,上述倾向更变本加厉,对细节的兴趣成为创作的主要动力。

体情景、细节处的发挥。①

追求情节的完整性，不止一次使老舍暴露出技巧上的缺陷和思想力的薄弱。上文谈到的《骆驼祥子》等作，似乎还是没有尾巴的好。"复原"多半是欲巧反拙。当他弃长用短，着意于追求情节效果时——比如早期作品《老张的哲学》，以及《四世同堂》第三部、《正红旗下》未完成稿的后半，牺牲的不只是艺术，而且是对生活的理解。老舍因自身长短互补用来得心应手的结构形式，在缺乏相应优势的作家手里，更会使弱点毕现。有些当代京味小说就使人感到结构手法的陈旧，以致不能在美学境界上区别于通俗小说。这里也不是单纯的形式问题，而是生活理解、文学观念问题。尤其在与同时其他小说作品的比较中，人们感到的，更是由形式方面透露出的作者现代意识的缺乏。

老舍作品的结构形态也有其形成过程。《离婚》《骆驼祥子》，是较为彻底地摆脱了市民式想象的产物。由《老张的哲学》那种闭合式情节框架到《骆驼祥子》，其中有日益加深的对市民生活中悲剧性的理解。简单的善恶观、正义观在这种理解中被深刻化了的生活认识所取代。这里，审美选择中包含了在当时而言更为重大的选择——选择现代作家文化批判、社会批判的使命。

三　当代数家

我们已用了足够的笔墨谈论"共同性"。如果全部情况尽如上文所述，那几乎不能构成一种真实地存在着的文学现象。一方面我

---

① 老舍谈到评书艺人，说他所见过的"第一流名手"，无不"把书中每一细节都描绘得极其细腻生动，而且喜欢旁征博引，离开正题，说些闲文"。而这是因为"人民热爱生活"。"因此，评书演员的生活知识必须极为丰富，上自绸缎，下至葱蒜，无所不知，说得头头是道。据说：前些年去世的北京评书名家双厚坪说《挑帘杀嫂》这一段，就能说半月之久！通俗史诗的另一特点：从四面八方描写生活，一毫不苟，丝丝入扣。"(《谈〈武松〉》，《小花朵集》，第116页，百花文艺出版社1963年版)

们再三强调所谈的是一种成熟的风格,同时却把个性揉碎在了共性之中,这至少是论述上的自相矛盾。艺术成熟性的可靠标志之一,即个体风格的不可重复性。任何一种有关两个以上作者的风格描述,如果忽略了个体面貌、个性差异,将会弄得毫无意义。因而,作为题中应有之义,我已经并将继续从两个方面谈差异性:老舍与当代京味小说作者,以及当代京味小说作者之间。或许经由这样的描述,才有可能把握京味小说作为一种风格的活生生的存在。在诸多层次的同与异中,有风格作为一种"生命现象"的鲜活,瞬间变化,可把握与不可把握、可描述与不可描述性,其存在状态的清晰性与模糊性,非此非彼的不确定性,以至于无穷的中介形态。"京味小说"也就在上述矛盾之中。

生长出京味小说的,是一片滋润丰沃的土壤。地域文化无可比拟的蕴含量,范本所造成的较高境界,都有助于后来创作的生长繁荣。新时期一时并出的数家,虽各怀长技,创作成就互有高下,却共同维持了作品质量的相对均衡。在水准起落不定的当今文坛上,能维持这均衡已属不易,要不怎么说是成熟的风格呢。构成这严整阵容的个体都值得评说。我们就由邓友梅说起。

邓友梅

由前引汪曾祺所谈邓友梅,你得知《那五》《烟壶》的写成非一日之功。即使如此,那口属于邓友梅自己的百宝箱仍要到机会熟透了才能开启。

我发现不止一位"文革"前即已开笔写作的中年作家,到新时期才以其风格而引人注目。这里所依赖的,自然有新时期普遍的"文学的自觉"。我尤其注意到笔调。只消把某几位作者的近作与早期作品并读,你就会发现最突出的风格标记正在笔调。摆脱共用语言、脱出无个性无调性无风格可言的语言形式的过程,又是创作全面风格化的过程。寻找属于自己的笔调,牵连到一系列的文学选择:对象领域的、结构样式的、叙事形态的等等,更不必说笔调中包含的审美态度以至人生态度。

我没有条件描述发生在邓友梅那里的"寻找"过程。他自己的话或许可以作为线索:"我打过一个比喻:刘绍棠是运河滩拉犁种地的马,王蒙是天山戈壁日行千里的马,我是马戏团里的马,我的活动场地不过五米,既不能跑快也不能负重。我得想法在这五平方米的帐篷里,跑出花样来,比如拿大顶,镫里藏身……你得先想想自己的短处,然后想辙儿,想主意:我是不是也有行的地方?我比刘绍棠大几岁,解放时我十八岁,他才十二岁,我对解放前的北京城比他熟悉些;王蒙知识比我丰富,才智过人,可是他在北京的知识区长大,不熟悉三教九流汇集的天桥,他没见过的我见过,我拿这个跟他比。你写清华园我写天桥。只有这样才能为读者提供多种多样的审美对象,在各个生活角落,发现美的因素。""每个作家好比一块地,他那块是沙土地,种甜瓜最好;我这块地本来就是盐碱地,只长杏不长瓜,我卖杏要跟人比甜,就卖不出去。他喊他的瓜甜,我叫我的杏酸,反倒自成一家,有存在的价值。"[1]说得实在。并不自居为天才,而以终于能经营自家那块地上的出产自乐。你比较一下林斤澜的"矮凳桥系列"和前些年的《竹》,邓友梅的《那五》与《在悬崖上》《追赶队伍的女兵们》,就会理解选择——尤其笔调的选择——对于作家的意义。在邓友梅,这实在是重大的选择,几乎是"成败在此一举"。正因这番选择,使积久的能量得以释放,未被实现的价值终于实现。选择风格在这里即选择优势。也像本书涉及的其他作者,邓友梅并不专写京味小说。但他那自信——"我的作品不会和任何人撞车"——却只有依据了《那五》之属才不为夸张。

他明白自己的短处,自知,知止,于是就有了节制。写京味小说,邓友梅选材较严。他很清楚题材对于他的意义。他不追求"重大主

---

[1] 邓友梅:《略谈小说的功能与创新——在小说创作讲习班的讲课[摘要]》,《北京文学》1983年第9期。

题"(或许也因并无那种思想冲动?)。他称自己所写是"民俗小说"①。我们自然也可以挑剔他的写人物不能入里;但在他自己,这么写或许正所以"藏拙"。善能藏拙从来都是一种聪明。

节制自然更在文字。邓友梅有极好的艺术感觉、语言感觉,写来不温不火;即使并不怎么样的作品(如《"四海居"轶话》《索七的后人》),笔下也透着干净清爽。他不是北京的土著。以外来人而不卖弄方言知识、不饶舌("贫"),更赖有自我控制。因材料充裕、细节饱满,也因相应的文字能力,自可举重若轻,游刃有余,而不必玩花活。节制中也就有稳健、自信。

前面已经说了,某些有关北京的知识掌故,是邓友梅的独家收藏,铺排起这类知识自能如数家珍。虽不必像张辛欣讲邮票、邮政邮务、集邮那样汪洋恣肆,也有他自个儿的那种雍容的气派。知识积累是要功夫的——一味凭灵感、才气的年轻人未必肯下的功夫。因而那份从容、雍容得来也不易,并不全在气质。

我有时不禁会想,倘若没有上述机缘,汪曾祺的、林斤澜的、邓友梅的语言才能岂非要永远埋没了?这自然是人类史上极寻常的"浪费",在承担者个人却总是沉重的吧。看邓友梅的小说,我是首先由他的文字能力认识他的小说才能的。前文已经说过,他的作品情节结构稍嫌旧式,人物(除那五外)刻绘也入之不深,但有那一手漂亮的文字,有因笔调而见出一派生动的情节细节,就是对于缺憾的有力补偿。也许出于偏嗜,我太看重语言这一种能力了。对于文学,尤其对于京味小说这种极其依赖语言魅力的文学,语言即便不是一切,也是作品的生命所系,焉能不让人看重!

邓友梅也并不就缺乏写人的能力,只是如何写人,要由那题旨而定。在《烟壶》里主人公有时不过一种"由头""线索",为的是把那

---

① 邓友梅在《烟壶》(上海文艺出版社1985年版)的"后记"中说:"《烟壶》、《四海居轶话》、《索七的后人》三篇,是《那五》之后我一口气写的三篇所谓'京味小说',是我表现北京市民生活系列小说的组成部分。"又说这些是"民俗小说"(第507页)。

关于鼻烟壶的、德外鬼市的,以至烧瓷工艺的知识给串起来。那五不是(至少不只是)"由头""线索"。"那五性格"本身即一种文化。《那五》中也有"教训"。但人物既有其自身生命,就不再等同于"教训"。因了这些,这小说的文化趣味就非止于知识趣味、风俗趣味,那"文化"也更内在些。邓友梅作品往往题旨显豁。有了人物,就不再以显豁为病。

说人物只说那五,对于邓友梅未见得公正。他长于写文物行中人,甘子千、金竹轩一流,有文化气味,又非学士文人,介乎俗雅之间,正与他的小说同"调"。① 其他人物,用笔不多的,往往活现纸上,如《那五》中的云奶奶、《烟壶》中的九爷。别小看了那几笔,那几笔没有相当的功夫是写不出来的。这一点又让人想到老舍。《四世同堂》中老舍反复勾描的钱诗人,反叫人觉着别扭;着墨不多的金三爷,偏能浑身是戏,处处生动。

艺术完整性即使在大家也不易得。证明一位作者的艺术功力,往往只消看上几笔。邓友梅作品中足以为证的又何止几笔!在一位不自居为"大家"的作者,这难道不是足令其快意的?

刘心武

似乎是,到写《钟鼓楼》和《5.19长镜头》《公共汽车咏叹调》,刘心武才把"京味"认真作为一种追求。他的《如意》《立体交叉桥》写北京人口语虽也有生动处,却只能算是"写北京"的小说。《钟鼓楼》也非纯粹的京味小说,其中用了两套以上的笔墨。这却没什么可挑剔的,或许正是求仁得仁。

---

① 邓友梅长于写旧北京文物行中人。文物行本是文化城中的风雅生意,生意中即有文化。邓由他选取的人物、角隅写北京,即自然具有老旧古雅的文化气息。人物介于"大市民"与底层人物之间,既识文墨,不乏风雅,出入的又是制作、买卖文玩的所在,影响到邓作的风格,即多了一种内里的书卷气。文物行中的诸多内情,也增强了作品的掌故、知识性。邓的京味诸作略具系列性质,人物互见,又令人看到北京这一角的文化变迁。

倘若硬要以刘心武与邓友梅论高下,限于本书的题旨就显着不公平。用上文中的说法,写京味小说在邓友梅更本色应工,刘心武所长可能并不在这上头。以京味小说的标准衡量,邓友梅的强项也许恰是刘心武的弱项,我指的是语言。刘心武笔下的北京方言,令人疑心是拿着小本子打胡同里抄了来的。他的以及陈建功写得较早的几篇(如《辘轳把胡同9号》),你都能觉出来作者努着劲儿在求"京味"。正是这"努劲"让人不大舒服。老舍所说白话的"原味儿",必不能只由模仿中获得。说得"像"还只是初步,或许竟是不大紧要的一步。最糟的是公文式的、新闻记事式的刻板用语、套话的混入(除非作为人物语言或在"讽刺模仿"那种场合),因其足以使创作与阅读脱审美状态,或割裂审美过程的连续性。在这一点上,"京味"是一种格外娇弱、有极敏感的排异性的风格。我并不以为《钟鼓楼》兼用北京方言口语与书面语本身即是弊病。这或许正反映了当代北京人的语言现实,以至包含在语言现实中的"北京生活"的合成状态,北京文化在事实上的混杂、非同一性。因而大可破除北京老辈人对"字儿话"的成见:"字儿话"非即等于书面语,它们可能正是一部分北京人(如刘心武通常采用的知识分子叙事人)说的话,他们的口头语言。但如"他亲切而自然地同服务员搭话"这样的叙述语言毕竟又太熟滥,你不能想象老舍会使用这种无调性的句式。

前面已经说过,刘心武并无意于追求纯粹京味。他的兴趣不大在形式、风格方面。由《班主任》到《立体交叉桥》《钟鼓楼》《公共汽车咏叹调》,他始终思索着重大的,至少是尖锐的社会问题。他的作品中一再出现的知识分子叙事人,即使不便称作思想者,也是思索者。考虑到作者的主观条件,这叙事者及其分析、考察态度,谁又能说不也是为了藏拙?在作者,或许正是一种意识到自身局限的聪明选择。出于其文学观念,刘心武不苟同于时下作为风尚的"淡化"、距离论,宁冒被讥为"陈旧"的风险,有意作近距离观照,强调问题,强调极切近的现实性。他以其社会改造的热情拥抱世界,即使那嫌恶、那讥诮中也满是热情。在这一点上,他的气质略近于某些新文学作者:使命感,社会责任感,现实感,以文学"为人生"到为社会改革、社会革命的目的感;少超然物外的静穆悠远,少从容裕如好整以暇的风致,少玄远深奥的哲思;等等。不只是为适应自己的才智而选择对象,也是为取得最适宜的角度对社会发言。[1]《立体交叉桥》中的剧作家在体验到现实的强大力量后,叹息着自己的剧本、名气、灵感"真是一钱不值":"我发觉我对实实在在的生活本身,还是那么无知,那么无力,那么无能……"这渴欲直接作用于生活的,谁说不也多少是刘心武本人的文学功能观!

与此相关,他不追求对于生活的模糊表现。他需要清晰度,包括较为清晰明确的因果说明。于是"问题"在他那里,开启了人性探索的思路,同时也使探索简化、浅化:简单径直的因果归结阻塞了通往人性深处的道路。现实关切使他的作品充满激情,求解与归结因果又使其情感终难构造出更阔大的境界。

普通胡同里的北京,仍然是较为匮乏、令人不能不克制其欲求的北京。普通市民的北京之外,还有过晚清满汉贵族的北京、民初阔人政客的北京,至今仍有着大学城、知识分子聚居的北京。上文也说过,京味小说作者所取,往往介于雅俗之间:胡同里未必有学识却未必没有教养的市民。刘心武偏不避粗俗,把他的笔探向真正的底层,那些最不起眼的人物,那些因物质匮乏生存也相应渺小、常常被文学忽略的人们及其缺乏色彩的生活。他不避粗俗,寻找无色彩中的色彩,描写中却又不像张辛欣那样"透底",不留余地,不屑于节制基于文化优越感的嘲讽意识。刘心武在这种时候,更有意与对象摆平。这让人隐约想到19世纪欧洲文学中的"小人物主题"及其人文主义思想特征。同样相似的是,极力去体贴、理解"小人物"们的,仍然是精神优越且自觉优越的知识分子:甚至不能如老舍的一切像是出诸

---

[1] 在《如意》(北京出版社1982年版)的"后记"中,刘心武说:"我尊崇现实主义。现实主义的文学有巨大的认识作用和改造社会的功能。在现实主义的诸多功能之中,我对心灵建设这一条特别倾心。"(第261页)

天然。刘心武进入凡庸人生时,令人觉察到不无艰苦的努力,以知识者而亲近琐细生活卑琐人物时的努力,一种要求付出点代价的努力。也许正因意识到这一点,他才那样热衷于议论以至"呼吁"的吧。因而在老舍只消去感觉的地方,在刘心武才真正是一种"发现",作为局外人才会有的发现。他的思想焦点的选择和议论方式,所传达的也正是局外人的关切和焦虑。

不以"纯粹京味"为目标,和对于底层世界的注视,使刘心武保持了对北京文化变动的敏感。"立体交叉桥"无论对于作者的社会生活认识还是作品中的生活世界都是象征。他企图以这意象,喻示"生活本身的复杂性和多样性",这生活的"立体推进、交叉互感"。他的创作中越来越自觉地贯穿着的上述追求,难免要以损失优雅情调、纯净美感为代价,因为它要求作者直面生活的粗粝以至原始状态。刘心武的现实感、变革要求使他较之其他京味小说作者,更少对于古旧情调的迷恋,也就更有可能注意到那些于老式市民社会"异己"的东西,无论其何等粗鄙。然而即使这也不能使他的作品与青年作家的作品混同。他的久经训练的理性总会在临界状态自行干预、调节,将嘲讽化解,显现为宽容。刘心武也陶醉于对人性弱点、人类缺陷的宽容,虽然有时正是上述人道主义热情浅化了他作品的意义世界。

当刘心武直接以作品进行北京市民生态研究时,个案分析通常为了说明"类"。他使用单数想说明的或许是复数"他们",比如"二壮这种青年"。因而他时常由"这个人"说开去,说到"北京的千百条古老的胡同","许许多多"如此这般的人物。他力图作为对象的,是普遍意义的"北京胡同世界",并将这意图诉诸表达方式。类型研究、全景观照的热情,流贯了刘心武的近期小说创作,与其他京味小说作者关心对象、场景的限定,有意紧缩范围,也大异其趣。

我是在对刘心武由非京味到准京味的风格试验的观察中,谈论如《立体交叉桥》这样的作品的。我不想夸张京味这种风格之于刘心武的意义,认定追求京味即追求艺术上的进境。我只想说,对于这位作者,上述试验的意义除丰富艺术个性外,更在语言训练——由过分规范的语言形式中脱将出来,凭借胡同里蕴藏的语言智慧,给文字注入点灵气。如果撇开横向比较,即以他个人的创作进程看,《钟鼓楼》的文学语言确实算得上一个标高,得之不易的标高。我以为在刘心武,即使仅仅为了取得这标高,这番努力也是值得的。

韩少华

当代京味小说的引人注目,是在1982、1983年间,当《那五》《烟壶》《红点颏儿》等一批作品推出的时候。"风格现象"的形成从来是以佳作范本的出现为标志的。佳作的意义,又在其所划出的轨迹,对后来者文学选择的导向作用,尽管这在作家本人"非所计也"。比如你所发觉的当代京味小说作者较之老舍更关心美感的纯净,因而在场景、人物的选择上更严(自然也更狭更窄),就与新时期较早发表的京味小说不无干系。因而许多并不成文的限制,倒也未必是由老舍那里,更可能是由当代范例中引出的。

较之老舍小说,如《红点颏儿》《烟壶》,更出自为传达纯正京味的精心选择与设计。这"坛墙根儿"(《红点颏儿》所写地坛"墙根儿")老人们的会鸟处,是最见北京风味、最见老北京人生活情趣的所在。养鸟儿、会鸟儿本即风雅,与"会"的自不是粗俗之辈,谈吐不至夹带市井间尚未加工过的俚语粗话。这儿选择场合,即选择人物,也即选择全篇的格调。"坛墙根儿"这种清幽去处,老人,会鸟儿,即已够作足"京味"的了;而以老人们的清谈为结构线索,展示老北京人的方言文化,"说"的艺术,则是加倍的京味——却也会因此太过精致,味儿也略显着浓酽。这也不止《红点颏儿》一篇为然。当代京味小说对于说明"京味"这种风格,比之老舍的作品往往更典范,更适于充当风格学的实物标本。

《红点颏儿》不只结构、文字讲究,立意亦高。写养鸟儿、会鸟儿,令人不觉其卖弄有关知识,而全力以赴地写养鸟者的风骨节操。借这北京最闲逸的场所反倒写出了一派严肃。小说写养鸟者的天真赤诚,以鸟会友的仗义。在主人公五哥,友情比家传宝物贵重,人品比鸟贵重。老北京人有注重道德修养的传统,下棋论棋品,唱戏讲戏德,养鸟亦然。这人格尊严与鸟儿价值的轻重衡量中,见出了老北京人的恬淡风神。养鸟不过一种人生乐趣,既非收藏家的奇货堪居,更不为在鸟市上获利。因而五哥可为节操掷爱鸟,可为朋友卖鸟笼,可将鸟儿奉赠陌生侨胞。写到这儿,也算写到了极境,反而像了市井神话,有关品德操守的训喻性寓言。人物则飘然出尘。于是这"坛墙根儿"小世界,更像城中之城,现代城市中的一方净土。

当代京味小说较之老舍作品,更求助于情节性、戏剧性。这也不独《红点颏儿》为然。韩少华此作,所写无不是京味,却又没有京味小说通常的平易亲切;写市井中人,笔墨间偏又少了市井气味。因而在京味诸作中可备一格,却也难以衍生。韩少华本人对京味小说续有所作,也不成"系列"。以京味小说的发展论,《红点颏儿》一类作品的精致,在当代京味小说问世之际,是有十足魅力的,尤其文字魅力;却也以其精致,无意间限制了此后有关创作的选择。

与《红点颏儿》同年(1983)发表的《少管家前传》亦属力作,置阵布势到文字运用都极讲究;起承转合之际,则有有意的旧小说笔法。旧文学中的俗套滥调,到了此时也成异味别趣,反被用以求"雅",又是文学史上照例可见的喜剧性循环。韩少华的京味小说显然写得并不轻松。《红点颏儿》与《少管家前传》更像是一种风格试验,精工细作,处处用力。用力有妨于情态的悠然。这种风格给人的最佳印象或应如白云出岫,呈现出的创作状态在有心与无心、有意与无意之间。但并无功力支撑的"随意"又会使任何一种风格因熟、滑而流于浅俗。艺术集成功于杰出作家的才华喷涌,更依赖大批作者的苦心经营。没有一批人为了艺术的牺牲,没有他们在形式各环节上的精心锻造,即不会有"集大成者"出世。

据说清代北京东西两城是八旗贵族达官显宦的居住之地,旗人文化、宫廷文化对于造成北京的文化面貌为力甚巨,京味小说却少有写大宅门的作品,即使有,如《正红旗下》《烟壶》的有关部分,也不免喜剧化、漫画化。《少管家前传》于是难得。这篇小说取材远,固易于保留纯粹京味;写大宅门生活,也利于风格的优雅——韩少华可谓善用所长。更别致的或许是,取材于清末民初历史,又影影绰绰让人看到大事件,却并不专在"事件"与历史上找戏、找意义,而把笔力注在看似无关宏旨的主人公的仪容行止上;大约也可以算作一种当代趣味,与追求意义、思想的老舍那一代人异趣。

如同其他当代京味小说作者,韩少华注重生活情趣的传达。有意思的是,较之韩作,却又是追求"意义"的老舍作品更饶情趣,亦所谓"无心插柳柳成荫"。情趣最终系于人生体验,体验得亲切深切,所写即无不有情趣;刻意追求,反倒会显着"隔"。

主人公的形象极其光润,行为举止,中规中矩,直是那时代的美的型范。这种理想化的描绘中,含有对于人的赞美、欣赏。当代京味小说作者的这种情感态度是与老舍一致的。因时间距离与经验限制,金玉字面不免多用了一点,对小细节小道具描写的工细,隐隐看得出《红楼梦》笔法的影响。京味小说的生机也系在小说艺术的进一步追求、风格的彼此立异上。我总觉得韩少华的写京味小说不像是偶一为之,而《红点颏儿》《少管家前传》不妨看作营造大建筑的准备,语言以及知识的准备。这极郑重的努力,也使人敢于指望大作品的推出。在这种追求中,已有的长处与短处,都会成为极好的滋养。

汪曾祺

汪曾祺的京味小说不多,也并非篇篇精彩,因而迄今未以"京味"引起普遍注意。人们更感兴味的,是他写高邮家乡风物的《大淖记事》《受戒》《故里三陈》《皮凤三楦房子》之属,却不曾想到,汪曾祺以写故里的同一支笔写北京,本是顺理成章的。

汪曾祺的京味数篇中,我最喜爱的是《安乐居》,本书也多处提到这小说,因其由内容到形式处处的散淡闲逸,最得老北京人的精神。在汪曾祺,这也是极本色的文字。

此作所写人物生活,琐细平淡之至。这种题材设若由年轻作家如上海的陈村写来,也许是作《一天》那类小说的材料。汪曾祺却由这淡极了的淡中咂摸出淡的味,令人由字行间触到一个极富情趣的心灵。也如写家乡,绝对不寓什么教训,因而清澈澄明而乏大气魄。若是在十几年前,会被视为小摆设而备受冷落的吧。即使真的是文玩清供,当下人们也确实有了把玩的需求与心境。倒不是因了生活更闲逸,而是因文化心态更宽缓舒展。在现代社会,固然有人忙迫地生活,卷在时代大潮里;也有人更有余裕细细地悠然地品味生活,咂出从未被咂出过的那层味儿。在汪曾祺本人,绝非为了消闲和供人消闲。一篇《云致秋行状》,于平淡幽默中,寓着怎样的沉痛,和不露锋芒的人生批评!《安乐居》提示一种易被忽略的生活形态及其美感,也同样出于严肃的立意。那种世相,在悄然的流逝中,或许非赖有汪曾祺的笔,才能被摄取和存留其原味儿的吧。

较之比他年轻的作者,汪曾祺无论材料的运用、文字的调动,都更有节制。他也将有关北京人的生活知识随处点染,如《晚饭后的故事》写及缝穷、炒疙瘩,却又像不经意。妙即在这不经意间。情感的节制也出自天然。即使所写为性之所近,也仍保持着一点局外态度,静观默察,在其中又在其外。妙也在这出入之间。无论写故里人物还是写北京人,他都不作体贴状,那份神情的恬淡安闲却最与人物近——"体贴"又自在其中。有时局外人比个中人更明白,所见更深。汪曾祺爱写小人物,艺人、工匠、其他手艺人,或手艺也没有的底层人,他本人却是知识分子。对那生活的鉴赏态度即划出了人我的界限。身在其中的只在生活,从旁欣赏的不免凭借了学养。在当代中国文坛,汪曾祺无疑比之热衷于说道谈玄的青年作者,对老庄禅宗更有会心。因这会心才不需特别说出,只让作品浅浅地弥散着一层哲学气氛。这又是其知识者的徽记,他并无意于抹掉的。

青年作者更不易摹得的,是汪作的文字美感。当然也无须模仿,因为那绝不是唯一的美。节制也在方言的运用。你会说那是因为汪曾祺不是北京人,但他写故里也有同样的节制(创作中不乏因"外乡人"而加倍炫耀方言知识的例子)。他追求的是方言的白话之美。

若说因了他是外乡人,那他也就得益于这外乡人身份。把方言当佐料、调味品,味太浓反而会夺了所写生活的味。以外乡人慎取慎用,不卖弄,专心致志于生活情调、人生趣味的捕捉,省俭的运用倒是更能入味。你又因此想到,以文字传达那种文化固然非凭借北京方言,把握其精神则更应有对于中国哲学文化传统的领悟。北京文化在这一方面可以视为一种象征。①

节制方言,其效用也在于化淡。汪曾祺笔致的萧疏淡远,在当代作家中独标一格。淡得有味,淡而有情趣,即不致寡淡、枯瘦。情趣是滋润文字的一股细水。当然,汪作也非篇篇清醇,各篇间文字的味也有厚薄。淡近于枯的情形是有的,在他的集子里。

人所公认的,汪曾祺的作品有古典笔记小说韵味,却又绝非因了文字的苟简。他用的是最平易畅达的白话而神情近之。他长于写人,不是工笔人物,而是写意,疏疏淡淡地点染。他自己也说过那不是"典型人物"。不同于传统笔记小说的,是汪曾祺并不搜奇志异,所写常是几无"特征"的人物几无色彩的人生,或也以此扩大了小说形式的包容?云致秋(《云致秋行状》)是有特征的,有特征的庸常人。作者也仍然由其庸常处着笔,所写仍琐屑,用笔仍清淡,却使人想到平凡人物也可能提供有价值的人生思考。汪曾祺说过自己写人物常常"逸笔草草,不求形似"。《云致秋行状》像是例外,并不"草草"。其实,当代京味小说写人物多类"行状"——琐闻轶事,仿佛得之于街谈巷议;而不大追求笔致细密,过程连续,以及"典型形象"。那五典型,写法也仍类"行状"。《云致秋行状》对人物有含蓄的批评,在汪曾祺近于破戒;但极含蓄,点到即止,又是春秋笔法。这篇小说是有主题的——一个普通人在历史大戏台上的尴尬地位、渺小处境。这层意思只在淡淡的笔触间,由你自己体味。

---

① 汪曾祺以高邮人、林斤澜以温州人、邓友梅以山东人对北京人人生形态、生活情趣的理解,亦说明北京人生活中的中国哲学文化涵蕴。他们是以其知识者的修养、哲学意识、人生体验而领略北京人生活情趣的。对于呈现中国文化,北京不过提供了最合于理想的形态而已。

这些,都足以使汪曾祺即令有关作品不多,仍在京味诸家中占有一个无人可以替代的位置。

陈建功

陈建功似乎是由北京外围写起,逐渐深入到了城区的胡同。胡同世界对于他未必比京西矿区陌生。但并非生活其间的那方天地都是便于小说化的,何况京味小说有其传统、有其形式要求呢。因而写《辘轳把胡同9号》时,如我在前面刚刚说到的,那种"努劲"令看的人都有点吃力。追求表达上的京味,过分用力适足以失却那味儿。在写得圆熟的京味小说,语言使用中的冗余处反使人更能味得其味,因而由风格要求看并不"冗余"。过于用力的京味小说偏会有冗余——足以破坏语言美感的冗余成分。

此时的陈建功或许还在模仿口吻阶段,模仿即难得从容。要到脱出对语言的原始形态的模仿(求似),才能弃其粗得其精粹,达到运用与创造中的自由。由《辘轳把胡同9号》到《找乐》,你分明感觉到了作者语言努力的成效;却在读了他的《鬈毛》之后你才会发觉,《找乐》中那个老人世界并非他最为熟悉的世界。他毕竟不同于邓友梅或韩少华。在写那老人世界时,他的文字仍显得火爆。他是以青年而努力接近这世界的。《找乐》全篇用北京方言且一"说"到底,却并不令人感到其中有中年作家那种与对象世界的认同。《辘轳把胡同9号》与《找乐》,是费了经营的,你看得出那精心布置的痕迹,裸露在笔触间的"目的性"。较之汪曾祺、邓友梅,他更注重意义。写北京人的找乐,别人只写那点情趣,他却更要评说那情趣中的意味。凡此,都是努力,不但努力于语言把握,而且努力于理解、解释。努力于理解,又因不能认同。别小看了这一点差别。这么一点泅开去,就泅出了作品不同的调子。

1985年推出的《鬈毛》,令人不觉一惊。对于这作品,读书界绝不像对《寻访"画儿韩"》《红点颏儿》接受得那样轻松。较之迄今所有的京味小说,它或许是最难以下咽的。写到这里,我为难了:这

《鬈毛》可否算作京味小说呢？

接受的困难首先来自粗鄙，作品语言的粗鄙。老舍小说写过种种粗鄙的人物，从市井无赖到无耻的小职员，但那风格尤其语言风格绝不同其粗鄙。你禁不住想，《鬈毛》的作者许是在跟传统京味较劲儿？

甚至粗鄙也是时尚，比如涉笔性器官时的粗鄙。塞林格的《麦田里的守望者》以小主人公自述的粗鲁直率引人注目。《鬈毛》式的第一人称自述或许当面对礼义之邦普遍的审美趣味时，更有一种挑战意味？倘若京味只适用于老人世界，只能由陶然亭、圆明园、国子监柏树林子、街道文化站等等保障艺术纯洁性，实在也过于脆弱。宜于调制可口饭菜的，不免会把自己存在的理由限定在这上头。"京味"毕竟不是佐料，只为把现实烹制得鲜美可口。然而《鬈毛》一类作品似未加工的赤裸裸的粗野的真实，仍然使得京味小说的传统风格显着娇弱，像一件太易破损的瓷器。《鬈毛》或许是一种"反京味小说"——偏要敲碎了试试！

主人公也并非京味小说里有过的胡同串子或小痞子，而是个尚在寻找自己在生活中的位置和自身存在价值的青年，有他对于人生的认真和不乏严肃的思考。对于如鬈毛这样的人物，似乎还没有人这样理解过。顺便说一句，陈建功是始终注重写性格的。我敢说，鬈毛是个尚未经人写过的性格。理解就是理解，没有另外掺什么甜腻腻的调料。这又是青年作家本色。

苏叔阳、李龙云作为京味文学作者，是值得以相当篇幅评说的。但他们的成就更在剧作方面。戏剧文学不属于本书所论范围。苏叔阳的京味小说亦有特色，虽并不一定是他个人的力作。

此外，我们没有理由冷落那些像是偶一为之的京味小说创作，和创作个性尚在形成中的作者的作品。我已就我力所能及，对有关作品在本书的其他处涉及了。因闻见所限，遗漏是难免的。所幸这是个正待开掘的课题，有关风格也在不断的丰富之中。本书的阙漏粗疏及立论不当之处，自会得到补充与校正。

除上述作家作品外，不应放过的，还有那些虽未必可称"京味小说"却以使用了北京方言而有相近的语言趣味的作品。以外乡人久居北京的，很难禁得住试用方言写北京的诱惑。林斤澜的《火葬场的哥儿们》《满城飞花》都令人感到这一点。有趣的是北京方言趣味甚至蔓延到他写故乡的篇什里，那份爽脆，那种节奏韵律。在我看来，林斤澜的笔致是非南非北，不能以南宗北派论的；或者也多少因了这个，写南写北都独出一格。

张辛欣搜集和运用现时北京人口头语言、北京新方言的能力更称惊人，却没有人把她的《封片连》划归京味小说。这作品却让你看到了从所未见其如此驳杂、纷乱、动荡不定的北京生活。我这里只是在将其与京味小说比较的意义上，谈作者面对复杂的生活、人性现象时的强悍气魄的。我感到她几乎是直接用了那泼辣恣肆的个性力量去消化材料，以气势粘连情节。长篇的议论、说明，过火的形容，一旦组织进作品，就与整体取得了和谐。这里自有她的整合方式。就这样"消化"了的，还有不同文体、不同语言形式，以及严肃与通俗文学的不同趣味。我以为，正是那种不择地而出的充沛才情，饱满健旺挟泥沙俱下的迫人气势，对语言材料不择精粗而又以其个性力量消化融会的能力，便于她去占有一个开阔的世界。那种文字像是把迸溅着的生活之流直接引入作品中来了。你由此认识着一般京味小说无意于开掘的北京新方言的功能。这与那种以情态的暇豫从容、语言的纯净漂亮为特征的京味小说，是何其不同的世界！你再次想到，对传统京味的破坏的确来自生活本身。

京味小说与北京文化

一 文化的北京

据说北京建城于周武王灭商,封召公奭于燕、黄帝之后于蓟的那一年,算来这个城已有三千多年的历史。[①] 有人以"长安文化""汴梁—临安文化""北京文化"为三大类,把中国传统文化分为三个时期:长安文化,是一种古今中外各民族大交融、大吸收的混合型、开放型、进取型文化;汴梁—临安文化,是一种内聚型、思辨型、收敛型文化;北京文化,是一种由封闭型、保守型而不情愿地走向吸收型的文化。[②] 我疑心关于文化史三时期特征的上述概括或失之简单粗率,但这种以城市概括中国传统文化历史风范的想法,毕竟是诱人的,它将文化史大大地感性化了。甚至如长安、汴梁、临安、北京这些名称,都自然带出一种情调、氛围以至某种熟悉亲切的情境来——几千年的文化积累所能提供的信息毕竟比文化史的抽象概括丰富生动得多。如果没有对文化史宏观把握的雄心,而感兴趣于城市文化特性的研究,肯定会有与上述思路相径庭的发现。比如历史下行未必即有文化的全面没落。以上述四个城市作为标志的文化形态,也将有可能得到内容更复杂的描绘。文化史的尺度本应与社会发展史的尺度有所不同。

[①] 参看侯仁之、金涛:《北京史话》,上海人民出版社1980年版,以及北京市社会科学研究所《北京历史纪年》编写组编:《北京历史纪年》,北京出版社1984年版等等。

[②] 黄新亚:《长安文化与现代化》,《读书》1986年第12期。

京味小说作者所面对的清末民初以来的北京文化,其形态有更具体的成因。较之其他地域性文化如湘西文化,上述北京文化的形成与其说赖有天造地设的自然地理环境,不如说更是社会演变的直接产物。在"成因"中政治历史因素显然大于其他因素。两个时期的京味小说作者以之为清末文化的活化石,如同由地壳变动的生成物考察地质运动那样,在其上不懈地辨识不久前发生的大变动的痕迹,是极便当的。至少在老舍那一代人从事文学活动时,晚清文化远不是赖有考古发掘才能复活的遥远的过去,北京更是一册可供翻阅、核查的实物材料。

在搜寻成因时,以下情况不至于落在人们的视野之外:其一,清王朝乾嘉以降日渐式微,贵族社会带有颓靡色彩的享乐气氛造成了文化的某种畸形繁荣。浓厚的消费空气、享乐要求,从来是刺激艺术生产、工艺进步的,尽管这繁荣或许正是所谓的"亡国之兆"。在这里也有必要区分社会历史与文化史的不同眼光。其二,清王朝戏剧性的覆灭,使宫廷艺术、贵族文化大量流入民间,对于造就清末民初北京的文化面貌为力甚巨。于贵族文化与民间文化的某种合流之外,又有满汉文化的融合。① 其实民族文化的融合过程早就在进行之中,贵族的没落也非在朝夕之间。有人以为老舍所写的牛家(《牛天赐传》)、小羊圈祁家(《四世同堂》)等等都属旗人家庭,此虽不易考定,却也可见满汉文化融合在市民生活中的普遍性。北京文化的精致,其消费性质,北京人的优雅趣味和文化消费心态,与贵族文化的民间化不无关系。当然,历史上每一度王朝兴替,都会使宫廷文化民间化。然而清王朝毕竟覆灭在社会转型的中国,这里不可能出现封建王朝更替中宫廷文化间的直接继承性。宫廷、贵族文化的流向民间愈到后来就愈是单向的(即不表现为宫廷与民间的文化对流)、

---

① 据说"衚衕"="胡同",是源出蒙语的借词。蒙、满、汉文化的融合,是北京特有的文化现象。对此也有不同的说法。明代谢肇淛《五杂俎》云:"闽中方言,家中小巷谓之弄。……元《经世大典》,谓之火疨,今京师讹为衚衕。"

无条件的。这一过程不可免地在提高了北京市民的文化素质的同时,影响到他们的文化价值意识。

新时期以来,北京文化发掘一直是"文化热"中的热点,有关北京历史文化的多学科综合开发极一时之盛。除北京古籍出版社、北京大学出版社出版的《顺天府志》,北京古籍出版社刊行的一批有关北京的明清旧籍外,还有今人编写、辑录的《北京史》《北京史话》《北京史资料长编》《北京风物志》《燕京乡土记》《红楼风俗谭》《鲁迅与北京风土》,此外尚有《北京园林名胜》《北京古建筑掠影》《驰名京华的老字号》《旧都三百六十行》《北京名胜楹联》,以至《北京名园趣谈》《北京清代传说》《北京菜点选编》等等,掘发几无所不至。参与其中的还有国外学者的著作。日本多田贞一的《北京地名志》,在明《京师五城坊巷衚衕集》、清《京师坊巷志稿》之后,又有考察增补,反映了北京地名的演变情况。瑞典学者奥斯伍尔德·喜仁龙的《北京的城墙和城门》对于中国的传统建筑文化也有颇具启发性的见解。[1] 趁"热"而推出的,尚有《北京风俗图》《北京民间风俗百图》,和专门记述天桥旧闻的《天桥》。这还只是我于书肆坊间偶然见到的,不免挂一漏万,却已可测知北京文化热之程度。

在城市化进程中大举发掘城市文化,是此一时期学术文化界的取向,并不独北京为然。但这般声势、规模,如此丰赡的历史文献,如此强大的研究力量、出版能力,北京又非他处能比。

这也属于当代京味小说创作的大背景的一部分。"背景"不但促成一时(尤其1982年、1983年前后)佳作并出,而且也大致规定了文学选择的方向,造就当代京味小说不同于老舍作品为上文论到的那些个特点。

本书写"城与人"。上文因城而写人,已谈了不少,这里还应由

---

[1] 侯仁之在《北京的城墙和城门》(北京燕山出版社1985年版)的中译本序中说:"我印象最深刻的是作者对于考察北京城墙与城门所付出的辛勤劳动,这在我们自己的专家中恐怕也是很少见的。"(第2页)

人而写城,对关系的把握才近于完全。正如京味小说作者即使以展现北京文化为己任,也只能选择文学所能承担所宜承担的那一部分任务,我对于京味小说的研究倘若也有文化考察的目的,自然也只能凭借文学提供的便利,庶几不造成利用中的浪费。即使如刘心武那样的北京四合院考察,也不能在科学性上与有关的建筑学著作争胜的吧。由建筑格局到生活格局的完整把握,更由建筑—生活格局探入人的情趣、心态、文化意识,文学又自有它的优势。文学永远在提供着文学以外的记述、勘测、考证等等所不能提供的东西,即活生生的"人的世界",这世界的丰富性、其中蓄有的感性力量。

北京不但出于人的文化创造、文化加工,其文化意义也赖有人的发现与阐释。当老舍以他的方式谈论北京文化的面貌时,即把那些琐屑事物本体化了。在他之前,还没有过另一个人发现这些习见事物的文化意义。如果说审美对象意味着世界对主体性的某种关系,世界的一个维度,那么,在塑造"文化的北京"的大工程中,京味小说作者的贡献是无以替代的。刘再复以为"《立体交叉桥》主要是对人的个体和对家庭的分析,而《钟鼓楼》则是对社会生态群落的分析,它力图反映一个社会的文化发生史"①。上述意向当经由审美的方式部分地实现时,也一定会带来某些只能被称为"文学发现"的东西。在文学与北京文化的关系中,更有趣味的仍然是:文学当阐释北京文化时必得任这文化渗透在自身的内容与形式之中;审视与呈现北京文化者本身又是这文化中的独特部分。这里岂非也有历史文化环境中人的一般处境?文学毕竟把这种关系或多或少喜剧化了。作为读者,我们在世界与创作主体交互作用的事实中看有关作品时,自己也身在交互作用的关系网络中:你自以为捉住了那城,城也在同一瞬间捉住了你。

京味小说是作家以文学而与北京联系的一种方式。它只是一种方式。生活内容的日趋丰富,城与人的关系的复杂化,都将增多联系

---

① 刘再复:《他把爱推向每一片绿叶》,《读书》1985年第9期。

方式和改变已有的联系形态。但就现有的文学材料看,京味小说凭借自身条件所提供的北京人极富特征性的心灵状态,是其他风格的北京描写难于以同等的生动性呈现的。即使风格在变异之后,作为一种历史地存在过的联系方式,也将是有价值的。我满足于京味小说所特殊提供的那一些,并以有关作品媒介作为进入北京文化、北京人的世界的入口。下文中将着重谈到的北京人的"生活的艺术"和北京的"方言文化",或许正宜于作为这样的入口。

二 现代作家:文化眷恋与文化批判

我们仍然得涉及不同时期不同"代"的作家对于"北京"的加工方式。

"五四"新文学作者在面对北京文化时的内心矛盾,也是不会再以同样的深刻度重复出现的了,那一代人所留在文学中的,或许不久就会成为只有凭借特定语码的译解才有可能被认识的文学资料。年轻人将不无惊奇地发现,北京竟然承受过如此严峻沉痛的文化审视;同样会使他们惊奇不已的,是其中的文化眷恋竟也深切到刻骨铭心。这一切多半不再能唤起他们的经验联想、情感共振。他们会轻易地从中辨认出现代史上那几代知识分子有关文化问题的思维特征。"五四"新文化运动对于传统文化的声势浩大的批判影响于新文学是这样深远,造就了那几代作家相近的文化价值取向,规定了他们逼近生活、把握生活的类似角度。当阅历、风格极为不同的作者用近于同一的方式讲述北京文化时,拟定其语义的是经验与思维的共同性。

张天翼的《荆野先生》中有如下场面:

> 清静的街,伟大的前门,荆野忽然对北京生了说不出的感情。
> "北京其实叫人留恋哩。"
> "北京是对任何一种人都是适合的。"小老头说。
> "那也不,不是什么适合不适合。只是在北京呆着,有点鸟

味儿似的。"

"这什么,这味儿是好是坏?"老惠问。

荆野看了他一眼。

"谁知道。可是北京,就是'呆'不出一点劲儿。"但又感伤地说了一句:"在北京的这几年算是个梦罢。"

王西彦的《和平的古城》写在1936年秋。开头引日本鹤见祐辅的《北京的魅力》:"我一面陶醉在支那生活的空气中,一面深思着对于外人有着'魅力'的这东西。元人也曾征服支那,而被征服于汉人种的生活美了;满人也征服支那,而被征服于汉人种的生活美了。现在西洋人也一样,嘴里虽然说着Democracy呀,什么什么呀,而却被魅于支那人费了六千年建筑起来的生活的美。一经住过北京,忘不掉那生活的味道。大风时候的万丈的沙尘,每三月一回的督军们的开战游戏,都不能抹去这支那生活的魅力。"在引文之后,这位中国现代作家感慨万端、悲愤不已的,却正是沦陷后北京的"和平空气",和依旧悠然的古城居民:"中山公园里,时常可以见到百数以上的红肩章武士杂在人丛里,踩踏着草坪,折着花木;而游人们悠然如故,没有显出半分的不调和或不自然……"——小民不得已的政治冷漠和优游既久的麻木。"一年前××浪人和汉奸从丰台劫了铁甲车轰北京城,半夜里炮声隆隆地,炮弹经过南城直飞到西北城。第二天廊外还在激战中,可是城内依然歌舞升平,全城竟有一大半人不知道这回事情。有的人身住宣武门外,炮弹从自己屋顶飞过,巨大的声音把他从梦中惊醒了,他只模糊地咕哝一句:'讨厌的,放什么炮呀!'——打了一个呵欠之后,依然朦朦胧胧地沉入睡乡去了。"

作者不能如外国游客、侨民那样,玩赏北京如玩赏一个大古董。文章的结语是:

的确,北京城是有着它独特的魅力,有着它独特的生活的美的。这种"魅力"与"生活的美",非但"每三月一回的督军们的开战游戏"抹不去,连敌人的大炮与飞机又何尝抹得去呢!

呜呼——东方的马德里!和平的古城!

在同一时期的另一篇小说里,王西彦写到这"灰色古城"在侵略势力笼盖下元宵节"欢乐的喧嚣":"整个古城疯狂了一般,每个角落都浮动着人潮……"主人公反复慨叹着:"最要不得的是心的死亡……"

这通常也是知识者自觉被置于沙漠上四望寂然的时刻。他们周围睡意尚浓的驯良市民,是非有更结实的打击到来时才能被震醒的。

老舍在《离婚》里、在《猫城记》里、在《四世同堂》里关于北京文化的激切沉痛的批评并非空谷足音。虽然只有他,才这样不厌其烦不避重复地谈论"北平文化",以至写在1932、1933年的《离婚》《猫城记》中那些愤激之言像是此后事态的预言或警报。① 批评集中在北京魅力所在的闲逸情调、优游态度、驯良神情上。因为在30年代初险象环生危机四伏的大环境中,闲逸足以令人萎靡,优游意味着麻木,驯良则往往是一种奴性。

上述北京文化批判是"五四"以后中国传统文化批判的一部分。在老舍本人,那种以知识者为整个民族、历史承担责任以至于"受过"的沉重意识,又有其更特殊的心理背景。②《离婚》《四世同堂》借诸人物对北京文化的反复批判中,有关于近代中国历史悲剧及其责任的思考。当"北京文化"被作为中国文化的象征物,在特定语境特定语义上使用时,老舍没有余暇像当代知识分子这样从容地辨析

---

① 在《四世同堂》里,他借人物之口说:"再抬眼看看北平的文化,我可以说,我们的文化或者只能产生我这样因循苟且的家伙,而不能产生壮怀激烈的好汉!我自己惭愧,同时我也为我们的文化担忧!""当一个文化熟到了稀烂的时候,人们会麻木不仁的把惊魂夺魄的事情与刺激放在一旁,而专注意到吃喝拉撒中的小节目上去。""应当先责备那个甚至于把屈膝忍辱叫作喜爱和平的文化。那个文化产生了静穆雍容的天安门,也产生了在天安门前面对着敌人而不敢流血的青年!""这个文化也许很不错,但是它有个显然的缺陷,就是:它很容易受暴徒的蹂躏,以至于灭亡。"较之《离婚》,《四世同堂》探索北京文化所及更深广,也因此时正是历史所提供的文化反思的机缘。

② 老舍笔下的旗人说,"旗人也是中国人","旗人当汉奸,罪加一等"(《茶馆》)。

这文化本身的优长与缺憾。

不可免的,这里有理性与情感的剥离。因为无论对于老舍还是对于其他现代知识者,北京都是那样可亲的存在。批判中的沉痛正出于挚爱。于是,由议论所表达的理性态度和灌注于具体描写中的情感态度构成作品中随处可见的矛盾。寓于深切忧虑中的深切眷恋,使老舍在重庆北碚遥望故园时,写下了这样血泪淋漓的文字:

> 最爱和平的中国的最爱和平的北平,带着它的由历代的智慧与心血而建成的湖山,宫殿,坛社,寺宇,宅园,楼阁与九条彩龙的影壁,带着它的合抱的古柏,倒垂的翠柳,白玉石的桥梁,与四季的花草,带着它的最轻脆的语言,温美的礼貌,诚实的交易,徐缓的脚步,与唱给宫廷听的歌剧……不为什么,不为什么,突然的被飞机与坦克强奸着它的天空与柏油路!
>
> (《四世同堂》)

也像诺贝尔文学奖获得者、捷克斯洛伐克作家雅·赛弗尔特谈到布拉格时所说的那样①,北京不只是它自身——在承受文化批评时它不只是自身,在被眷恋时它也不只是自身。

一旦进入审美的层面,原本清晰的意识总会变得错杂、混沌。《四世同堂》关于北京生活中闲逸情调的批评,与对正是在闲逸中培植的生活情趣的欣赏,把作者面对同一文化现象时理性与情感判断的错位表露得淋漓尽致。你的确无法在浑然一体的北京文化感受中将其优长与缺陷离析开来,比如在倾心于这大城魅力所在的雍容与优雅时,摒弃其优雅雍容赖以维持的闲散慵懒。中国的读书人、士大夫,又是何等地熟悉并眷恋那种闲逸情调!老舍毕竟是北京人。他的批评,他那些喋喋不休的议论,有时真令人疑心是自己跟自己过不去——一种内心挣扎呢。

---

① 参看雅·赛弗尔特:《世界美如斯(回忆录)》,庄继禹译,《世界文学》1985年第4期。

创作,即使非热狂状态的创作,也往往诱出创作者最深潜最隐秘的心理真实,使其由深层上升到表层,呈现于文字形式,使价值意识、历史意识、文化意识等等的冲突最终表现为审美形式的自身矛盾。文化意识的矛盾转化为审美的矛盾,是这一时期文学中极为普遍的现象,在鲁迅对于鲁镇——未庄文化、萧红对于呼兰河文化的艺术呈现中都存在着。这迫使我们以更复杂的眼光看待现代知识者、现代作家的文化心理特征,看出"两项对立"之间原本存在着的繁复的中介形态来。创作者的上述理性与情感判断的矛盾的内容化,丰富了作品的文化蕴涵;对于批评家,则在为历史的与美学的批评设置障碍的同时,使得批评有可能引出更有价值的发现。

老舍关于北京文化的思考,并非以"五四"新文化为唯一的参照系。上述情况与老舍"五四"时期的思想起点有关。[①] 这儿又有"五四"新文化运动的精神影响实现于具体的人那里时的特殊性。批判、检讨民族性格的典型"五四"命题和对"五四"精神的某种保留态度,文化观的急进色彩和社会政治态度上的保守倾向,北京文化静态批评时的严峻性和面对其现代命运作动态考察时的挽歌情绪,等等,都复杂化了作者的文化心理和作品的美感形态。当代小说就总体而言较之三四十年代小说美感复杂,当代京味小说较之老舍作品却显得单纯明朗,也由于上述心理背景的差异。无论老舍小说还是当代京味小说,最浮泛浅露的,是直接表述出来的理性。"议论"往往成为艺术结构内部最具破坏性的成分。老舍在尽了一番努力之后,只好满足于关于北京文化的肤浅重复的见解。尼采曾经谈到,"希腊诗人们的主角,他们的言谈似乎比他们的行为更加肤浅",他甚至以为哈姆雷特说话也比行动肤浅。在希腊诗人,"剧情的结构和直观的形象,比起诗人自己用台词和概念所能把握的,显示了更深刻的智

---

① 老舍说过:"'五四'把我与'学生'隔开。我看见了五四运动,而没在这个运动里面……在今天想起来,我之立在五四运动外面使我的思想吃了极大的亏……"(《我怎样写〈赵子曰〉》,《老舍生活与创作自述》,第9—10页)

慧"。① 也可以这样谈论老舍,而且不妨认为,老舍作品较之当代京味小说的丰富性和内在深度,一定程度上正由于作者文化意识的自身矛盾和那种力图"统一"的艰苦努力。他是否达到了他所追求的,在这里几乎是无关紧要的。全部意义在于这种追求的审美结果。而对于此,我们可以大致满足了。

三 家族文化·商业文化·建筑文化

我们不得不使用如"北京文化"一类较大的概念于具体的现象分析,这也是论证中难以避免的语言问题。京味小说所写,主要为北京的市井文化;至于北京文化的其他方面,比如学术文化,不能想象成为文学的对象。然而文化价值却又非因其为"市井"即见低下。市井文化中完全可能含有对于说明中国文化特征极有意义的东西。不论老舍还是当代京味小说作者,在其对北京文化的发掘中,都展示了乡土中国的重要方面;具体题材、所描写生活琐屑的"小"中,都寓有"大"。艺术创造的特殊要求使他们依赖于个别性,材料的性质与时代思潮却总是把意向导向广远,使其追寻一般、普遍,如民族文化、民族性格等等。有人谈到老舍的满族气质和其作品中的满族文化。我毫不怀疑这种研究的价值,却以为在老舍开始创作的那个时代,拥有了老舍那种教养的现代知识者,其具体民族意识(如满族意识)或许比之当代人更为稀薄。至于当代作家,他们的某些作品虽格局显得狭小,却凭借自己相对狭小、严格的文学选择,在某个特定方面(如北京人的生活情趣、审美的人生态度)的开掘中,达到了北京文化的深处。即使分别看来显得单薄,同时期一批作品在一个方向上的掘进,所达到的,或许是老舍那一代人虽及于却因判断失之简率而未能深入的。这些作品展示的北京文化,有可能是既富于美感又富于意义含量的方面。

---

① 尼采:《悲剧的诞生》,周国平译,第72页,生活·读书·新知三联书店1986年版。

我们不妨抽出几个侧面聊示一般,看老舍与当代京味小说作者在他们的北京描绘中,提供了哪些北京文化的特征性描写,以及超出了地域文化的东西。

家族文化

关于京味小说对传统社会家族文化的发掘及发掘中的优势与缺欠,上文已多有谈及,这里只需作一点补充。

冯友兰说过:"家族制度过去是中国的社会制度。传统的五种社会关系:君臣、父子、兄弟、夫妇、朋友,其中有三种是家族关系。其余两种,虽然不是家族关系,也可以按照家族来理解。君臣关系可以按照父子关系来理解,朋友关系可以按照兄弟关系来理解。在通常人们也真地是这样来理解的。"[①]"五四"时期家庭伦理小说流行,礼拜六派的刊物上亦常有这类小说刊载。初期新文学大多是由家族对于青年知识者爱情自由、婚姻自主要求的压制这一有限方面呈现家族形象的,对于家族制度的功能的理解,也限制在纯粹而又狭窄的道德方面。到 30 年代,如冯友兰那种对于家族制度的理解才反映在文学创作中,《激流》等作品的产生即以此为条件。老舍以其面对北京市民社会的特殊便利,呈现了多种中国式的家庭形态,展示了它们共有的封闭、自足(与外界缺乏交换)等文化特征,以及这种传统家庭在现代社会中经历的瓦解、重建过程。写家族伦理,新文学史上不乏其人;而跟踪观察传统家庭,探索其现代命运与改造之路,并由此引出"家—国关系"、个人与社会关系等重大命题的思考,由家庭改造引向民族生存方式改造的大主题的,老舍是突出的一个。这里值得注意的,也是由家庭伦理问题到人性、民族性格改造的问题,由家庭变迁,个人与家庭、国家间关系的变迁到民族生活的变革的由近及远、由具体及于普遍、由狭小及于广大的思路。与较为单纯的《激流》立意(反封建)不同,经由家庭,老舍探究整个中国的命运,由北

---

① 冯友兰:《中国哲学简史》,第 27—28 页,北京大学出版社 1985 年版。

京沦陷前民族危机(透过家庭危机、人的精神危机呈现),到战火中民族再生(同样透过家庭在解体中重建来表现),写出了当时的家庭伦理小说所可能有的较大的社会历史及文化含量。

这自然不是人为扩张。家族伦理是一整套传统文化哲学的基石,《离婚》中张大哥的哲学以婚嫁为基点推广而无所不至,是对于上述事实巧妙的艺术概括。"天下之本在国,国之本在家。"(《孟子·离娄上》)只有在这种伦理现实中,张大哥的家庭纷争才具有社会历史以至社会政治的含义,整部小说才成其为中国社会的象喻。老舍所追求的,正是情节所负载的上述喻义。

在对于人伦关系的具体表现中,老舍使你看到,这种以父子关系为主轴的家庭,为了家族生命的延续,必然以其成员牺牲个性、个人需求为代价。即使小羊圈祁家这种非标准化的大家庭,个人也只有在其与家族的关系中才能肯定自身。对于个人价值的判断不能不依据家族利益的尺度,尤其对其中的女性。"宜室宜家",是传统社会之于女性的起码要求;韵梅(《四世同堂》)那位批评着"北平文化"的丈夫,以至小羊圈世界的创造者老舍本人,最终都不能不在这一意义上,肯定人物的存在价值。这类思考的困境是作品中真正深刻之处,这儿才有思想的潜藏量。老舍作品中的有关议论的价值,也在于对其思想困境的披露,在于由议论的重复与无力透露出的矛盾在实际生活中的难以解决。

老舍没有为传达思想、意念而将"生活"极端化。他不选择极态,所写是中国式生活、人生中较为普遍的状态。[①] 寻常状态中的普

[①] 老舍所写大家庭较之《激流》《财主底儿女们》中的"家",是非标准化的。比如其中没有家族统治者、拥有十足权威的封建家长形象。甚至小羊圈祁家所住四合院,也不是最合规格的,为此祁家老太爷对邻居方方正正的宅院嫉羡不已。"非极端化"的生活依据,一方面是伦理结构的现代变动,另一方面则是小民生活中伦理事实与由官方所支持的伦理规范间的差异。社会关系的实际变动当发生在平民尤其中下层社会时,较之其理论形态更具有灵活性多样性。于此我们再次感受到老舍笔下生活的平凡性质,他的非由流行理论出发,而由亲切的生活体验出发的创作特点。

遍伦理关系，普遍人生，其中或许也寓有更"现实"的中国？历史毕竟已推进到现代，家庭关系毕竟在历史地改造着。因非"极态"而更显出顽梗的伦理事实，其中包含的悲剧性才是真正令人惊心动魄的吧。即使在对家庭场景的描绘中，老舍也无以统一他的理性与情感判断。他不能不在表现那些贤淑女子的悲剧境遇时欣赏她们的贤淑和颂扬她们的自我牺牲。这无意中敷染了更浓重的悲剧色彩，复杂化了作品、形象的意味。老舍以其作品，更以其注入描写中的自身矛盾，经由家庭形象，把中国社会在进向"现代"途中的实际困境，把生活中不能不延续下去的伦理痛苦艺术化了。

京味小说在老舍之后，一致表现出长于描写家庭生活的特点，关于青年的认识与描写则远远超出了老舍当年的眼界与见识。包含其中的伦理思考容或没有老舍创作的尖锐性，却保留了尊重生活、非理念化，和选择、表现中的自然。这些作品的有关价值也在所提供的形态的多样性和描写的细致入微上。"思想"不免会是时期性的，艺术化的人生形态或许更有长久的生命。

商业文化

一如长于描写家庭生活场景，尤其是传统的家庭伦理关系，京味小说——无论老舍还是当代诸家——也长于表现传统的商业活动场景，"老字号"，以及胡同里小本经营的坐贩行商；长于写旧式商人，他们的商业作风，旧式商业的格局、情调。"老字号"属于乡土中国。"中国的传统商业是家庭单位的店铺与家庭资本，家族管理的行号。"[①]旧式商业，其经营方式及有关的商业道德、对商业行为的社会评价方式，带有宗法社会的鲜明印记。这种商业是老北京作为消费

[①] 杨懋春：《中国的家族主义与国民性格》，刘志琴编：《文化危机与展望》，第364页，中国青年出版社1989年版。

城市的日常生活的重要组成部分①,不能不在意欲呈现北京文化的作品中占有一个显要的位置。

　　似乎是,凡经验过老北京生活的人,总会对那些老字号,那些商贩、公寓老板不能忘怀。"三合祥的金匾有种尊严!"(《老字号》)北京城老字号的招牌及其古旧情调,店铺的悠闲气氛,胡同深处小贩别致的叫卖声,都成为古城风物的组成部分,而且是其中韵味悠长的一部分。周作人看老店铺的招牌油然而生"焚香静坐的安闲而丰腴的生活的幻想"(《北京的茶食》)。林海音写梦里京华,对走街串巷"换绿盆儿"的记忆犹新(《我们看海去》)。②《北京风俗杂咏》中几处写到卖冰的小贩风味独具的经营方式("铜盏敲冰卖","忽听门前铜盏响,家家唤买担头冰")。③《帝京岁时纪胜》记清代北京元旦盛况:"闻爆竹声如击浪轰雷,遍乎朝野,彻夜无停。更间有下庙之博浪鼓声,卖瓜子解闷声,卖江米白酒击冰盏声,卖桂花头油摇唤娇娘声,卖合菜细粉声,与爆竹之声,相为上下,良可听也。"④最难忘的,是这市声。在流寓他乡的北京人,"铜盏敲冰"或许是最宜入梦,最

---

① 北京旅游出版社刊印的《旧都三百六十行》,与北京古籍出版社出版的《北京风俗图》(陈师曾画)记载、描摹旧北京小商人、小手艺人情状,可以见出北京的消费型文化特征,和旧式商业、手工业的繁荣。

② 林语堂的《京华烟云》中也写到市声:"有街巷小贩各式各样唱歌般动听的叫卖声,串街串巷的剃头理发匠的钢叉震动悦耳的响声,还有串街串巷到家收买旧货的清脆的打鼓声,卖冰镇酸梅汤的一双小铜盘子的敲击声,每一种声音都节奏美妙……"萧乾的《北京城杂忆·吆喝》则写到外国人对这街头音乐的沉醉:"一位二十年代在北京作寓公的英国诗人写过一篇《北京的声与色》,把当时走街串巷的小贩用以招徕顾客而做出的种种音响形容成街头管弦乐队,并还分别列举了哪是管乐、弦乐和打击乐。他特别喜欢听串街的理发师('剃头的')手里那把钳形铁铉。用铁板从中间一抽,就会呲啦一声发出带点颤巍的金属声响,认为很象西洋乐师们用的定音叉。……他惊奇的是,每一乐器,各代表一种行当,而坐在家里的主妇一听,就准知道街上过的什么商贩。"(《北京城杂忆》,第22—23页)

③ 孙殿起辑,雷梦水编:《北京风俗杂咏》,第4、39页,北京古籍出版社1982年版。

④ 潘荣陛、富察敦崇:《帝京岁时纪胜 燕京岁时记》,第7页,北京古籍出版社1981年版。对京师商贩的叫卖声,明代史玄《旧京遗事》亦有生动描绘。

足作成"思乡的蛊惑"的了。那才是熟悉温暖亲切近人的北京。

瞿秋白曾说到"中国式的资产阶级,所谓商人",不同于"现代式的上海工厂和公司的老板",他们是所谓"小商界"。① 同属"中国式",发展到近现代,其间也有规模的不等。"北京的买卖家,大小之分犹如天上地下。"(刘进元:《没有风浪的护城河》)在京味小说作者,却像不大长于写显贵要人,也不长于写富商巨贾,熟悉的是较"小"的一类,而非同仁堂、瑞蚨祥那种"资财万贯,日进斗金"的主儿。即使老字号,如王利发的茶馆,也仍然是"小"的。这是一些属于胡同世界的买卖人。

消费的北京,从商是胡同里的寻常职业。京味小说所写,首先是道地的老北京人。老舍写经营布店的祁天佑(《四世同堂》),写开茶馆的王利发,短篇则有《老字号》《新韩穆烈德》;汪曾祺写小酒店情调;邓友梅写小客店主人(《烟壶》),写"跑合的"(《寻访"画儿韩"》《烟壶》);苏叔阳写小本生意人(《画框》);刘进元写炕头上设摊做买卖的胡同老人(《没有风浪的护城河》)。写市场、商业活动场景而备极生动的,还有《烟壶》中的德外鬼市。虽非正宗京味也京味十足的《封片连》《鬈毛》,则把当代北京的个体商场,写得声态并作,一派火炽。

更有文化—风俗意味的,自然不是店铺招牌,而是那种古意盎然的经营方式。人情体贴是一种商业艺术。老北京商贩给人印象深刻的,是礼仪文明与十足的人情味。② "三合祥虽是个买卖,可是和照顾主儿似乎是朋友。钱掌柜是常给照顾主儿行红白人情的。三合祥

---

① 瞿秋白:《乱弹·谈谈〈三人行〉》(1932年3月),《瞿秋白文集》文学编第1卷,第450页。
② 清代夏仁虎的《旧京琐记》记北京的绸缎肆"其接待顾客至有礼衷,挑选翻搜,不厌不倦,烟茶供应,趋走极勤。有陪谈者,遇仕官则言时政,遇妇女则炫新奇,可谓尽交易之能事,较诸南方铺肆诡诞之声音颜色相去千里矣"(第97页,北京古籍出版社1986版)。梁溪坐观老人写琉璃厂书肆主人"工应对,讲酬酢",且有学识,"此种商业,与此种人物,皆将成广陵散矣"(孙殿起:《琉璃厂小志》,第34、35页,北京古籍出版社1982年版)。

是'君子之风'的买卖：门凳上常坐着附近最体面的人；遇到街上有热闹的时候，照顾主儿的女眷们到这里向老掌柜借个座儿。"(《老字号》)"一家三间门面的布铺掌柜"祁天佑，有一张典型的商人面孔："作惯了生意，他的脸上永远是一团和气，鼻子上几乎老拧起一旋笑纹。"(《四世同堂》)和气的商人，是足增人间的暖意的。"卖烧饼的好象应该是姓'和'名'气'，老李痛快得手都有点发颤，世界还没到末日！拿出一块钱，唯恐人家嫌找钱麻烦；一点也没有，客客气气的找来铜子与钱票两样，还用纸给包好，还说，'两搀儿，花着方便。'老李的心比刚出屉的包子还热了。"(《离婚》)有时因店铺伙计太和气，太会拉主顾，以至使老李"觉得生命是该在这些小节目上消磨的，这才有人情，有意思"(《离婚》)。和气与耐心是经营艺术，也是老派市民的修养。即使买卖不成，凭着"北平小贩应有的修养"，他们会"把失望都严严的封在心里，不准走漏出半点味儿来"(《四世同堂》)。①

当这种时候，京味小说只写方式、情调，商业关系已在其中。这种交易依赖的，是传统社会的人情信托而非现代社会中的商业契约和赤裸裸的利益原则。② 因而营商得凭借"外场工夫"；商店的装潢华丽比之资产、货色更易于显示信用。对此清末笔记中亦有所记。邓友梅笔下的估衣行情景，在当今的年轻人或觉匪夷所思吧："老客来了先接到后柜住下，掌柜的要陪着剃头、洗澡、吃下马饭，晚上照例得听戏。"(《〈铁笼山〉一曲谢知音》)讲求信义、人情，以非商业手段达到商业目的。

---

① 当然，诚实也是信用的保障。祁天佑的小布铺，"一向是言无二价，而且是尺码加一。他永不仗着'大减价'去招生意，他的尺就是最好的广告"(《四世同堂》)。言无二价，既是诚实，亦是保守顽梗，不知变通。因而美德当社会经济变动时反倒促成了古旧商业的没落。

② 费孝通说："西洋的商人到现在还时常说中国人的信用是天生的。类于神话的故事真多；说是某人接到了大批磁器，还是他祖父在中国时订的货，一文不要的交了来，还说着许多不能及早寄出的抱歉话。——乡土社会的信用并不是对契约的重视，而是发生于对一种行为的规矩熟悉到不加思索时的可靠性。"(《乡土中国》，第6页，生活·读书·新知三联书店1985年版)现在读来，这一则商业神话的意味不免更是讽刺性的。

让人留恋的有时只是情调。《老字号》所写那种宁静悠闲的古旧商业情调,几近于抱雌守虚清静无为的哲学境界。"多少年了,三合祥是永远那么官样大气:金匾黑字,绿装修,黑柜蓝布围子,大机凳包着蓝呢子套,茶几上永远放着鲜花。多少年了,三合祥除了在灯节才挂上四只宫灯,垂着大红穗子,没有任何不合规矩的胡闹八光。多少年了,三合祥没打过价钱,抹过零儿,或是贴张广告,或者减价半月;三合祥卖的是字号。多少年了,柜上没有吸烟卷的,没有大声说话的;有点响声只是老掌柜的咕噜水烟与咳嗽。"三合祥是与古城一体的,且比之胡同更多着些端肃与庄重,更有陈年老酒般的气息。①

茶馆老板王利发(《茶馆》),几乎可以看作古老商业传统的人格化。作为旧式生意人,他几乎是太完美了,浑身上下没有一处不合于礼仪规范,不合于这种社会对于一个商人的道德与行为要求。他即茶馆。茶馆的风格、面貌,几乎只系在王利发的个人风格上。

相对活跃的消费品市场与极端保守的商业经营方式,相对发达的商业与极不发达的近代商业观念,构成近现代中国奇特的商业文化面貌,并不独北京为然。老北京除有数的老字号外,商业规模普遍狭小,也正是传统农业社会、农业文明制约的结果。限制了商业文化现代化的,与限制着宗法制家庭解体的,是同一个乡土中国。以整个社会生产水平的低下为前提的生活水准的相对均衡,也限制着商业活动的规模。京味小说所写北京商人传统的商业伦理,即反映着中产市民保守的道德要求。

一种在现代人眼中极奇特的现象是,以盈利为追求的商业活动,却千方百计掩饰其本应公开申明的商业目的。传统社会世俗心理中的商业道德,制约着上述真实的商业目的的实现,或作为这种目的的遮饰物。《没有风浪的护城河》以不图赚钱的小本生意人祁家老祖

---

① 文化空气的熏染使当代个体摊档也难有广州街头那种战场般的紧张气氛,买卖之间仍有一种暇豫从容:"买货的、卖货的、过路的、加上闲呆着没事儿看热闹的,象戏园子里一样地插科打诨,随随便便。停下来贫一句,又接着赶路、买卖、呆着……"(《封片连》)

儿作为"变着法儿坑人"的摊贩的道德对立物。祁家老祖儿,"那叫多仁义,多厚道!"这是胡同居民(包括作者)对于一个生意人的道德评价,使用的是胡同里通用的一般道德尺度,这种尺度是不关心商业效益的。① 祁老祖儿式的"仁义""厚道",也顺理成章地以"不大会做买卖"为条件。

《牛天赐传》并非写北京,其对于牛老者的描写却反映了老北京人及老舍本人评价商人所持标准。牛老者"是天生的商人",他中庸、谦和而悠然。他的经商不凭借商业智慧,靠的是一种"非智慧的智慧",近于奇妙的本能。"对什么他也不是真正内行,哪一行的人也不诚心佩服他。他永远笑着'碰'。""他有这么种似运气非运气,似天才非天才,似瞎碰非瞎碰的宝贝。"悠悠然使他显着点飘逸、不俗,非内行则让他保存一些天真、平易。中国古代史传、笔记中的风雅商人无不有非商人气质以至名士气,这里有早经形成的评价商人的士大夫标准,所谓"虽为贾者,咸近士风"(《戴震文集》卷十二《戴节妇家传》)。非商人本性的商人才是好商人,道德感情上可以接受的商人。②

掩盖、逃避经济利益原则的商业道德,在现代人的眼里是虚伪的。多数情况下,它以"勤俭""诚信"等等并不体现商业特性的一般道德规范掩盖了商业行为的实际愿望。京味小说作者往往也在这里,与古城的古旧传统、风习认同。

传统道德明于义、利之辨,这使得孜孜以逐利的商业活动不能不在道德上处于窘迫境地。而上述道德传统确也造就过重义(信义、

---

① 对旧式商人从道德方面的描写,由这一方面呈现的"老字号"与洋派商业的文化对比形态,不能不把历史道德化了。茅盾于同时期创作的《林家铺子》显示出与老舍的不同眼光,是可资比照的例子。

② 营商,牛老者所奉行的,近于徐大总统哲学:听其自然。无为而无不为,近乎不经营的经营。介于有意无意之间、自然与人工之间——这里有京味小说作者所欣赏的人生姿态。上述观察商业行为的非商业眼光,出于审美评价而非功利衡量,其心态是典型的知识分子的。

信誉)轻利的诗意文化。你又不能不承认,京味小说作者对古老商业文化的眷恋有极其现实的根据。萧乾的《邓山东》写老北京小贩与买主间的一份"交情":"俺眼没都长在钱上。朋友交的是患难。"《钟鼓楼》中的老修鞋匠"心平气和地"对取货而不付钱的女顾客说:"你拿走吧。我一分钱也不收你的。"因为"他希望人们尊重他的劳动。他并不需要施舍。他收的不是料钱而是手工钱"。他指望的是对他那技艺的赞美与肯定,他看重那点"玩意儿"(技艺),而不是它的商业价值。这是古老北京、古老中国小手工业者、小工匠的职业心理,其中有小生产者建基在技艺自信上的自尊。这种古朴风习和传统商业中的人情味,使北京商店、北京商贩足以激起本节开头写到的那种温暖亲切的文化感情,令你不便以传统/现代、前进/倒退的二分法去一味指责京味小说作者的文化认同。在承认价值多元的现代社会,传统文化中的诗意部分将被认为是有永恒魅力的。

　　同时,正是京味小说使你看到,作者们给以温情脉脉的描绘的那种富于尊严感的庄重古朴的商业活动,绝不是生机勃勃、充满活力的现代商业的对手。它们过于道德化了,其中缺乏的,是富于刺激力的经济思想。"老字号"三合祥凭借其"许许多多可宝贵的老气度,老规矩",以拒绝广告、拒绝"减价半月"维持其金匾的"尊严",写在作品中,这"官样大气"却给人以滑稽感。旧式商人的信念("咱们作的是字号")在小说提供的商业环境中也给人以滑稽感。既然只能是"老"三合祥,别的什么也不是,什么也不能是,三合祥就只能"倒"给那些不讲规矩的商号,活像个从容赴义的英雄——但在作者笔下也不只悲凉,而且透着滑稽。正直规矩的钱掌柜是一个人,也是一个商业时代。他"带走了一些永难恢复的东西"。字号还在,老字号"已经没了"。老舍仍然有他的深刻。他在写到被置于这种境地的"老字号"时,悲怆中有对历史境遇的意识,对古老商业本身缺乏生存能力的意识。因而他的悲剧感就不止出于对古旧事物行将消逝的哀挽,其中有对历史与道德的二律背反的觉察与思考。这儿汇集了老舍作品中极富历史感的部分,集中思考现代与传统,城市化、现代化过程的文化含义的那一部分。这些作品对于现代商业文化的道德化的批判固然包含明显的肤浅,以至市民意识的狭隘性,同时又含有民间智慧,普通人对于历史文化复杂现象的观察。其实老舍笔下的"老字号"又何尝真的是老北京商业文化的代表！其更深刻的真实也许在于体现了一种商业理想,对于富于人性的商业的理想。这理想或许会在经济发展的更高水平上实现？

建筑文化

苏珊·朗格以近于浪漫的诗情写到建筑艺术所可能有的文化蕴涵与美感境界:"建筑家创造了它的意象:一个有形呈现的人类环境,它表现了组成某种文化的特定节奏的功能样式。这种样式是沉睡与苏醒、冒险与稳妥、激励与宽慰、约束与放任的交替;是发展速度,是平静或跌宕起伏的生命过程;是童年时的简单形式和道德境界充满时的复杂形式,标志着社会秩序神圣和变化莫测的基调与虽然进行了一定选择却依然被来自这种社会秩序的个人生活所重复的基调的交替。"[①]

"京师屋制之美备甲于四方。"[②]京味小说作者,尤其当代作者,在对于北京文化外在形态的呈现中,往往禁不住要津津有味地写北京人的宅院,宅院中的布置,描写不厌其详。这固然是一种知识,有关北京生活不能不备的知识,不同作者间命意又有不同。《少管家前传》写京都大宅门的庭院,除知识趣味外,旨在表现清末民初王公贵族的生活情调;《钟鼓楼》写四合院,如上文所说,兴趣更在北京民居建筑形制及其文化功能的综合考察、分析。

以四合院作为北京民宅的一般样态,出于对胡同文化作为北京文化基本方面的肯定。胡同、四合院文化,是中产及下层市民的文

---

① 苏珊·朗格:《情感与形式》,刘大基、傅志强译,第 114 页,中国社会科学出版社 1986 年版。
② 史玄、夏仁虎、阙名:《旧京遗事 旧京琐记 燕京杂记》,第 40 页,北京古籍出版社 1986 年版。

化。倘若考察由居住环境体现的北京建筑文化,是不能略过清代留下的那些显赫宅第的。《旧京琐记》记"京师屋制"即由大宅门说起:"户必南向,廊必深,院必广,正屋必有后窗,故深严而轩朗。大家入门即不露行,以廊多于屋也。夏日,窗以绿色冷布糊之,内施以卷窗,昼卷而夜垂,以通空气。院广以便搭棚,人家有喜庆事,宾客皆集于棚下。正房必有附室,曰套间,亦曰耳房,以为休息及储藏之所。夏凉冬燠,四时皆宜者是矣。"[1]——正是《少管家前传》所写的那类宅院,只不过豪华程度互异,"因时因地,皆有格局"而已。这种"屋制"才更充分地体现着高度发达的建筑艺术对于生存合理性的注重,和实现于建筑格局的极其完备的生活艺术。

"中下之户曰四合房、三合房。贫穷编户有所谓杂院者,一院之中,家占一室,萃而群居……"[2]"四合房、三合房"是平民化的,是世俗生活秩序及其理想。京味小说中,除《少管家前传》一篇关于显赫府第近于铺张奢华的描绘,写得最多也更为亲切的,是四合院、三合院一类中下之户的院落。这也被目为最具北京风味的民居,以至"四合院"几乎拥有了"北京文化"代称的身份。刘心武的考察四合院所体现的伦理结构、文化结构,不能不说是北京文化考察中不可少的一项工程。《钟鼓楼》的有关章节写四合院,由院门而影壁而小偏院,而前院,而里院与外院(即前院)间的垂花门,而里院的"抄手游廊",等等,叙说力求详备;更由建制到功能到文化内涵,层层推究。比如院门:"这院门的位置体现出封建社会中的标准家庭(一般是三世同堂)对内的严谨和对外的封闭。"至于"四合院的所谓'合',实际上是院内东西南三面的晚辈,都服从侍奉于北面的家长这样一种含义。它的格局处处体现出一种特定的秩序,安适的情调,排外的意识与封闭性的静态美"。

四合院是伦理秩序的建筑形式化,其建制的形成,有功能性的、

---

[1] 史玄、夏仁虎、阙名:《旧京遗事 旧京琐记 燕京杂记》,第40页。

[2] 同上。

亦有从伦理原则出发的考虑。四合院更是传统文化"和合"境界的象征体现,因而《四世同堂》写祁家宅院的非标准化,不妨认为含有关于全篇内容("四世同堂"式家庭的式微)的象喻。四合院的建筑格局不消说合于传统审美规范,只不过比之大宅门的掩映迂曲回环层叠,是较低层次上的。正如其中住家是古城的基本居民,其所体现的,亦是"基本美感"。

并不困难地,陈建功由四合院读出了类似的含义:"据一位建筑学家考证:天坛,是拟天的;悉尼歌剧院,是拟海的;'科威特'之塔,是拟月的;芝加哥西尔斯大楼,是拟山的。四合院儿呢?据说从布局上模拟了人们牵儿携女的家庭序列。"(《辘轳把胡同9号》)四合院式的家庭组织形式和家庭生活秩序在传统社会最具普遍性[①]——正如凝结于建筑形式的,严整刻板而又充满人际依存与人情熨帖。其轩敞明净处,与北京生活(包括北京方言)的明快豁朗合致。上文谈到了京味小说作者善于借一胡同一院落置阵布势,他们意识到并利用了建筑形制所体现的伦理意义。谁又能说胡同、四合院被作为北京文化标志,不也多少由于文学艺术的上述阐释呢。

殷京生在《老槐树下的小院儿》、刘心武在他的作品里,则写到了这种建筑—生活形态的被破坏。这是由"文化革命"大规模地开始的文化破坏与重构过程的一部分。"'小厨房'在北京各类合居院落(即'杂院',包括由大王府、旧官邸改成的多达几进的'大杂院'和由四合院构成的一般'杂院')雨后春笋般地出现,大大改变了北京旧式院落的社会生态景观。"(《钟鼓楼》)这也应当是对于四合院作为文化表达式的意义阐释的一部分。"变动"从来都有助于对原有意义的发现或确认。不论意味着什么和预示着什么,北京建筑文化的变异都不可逆转,大批四合院、杂院的拆迁,和大片规格化楼群的拔地而起,是最刺眼的事实。居住方式、居住环境的改变,终将改变

[①] 四合院固然以北京为形制最完备,却非北京所独有,它事实上也是北方城市民宅的普遍形式。由四合院格局体现的上述伦理秩序,更是典型乡土中国的。

北京人的生活方式,尤其是人际关系、人际交往形式——这胡同文化中最足自傲的部分。由四合院式的封闭,到公寓大楼里单元房的封闭,体现着全然不同的文化。对于一个如北京这样的古城,再没有什么比之这种居住条件的大规模调整,更足以强制性地改变其文化形态的了。这是生存的空间形式极大地影响着人的文化性格、城的文化面貌的例子。至于其间得失,也让人如对商业文化变异那样一下子说不清楚。

下面将谈到北京的文化分裂与文化多元。有关北京文化分裂的最尖锐的描写是由非京味小说作者提供的,他们却也同京味小说作者一样并未深涉最有可能掘及文化深层的那一方面,即胡同生态的变动,胡同、四合院文化的消失,公寓楼取代四合院这一注定要影响深远、最终改铸北京文化性格的重大事实。这也许才是最有北京特性的文化变动。写这份生活,本应是京味小说的专利。未"深涉",在京味小说,如前所说,出于文化眷恋;在其他作者,则因其被庞大、炫目的现象吸引住了。这也是近期城市小说的特点。最强烈、刺激的视觉印象掩没了其他一切,新异可惊的形态掩没了平凡微小的生活事件。要到一度被认为新异的失去其新异性,视觉兴奋消失后感官恢复了对寻常世相的感应,那些虽细小却将影响长远的文化变异才有可能在人们的眼光下渐次显现出来。

于四合院之外,刘进元的《没有风浪的护城河》还写到了北京城墙,其中的慨叹多少回应了瑞典人所著之《北京的城墙和城门》中的议论。小说写到已不复存留的永定门:"除去冬天,每到晚傍晌,成千成万只燕子和蝙蝠在城门楼四周的上空叫着,飞着,绕来绕去,衬着五彩斑斓的晚霞,给老北京罩着一层神秘庄严的气氛。在这种氛围里,你不得不承认,城门楼子本身就是一种灿烂的文化。"瑞典人奥斯伍尔德·喜仁龙由城墙上读出的,则要复杂得多。

"纵观北京城内规模巨大的建筑,无一比得上内城城墙那样雄伟壮观。初看起来,它们也许不象宫殿、寺庙和店铺牌楼那样赏心悦目,当你渐渐熟悉这座大城市以后,就会觉得这些城墙是最动人心魄的古迹——幅员广阔,沉稳雄劲,有一种高屋建瓴、睥睨四邻的气派。它那分外古朴和绵延不绝的外观,粗看可能使游人感到单调、乏味,但仔细观察后就会发现,这些城墙无论是在建筑用材还是营造工艺方面,都富于变化,具有历史文献般的价值。"①作者还在他这部写于20世纪20年代的建筑学著作中说:"如果对于北京城墙能够予以适当审查,使其无声的证据变成语言,它们无疑会比北京的任何记载道出更有趣、更准确的故事来。它们是一部土石作成的史书,内容一直在不断更新和补充,直接或间接地反映自其诞生以来直到清末的北京兴衰变迁史。"②不能不惊叹于作者文化—历史感受的深邃。他以异国人的眼睛,甚至由北京城市建筑中读出了身在此中者未必能读出的微妙意味。③

刘心武把四合院作为过去时代的文本,力图从中读解那个时代的经验和这种经验经由建筑语言的表达方式,读出四合院建造者的设计思想和生活意愿;瑞典人将中国的城门城墙也作为历史文本读解,极力去诠释那些灌注在砖石中的中国人的文化思想、他们的生存愿望和这种愿望的具体呈示,以至这建筑语言的哲学语义。他们在面对北京城市建筑时,都把发现凝结其中的历史生活与文化心理作为目的。也像常常绕过大宅门,京味小说在如城门城墙这样巨大的体量面前或许感到威压,或许只是觉其太远于世俗生活。但胡同文化只有置于这庞大背景上或其投影中,才足以充分呈现其凡俗性——这却又多少会是刘心武构思《钟鼓楼》时的思路。

京味小说在发掘北京文化时,仍嫌囿于胡同世界格局太小,难以

---

① 喜仁龙:《北京的城墙和城门》,第28页。
② 同上书,第30页。
③ 同书中还写道:"深入探讨中国的各种象征意义是没有必要的,因为其含义对于我们这些西方人似乎太含混、太暧昧了。不过应当记住,中国人设计任何一个建筑物——无论是一座房屋、一座寺庙,还是整个城市,绝不仅仅从美学和实用角度出发,他们总是有含义更为深刻的目的;这些目的,天子的忠实臣民虽然从未忽略过,但也从来未能予以充分的解释或领会。"(第42页)

有喜仁龙对于城门城墙那样的北京文化发现。商洛山中的贾平凹说过:"在整个民族振兴之时振兴民族文学,我是崇拜大汉之风而鄙视清末景泰蓝一类的玩意儿的。"①我疑心人们对清代文化有太多偏见。清代又何尝只有景泰蓝!于宏伟坚厚的学术文化建筑外,也有构造精美规模宏大的园林寺观,可媲美于前此朝代的宫殿庙宇,充满了民族与历史中内蕴的力。

《立体交叉桥》《封片连》等,还写到近几十年的居民楼建设。灰败单调千篇一律也是一种文化。其粗糙笨重也罢,寒酸也罢,都是以砖石书写的北京文化史。砌入了建筑物的,往往也是文化史中难以修改重写的部分。

无论城门楼还是普通民宅,北京建筑总让人无端地怅惘。是因其中的历史太厚,含义太曲折,还是因其所暗示的让人捉摸不定?

《封片连》写到尾巴处,想站在高处看看北京。要看的首先还是寻常屋宇,因为那是人世间最可亲近的北京人的生活世界。

> 眼下,一个个的屋脊,大大、小小、高高、矮矮,竖的,横的,有的是双脊,有的一个大脊带一个小脊,仿佛灰色的宁静的浪。……

数十年前,当那个瑞典人由清晨的城墙上俯瞰时,连绵的屋宇恰恰也被想象为波浪。一个外国人,竟为自己的历史想象和其中包含的重大意味震撼了:"当晨雾笼罩着全市,全城就象一片寒冬季节的灰蒙大海洋;那波涛起伏的节奏依然可辨,然而运动已经止息——大海中了魔法。莫非这海也被那窒息中国古代文明生命力的寒魔所镇慑?这大海能否在古树吐绿绽艳的新的春天里再次融化?生命还会不会带着它的美和欢乐苏醒过来?我们还能不能看到人类新生力量的波

---

① 贾平凹:《〈腊月·正月〉后记》,《腊月·正月》,第427页,北京十月文艺出版社1985年版。

涛冲破那古老中国的残败城墙？抑或内在动力已经凝固，灵魂业已永远冻结？"①

这些叩问今天听来依然动人心魄。也许只能用新的城市建筑及其体现的健康清新的文化来回答。那么，我们能使几十年后登临俯瞰北京者看到、想到些什么？

四　文化分裂与文化多元

由近代史揭开的，是一个空前矛盾的文化时代。时间性的（现代与传统）与空间性的（西方文化与中国本土文化）诸种矛盾的汇集，多种文化形态的并存，更是过渡时期的特有景观。属于这景观的，还有地域文化差异（如东南沿海文化与内地文化）以及为近现代历史进程急剧扩大着的城乡差别与对立。上面的描述过于条理化了。实际生活中，则昨天、今天与明天在在交错，东方与西方处处重叠，你中有我，我中有你，无所谓"纯粹形态"，亦看不出"绝对界限"。这才是中国现代知识分子所处的实际文化环境。李大钊曾表达对上述矛盾纷繁的历史生活的感受："中国人今日的生活，全是矛盾生活；中国今日的现象，全是矛盾现象。""矛盾生活，就是新旧不调和的生活，就是一个新的，一个旧的，其间相去不知几千万里的东西，偏偏凑在一处，分立对抗的生活。"②

呈现在新文学中的时代矛盾，是经了当时的意识的整理和强调的，主要即为传统与现代、中国本土文化与西方文化的冲突，形态清晰而严整。"五四"时期文学因其时的历史生活主题，更强调现代与传统的冲突。"五四"之后，民族矛盾的激化，复杂化了作者们的生活印象。外资入侵造就了蓝小山、丁约翰之类西崽式人物，以及祁瑞

---

① 喜仁龙：《北京的城墙和城门》，第11—12页。
② 李大钊：《新的！旧的！》，《新青年》1918年5月15日第4卷第5号。

丰、冠招娣一流洋奴气味的胡同子弟。① 这是一种含义严重得多的文化分裂。老舍不惜用了刻薄的态度,写留学回国数典忘祖的文人(《牺牲》《东西》等)。这是他所意识到的文化分裂在他的世界图景中的呈现。在这样的世界图景中,对于市民文化的批判态度自然而然地温和化了。然而老舍毕竟以其敏锐,写出了文化形态日趋繁复的现代北京,写出了侵蚀着古老城市的异质文化,出现在胡同里的陌生人种。

以现代作家的方式思考生活,发生在老舍作品世界中的,难免是一种"一分为二"式的简单分裂——黑白李式的(《黑白李》)、二马式的(《二马》)、张大哥父子式的(《离婚》):格局一目了然,是在理性的清水中滤过了的。有关的生活现象令作者怅惘,却并未使之遭遇认识上的难题。简单分裂式也进入了小说的结构,以"对比"作成老舍小说常见的结构样态。

北京文化也许到了当代,才变得如此混沌、如此拒绝简单的价值判断和明确分类的?老舍无缘看到近些年间如梦般的生活进程,或许倒是他的幸运。我怕他会在这新的文化现实面前茫茫然不知所措的。出于形式限制,更出自与当年老舍相似的心态,新时期京味小说作者在过于剧烈的文化变异面前,显得小心翼翼,稳健持重。似乎作者们不忍惊扰他们图画中人物的安宁,不忍以过于刺眼的对比,破坏了精心营造的作品世界的和谐。艺术上的节制未必意味着感觉能力的钝化。这是不同层面的问题。风格的柔和也不注定会抵消生活发现的深刻与尖锐。《老槐树下的小院儿》(殷京生)写这胡同深处的变化,即着笔处极细微而所见很深。小说写到"文化革命"所造成的文化破坏在事实上的无以修复:"多少年关门的老字号又恢复了,多少年不见的风味小吃又露面了……一切值得北京人自豪的东西,仿佛在哪儿转了个大圈儿,又回到了原来的位置",却也有再也不能"归位"的。厨师高大爷,"对手艺,他想开了,不保守,不吝啬。'死

---

① 以上人物分别见《老张的哲学》《四世同堂》。

了还能带进骨灰盒?'"但手艺也从此再不神圣。"谁给钱教谁。手艺在他心目中已不再占有他的感情,已不再是一种引为自豪的、超凡脱俗的东西,手艺也是一种商品。……高大爷觉着自己终于大彻大悟。"

不能复原的,自然还有小院里旧有的家际关系格局——这胡同文化赖以保存的最可靠却又最脆弱的部分。同住小院的林大夫不再清高:"他求高大爷在饭店弄了几筒高级香烟,高大爷立马儿托他帮着亲家的儿媳妇的妹妹住院;烟到了手,病人也住进了医院。成交。人嘛,本来就是一种相互利用的关系。林先生对此十分坦然。"

即使转了一大圈又回到了原位的,又焉能无所变化?东西或者还叫那个东西,但味儿变了。较之自由市场的摊档,让老北京人觉着乌烟瘴气的商业竞争,这普通人事中极琐细的变化或许更足触目惊心。价值意识的变化才足以最终改变北京人之为北京人。

诸多的"变",在在刺激着老派市民的文化感情:由京戏、传统风味小吃的"走味儿",到发生于人心人性人际关系的上述变化。打眼下一点点流失着的,是那古城的灵魂。上面这位作者的态度似较有些京味小说作者严峻。发生在骨子里的上述变化,对耽于古城之美和京味小说风格之美的作者,不免太刺激;即使写到,他们也总想设法"找补"。这使得有些青年作者的作品,像是因挑战而用了绝大的勇气。人们自然又会想到那个老题目:只有不顾及传统形式和有关的美感要求,才有可能直面文化重组中的北京,写出现实的全部尖锐性、严峻性,和粗糙、丑陋、非定型、不完整、变动不居迁流无定中包含的生机勃勃的力量。

文化分裂实现在人伦关系中,其主要表现仍然是"代沟",是"父与子"。这不是套路,其背后有大片生活事实。写北京人生活中的这一敏感方面,那些准京味小说、非纯粹京味小说通常更其泼辣率直。《鬈毛》(陈建功)的主人公并非张天真(《离婚》)式的头脑空洞的市民子弟,他对于父辈的批判毋宁说是十分理性的。"他有他的活法儿。我有我的活法儿。""老爷子的那套活法儿就已经让我给总结了。两个字——没劲!"《满城飞花》(林斤澜)中父女同住的小院依旧,女儿那世界却叫做父亲的舌头发麻,一时品不出味儿来。应付这个日见势利的社会,老爷子狼狈不堪,心力交瘁,"老了,当真老了"。小辈人却随意挥洒,如鱼得水。父亲满心羞惭地求人,女儿却堂堂正正地"自荐",硬是拳脚并用,闯出条自己的路子来。

最敏感,也最令人不忍面对的,是与现代商业文化有关的那一切。现代商业文化对古老文化传统的冲击,是改革期极具特征性的现象之一,不但显示出现实变动的深刻度,而且包含、预示着未来,引出和正在引出诸种复杂的精神后果。《鬈毛》写北京人抢购彩票"撞大运":"你在哪儿买的?红桥吧?是乱!那罪过受大了!那帮小流氓真可气,乱挤!你没听见警察拿着警棍骂?'你们他妈的这么没起色,一张彩票把你们折腾成这个德性!'"仍然是北京话,只是少用了委婉语词和那种客客气气的反诘句式,语言的粗野中有粗野的社会心理:"看这一张彩票闹腾得他们这疯魔劲儿,也太惨点儿啦。"

安时处顺的北京人也会在有一天为了彩票而"疯魔"!不管怎么说,"撞大运"的社会心理至少意味着:不认命,相信机会、"运气"。这里岂不就有观念的变化?正因是在北京,礼义之邦的首善之区,见惯了遛弯儿、遛鸟儿、闲聊下棋安详自足的北京人的北京,这种场面才格外地具有喜剧性,格外透着幽默。

这里只待脱口而出的,是老北京人不忍说的那个"钱":红点颏儿的主人送鸟而谢绝了收受的"钱"(《红点颏儿》),公园门口的老人义务看车而不入私囊的"钱"(《画框》),最鄙俗最具侵蚀性的"钱"。《鬈毛》中人物高声大嗓地说着的,正是这钱:"要的就是这个劲儿!""图个痛快!平常老是'瞧一瞧,看一看',这三孙子还没当够啊?有钱了,就得拔个'头份儿'!"在主人公,钱关系到他的个人尊严,关系到他在老爷子眼里的地位,他的社会形象和自我感觉——这种写钱的直率,写人对于钱的需求的直率,也许更是正宗京味小说作者所不敢想象的。

写现代商业文化对古老文明的侵蚀,写北京人为了钱的"疯魔",写那种足以让古城因之而战栗的商业投机和财产争夺,以及有关的社会文化心理,尖刻泼辣也许无过于《封片连》的吧。"在这块地方,中国集邮协会会徽所绘制的一切全具备:邮票、放大镜、镊子和中国人。全齐。但这儿还多着一样,并且,这一样东西是会徽上绝对没有的——这里的邮票交换是通过货币交换实现的。""这儿是买卖,而这儿的买卖不靠吆喝。"

集邮活动的商业化,邮票的既是藏品又是商品,以至邮票的直接作为硬通货进入流通领域,都不始自今天更不始自北京。但发生在邮票公司门外如此大规模而又带有疯狂性质的邮品交易,以及商业投机中必有的赝品制造和阴谋劫夺,却足以令任何一个蛰居胡同的老北京人胆战心惊。只是在这一种疯狂氛围中,那些善良天真保持其纯正的文化趣味的集邮者,才显得那样脆弱,毫无防卫能力。这是对于所处世界失去了现实感、反应能力和起码知觉的文化纯洁性,令人看着可悯。

以这类图画作为衬景,你才更能领略正宗京味小说中人物生存境界以及小说美学境界的纯净优雅,也更感受到那种风格的脆薄。但这无关于"真实"与否那种判断。即使由上述作品你也可以看到,从事邮票交易与邮品争夺的,与马路边广告牌下悠悠然说古道今的,都是北京人;蛰居楼上不通世故的,与精于商业阴谋凶险邪恶的,也都是北京人。如此,才足以合成因变革而前所未有地杂色纷呈的世界。

同样陌生新鲜充满着刺激的,还有青年知识分子的世界。北京聚集着性情驯顺平和的旧式市民,也聚集着中国最活跃最能折腾的青年。北京历史上,青年学生曾一次次呐喊呼号,从市民们困惑钝重的眼光下走过,宣告一个属于他们的北京。

> 伟大的北京城,伟大的中国年轻人,其伟大的原因就在于他们也渴望一场胡涂乱抹。他们讨厌公允和平庸,讨厌解释的天才。管他妈的涂抹什么,只要是用血肉,用口哨,用恶作剧,用狂吼来涂抹一顿就成。……北京真是座奇异的城。它不会永远忍

受庸俗,它常常在不觉之间就掀起一股热情的风,养育出一群活泼的儿女。北京还是一个港口,一个通向草原和沙漠的港口。
(张承志:《GRAFFITI——胡涂乱抹》)

北京是个阔大的城。现代北京永远叫人惊奇。有着不同经验的人们,由这里可以听到来自遥远过去的以及同样遥远的未来的声音,遥远草原、沙漠以及同样遥远的最现代化都会的声音——只要你能辨识那些声音并肯细心地倾听。

承认多元,承认生活世界中的文化切割,不同作者依据他们各自的经验,尽可写他们各自的北京。总体开放中的局部封闭以至隔绝,文化圈层的内部同一、自足,也属于变革时代的文化现实。因而才能有京味小说作者笔下的"老人岛"——在坛墙根儿,在小公园里,在街道办事处文化站,甚至就在车水马龙的闹市街头。即使以《封片连》的芜杂喧嚣,也仍然让你触摸到了"古老的北京"——属于老集邮家的那个闲暇、雍容大度又大而无当的北京,属于广告牌下老人世界的亲切平易庄重大气的北京。或许正因了分裂、多元,更让人觉出胡同深处文化传统自我保存的力量吧:那顽强地收紧着的,在宁静平和中悄然运用着的力。这也是京味小说所面对的大世界中实实在在地存在着的小世界。

五 生活的艺术

说"北京文化",上述"家族文化""商业文化""建筑文化"等等自是大端。但你也已看到,对于"大端",京味小说所提供的,是一些较为浅近的说明。京味小说展示北京文化,所长必不止于这上头。所谓"文化",即人类各种外显或内隐的行为模式及其符号化。"文化热"的热点向在哲学,素所冷落的是更为基本的人的生存形态及其演化。"文化"在人们习焉不察的衣食住行中,在最不经意的"洒扫应对""日常起居"之间——尤其是注重人伦日用的中国。北京文化的凡俗性质,或许能启示一种文化探索的眼光吧,京味小说的北京文化发掘,正体现了这种眼光。因而当我们由那些大题目转向诸如北京人"生活的艺术"、北京人的"方言文化"这些更为平易俗常的方面,突然发现了京味小说易于被忽略的那一部分文化蕴涵。这些也属于使京味小说获得独特性的东西。

即使简单的梳理也不难使你发现,当代京味小说往往取材于闲暇中的北京人,或曰北京人生活中的闲逸场合:遛弯儿的北京人,会鸟儿的北京人,泡茶馆、小酒馆的北京人,票戏的北京人,下棋的北京人,神吹海哨(或用了时新的说法"侃大山")的北京人,等等。当代作者似乎爱写也善写"闲情",这一点上即不同于老舍。老舍所写虽然也常常是日常生活情景中的北京人,对于情境的选择却没有上述的严格和明确。对于北京人生活的各种场合,他几乎无所不写。这种不同,可以解释为两代作者的不同功力,也可以解释为不同意图、心态,即上文已经提到过的,老舍对于北京文化的批判倾向,和当代作家的展列以至把玩、鉴赏态度。说白了,当代作家较之老舍,更珍爱的是"风格"而不尽是"思想"。老舍的一支笔极能传达北京人的生活情趣,却又只是在当代京味小说这里,情趣才成为值得抽出细细地咂摸品味的东西,独立的被认为有特殊价值的审美对象。这不消说是当下"文化热"所鼓励的一种态度。作为创作心理背景的,则有大动乱后哲学人生观的微妙变化。

虽然不能说闲暇的北京人更是北京人,北京文化的造就却的确更赖有闲暇以至逸乐。即使北京话的漂亮,又何尝不是有清以来京都文化空气的特殊产物呢!有趣的是,北京人的某些消闲方式已被作为一种文化姿态,一种特定的文化表达式了。提笼架鸟绝非北京人的专利,却总像是由北京人来提,来架,才恰合身份似的。

写闲暇情境,便于寻找北京人有别于他地他乡人的特殊情态、人生态度、风度气派、行为以至生活的艺术,寻找为一种文化形态所特有的颜色;同时寻找京味小说的风格可能性,更充分的北京方言的功能发挥。当然,这"寻找"也为了便于传达作者本人的人生理解、影响新时期文学的文化哲学。文学选择受制于形式条件,有此制约才有特殊的价值创造。当代京味小说作者想必比老舍更明了其中道理,因而不惜自设篱墙。风格意识的强化是一种进步。有关的一系列作品让你看到,为老北京人传神写照,确也在阿堵之间。

注重文化,铺写世态,以北京为对象的其他作品亦然,而写此种情境此种神态,此种情态中的文化历史与文化心理涵蕴,则为京味小说诸家专擅。写闲情,题旨未必就小,更无须解释的是,写消闲未必为了消闲。平心而论,有些作品的旨趣还太显着"严重",以至令人有强拽出主题、抻长意义之感。更何况当代诸家间互有区别呢。因而上述选择并非即注定了要淡化意义。写闲暇情境能否入深,能否及于深层文化,要看各家的思想力、艺术功力,"风格"并不负责一切的。且不说"深度",作为风格,当代京味小说的确凭借了自设的限制,使得北京方言的功能得到进一步开掘,作品诸形式构件得以精细地锻造。由这一点说,"闲逸"未始不可以认为是当代京味小说作者为求风格的优雅而特选的情境。

世俗生活的审美化

《诗经》不曾如印度的《梨俱吠陀》一样成为宗教圣典。虽然儒家之徒、迂腐文士强加给它有关风教的题旨,千载之下读来,它们仍是生活的诗,没有因岁月而磨损掉其所由产生的生动情趣。在中国,有时也只有这种生活情趣,才是对抗"风教"的真正力量。它属于现世,充满种种欲望的活生生的人,其中有道德律令不能拘限的生命创造,证明了人虽在重压下其生机亦未死灭。

同属东方文化,日本的生活艺术追求幽寂境界,以茶道、花道、书道等为典型体现。其中有禅味。日本著名俳人松尾芭蕉论俳句,以为冷寂是美的最高境地。高山辰雄、加山又造的画,川端康成的小说,都善能创造上述境界,极清雅冷寂之致。用中国人的眼光看去,即少了世俗人间气息。日本特有的审美概念"物之哀",据说表述着一种对自然、人生的深深眷恋和淡淡伤感的意境。中国古典诗文即使传达类似意境也终没有形成特殊的美学范畴。

北京人的生活艺术最为京味小说注重的,是其世俗品味。京味小说作者较之同时代别的作者,更尊重市井里巷生活的凡庸性质,更能与凡庸小民的人生态度、价值感情认同。闲暇中的北京,并非即是属于雅人的。小公园、小酒馆,也从来不是京城雅人高士的聚集之所。京城中有雅人的闲逸,也有市井小民的闲逸,其间有层级,又有沟通。京味小说作者如前所说,大多并不熟悉那个奢华的上层世界,胡同里的普通人、庸常之辈,中产及下层市民,更是他们的经验世界。他们写来最自然有味的,也是这种层次上的物质文化的饮食起居的北京人。

中国的文化传统注重人伦日用。中国知识分子若非受了理学禁欲主义的训练,自有一种人生理解的通脱、行为的洒脱,且能欣赏这通脱与洒脱,以之为"名士风流"。这也是一种精神传统。因而古代哲人有"食色,性也"的明达见识,不讳言"饮食男女"("饮食男女,人之大欲存焉"),尤其"饮食"。郁达夫以"饮食男女在福州"为文章题目,亦出于以俗为雅的洒脱。

北京的文化魅力,固然在崇楼杰阁,在无穷丰富的历史文物,却也在普通人极俗常的人生享用。这里或有更亲切更人生化的北京文化。梁实秋遗作《丁香季节故园梦》所梦到的,是这样的家乡:"我生在一个四合院里,喝的是水窝子里打出来的甜水,吃的是抻条面煮饽饽,睡的是铺席铺毡子的炕,坐的是骡子套的轿车和人拉的东洋车,穿的是竹布褂、大棉袄、布鞋布袜子,逛的是隆福寺、东安市场、厂甸,游的是公园、太庙、玉泉山……"[1]这"故园梦"全由寻常衣食服用构成,其中也就有北京的闲逸情调。林语堂《京华烟云》上卷第十二章,用了洋洋洒洒的大篇笔墨,极写北京生活之美,也在写到"家居生活的舒适"时最见深情。《京华烟云》成书在海外,其间散发出国粹气味,那些十足夸炫的形容,表达最真切的还是乡情吧。

---

[1] 台湾《联合报》1987年11月4日。

在世界性大都会中,或许只有巴黎,文化的悠久与世俗化,可与北京相比。北京最令人经久难忘的,正在"吃"——饮食文化。这也是老北京人文化优越感的一份实实在在的根据。清代有人作"俳谐体"咏都门食物,把一时名肴佳酿、菜蔬果品、各色小吃罗列无遗。经学大师俞曲园在他乡作《忆京都词》①,中曰:

忆京都,茶点最相宜。两面茯苓摊作片,一团萝卜切成丝。不似此间恶作剧,满口糖霜嚼复嚼。

忆京都,小食更精工。盘内切糕甜又软,油中灼果脆而松。不似此间吃胡饼,零落残牙殊怕硬。

此中亦大有"京粹"气味。

"吃"竟是如此有魔力的文化,以至梁实秋晚年还在为别人未能吃到"故都小食"而"怅然若失"。"我问:'吃到糖葫芦未?'答案是摇摇头。'吃到酱肘子夹烧饼未?'答案又是摇摇头,曰:'不知此味久矣!'没有糖葫芦酱肘子夹烧饼可吃,北平人岂不枉为北平人?"(《丁香季节故园梦》)②

这里确有不以"吃"为粗鄙嗜欲的中国知识者的通脱。鲁迅曾说过这种意思:人生是要有余裕的。战士也吃饭,也性交,并非一味战斗。他还嘲笑过吃西瓜不忘"抗敌"的那种矫情。出自与普通民众相通的生活感情,京味小说作者不曾放过"吃"这种最足表现北京人生活情趣的场合。张大哥说:"我就是吃一口,没别的毛病。……男子吃口得味的,女人穿件好衣裳……"(《离婚》)旗人贵族出身的金竹轩"有个祖传的缺点,爱花零钱",无非为吃两口(邓友梅:《双猫图》)。《辘轳把胡同9号》中的旗人老太太虽在浩劫中饱受惊吓,仍

---

① 孙殿起辑,雷梦水编:《北京风俗杂咏》,第46页。
② 刘半农杂文《北旧》在讽刺的意义上提到"北平本是个酒食征逐之地,故饭庄之发达,由来已久"(《半农杂文二集》,第156页)。

不能忘"北京人的讲究：夏天,吃烧羊肉；冬天,吃涮羊肉；正月初二,吃春饼；腊月二十三,吃糖瓜儿……甭管怎样,决不能亏了口"。种种食物,并不取其贵重。麻豆腐就"不值俩钱儿",因而才更是俗人的一点嗜欲。

《钟鼓楼》的作者切实地调查了一番北京城新旧饭馆的今昔变迁,以此作为关于北京的一种知识。李陀笔下蒙昧颟顸的七奶奶(《七奶奶》)残留的人生记忆中,老北京的馄饨、芸豆饼的滋味是依然生动的。味觉记忆似乎比其他记忆在个人更经久,更耐得时间的磨损。乡情往往即系在这些寻常的感官印象上。《四世同堂》第一部第十四章开篇写"北平之秋"的诸种应时果品,笔触愈细密,状物愈生动,愈见出乡愁的深。这才是以其全部感性生动性在记忆中复活的北平。这类笔墨中,有最亲切的"文化认同"。①

於梨华以类似方式,表达文化认同——一种特殊亲切、实在的认同感。在美国的傅如曼想到回家,"家"对于她不只意味着她那间"窗子朝南的小房间",而且意味着路摊上的烧饼油条,中和乡"热腾腾的豆腐脑"(《傅家的儿女们》)。《又见棕榈,又见棕榈》多处写到留美归来的主人公在台北各处搜寻小吃。"光是为了这点吃,也该留下来。"文化怀乡的基础固在所食的味,更在味中的情感以至观念积累。②

"文化热"使人们发现了荆楚巫卜文化的流风余韵,发现了吴越文化的浪漫空灵,发现了东北边地山林文化的雄放犷悍。备受青睐的是民间性文化,"饮食男女"中的"男女"。这天然是诗,又合于文

---

① 汪曾祺谈阿城的《棋王》,说"文学作品描写吃的很少(弗吉尼亚·沃尔夫曾提出过为什么小说里写宴会,很少描写那些食物的)。大概古今中外的作家都有点清高,认为吃是很俗的事。其实吃是人生第一需要。阿城是一个认识吃的意义、并且把吃当作小说的重要情节的作家"(《人之所以为人——读〈棋王〉笔记》,《晚翠文谈》,浙江文艺出版社 1988 年版)。

② 萧乾的《北京城杂忆·游乐街》说："回想我漂流在外的那些年月,北京最使我怀念的是什么？想喝豆汁儿,吃扒糕；还有驴打滚儿,从大鼓肚铜壶冲出的茶汤和烟熏火燎的炸灌肠。这些,都是坐在露天摊子上吃的,不是在隆福寺就是在东岳庙。"(《北京城杂忆》,第 44 页)

学惯例。京味小说也发现了民间文化,却因少了两性间的浪漫而显得鄙俗。厨房永远比两性野合的草地俗气——这却又是典型文明人的偏见。在真正的原始人类那里,饮食男女是不会被区分等次高下的。《骆驼祥子》有几处写祥子在吃中体验生命,朴素而深切。"热汤象股线似的一直通到腹部,打了两个响嗝。他知道自己又有了命。""吃了一口,豆腐把身里烫开一条路……半闭着眼,把碗递出去:'再来一碗!'""站起来,他觉出他又象个人了。"那时还未见有另一位作者,对人的类似经验体察到如此细致入微的,以至人们半个世纪后读《棋王》的有关描写时感到新奇。这生命感不唯不浪漫,也不庄严。唯其不庄严,才见得朴素,朴素如生命的原色。

朱光潜《谈美书简》说,"艺术和美也最先见于食色。汉文'美'字就起于羊羹的味道"①。据说有人对这种说法有异议。此种学术是非自有专家澄清;在我看来,倒是上述诠释本身更有意味。

京味小说肯定人生,当然不限于写北京人的食欲。中国的艺术,中国式的人生,注重小情趣。因而有国画题材的小鸡、虾、白菜萝卜。即使画崚嶒巨岩,也不忘以一小花一小虫,点染出人间气息。宗白华关于国画静物有极富启发性的见解。人生本琐细。宏大完整的,是人生的抽象、浓缩、诗化。实际人生总是片段、破碎,充满着琐屑事物。中国艺术以小情趣寄寓朴素温暖的生活感情,出于对生命的珍重——以掌捧水,一点一滴都不想让它漏掉的那种珍重。中国的传统工艺品,其小巧者自不便与古希腊雕塑、汉代石刻比气魄,作为艺术,它们却可以是等价的。当然,历史生活中也有不暇顾及小情趣的时候。鲁迅30年代有对于被雅人们当作"小摆设"摩挲把玩、"将粗犷的心,磨得渐渐的平滑"的小品文的批评。② 那也是时代现象。

《离婚》写张大哥的"趣味",从"羊肉火锅,打卤面,年糕,皮袍,风镜,放爆竹",到木瓜、水仙、留声机:"'趣味'是比'必要'更文明

---

① 朱光潜:《谈美书简》,第25页,上海文艺出版社1980年版。
② 鲁迅:《小品文的危机》,《鲁迅全集》第4卷,第575页。

的。"作为生活情趣,本不回答必要与否的问题。在普通人,也要有羊肉火锅与水仙,使生活减却几分枯索。老舍以讥诮神情谈张大哥的生活艺术,亦出于那一代知识分子人生及人生理解的严肃与沉重,虽然老舍在其他场合也难免自己陶醉于所写小小情趣里。只是到当代作家笔下,这种情趣才又成为堂而皇之的东西,像是羊肉锅子做成了大酒筵上的主菜。

《朱子语类》卷十三:"问:'饮食之间,孰为天理,孰为人欲?'曰:'饮食者,天理也;要求美味,人欲也。'"倘若由此引向"存天理灭人欲",就是某个理学家的思维逻辑,并不能为小民认可。北京市民不仅以饮食维系生存,而且追求美味;所追求的又不止于味,还有鉴赏"味"之为"美"的那一种修养、能力。食物在有教养的北京市民,有时是类似他们手中的鸟笼子那样精致的玩意儿,其趣味绝不只在吃本身,"味"更常在"吃"外。"吃"在这种文化中,就不止于生理满足,不出于简单粗鄙的嗜欲,而体现着审美的人生态度,是艺术化的生活的一部分。京菜在中国现有诸大菜系中地位并不显赫,为北京人所乐道的,又是不登大雅的零食小吃。这里真正特异的,毋宁说是知味的北京人,和他们的"饮食文化趣味"。

"人莫不饮食也,鲜能知味也。"(《中庸》)典型的北京人是知味者。吃是生物性行为;如北京人那样对待味,则是文化,出于教养。人人都在生活;不但生活着,而且在生活中咀嚼、品味这生活的,或是更有自觉意识的人。你看,京味小说所写,境界无不寻常。坛墙根儿、槐树小院,寻常皆是。不寻常的只是人物对那境界的感受。同处一境,知其为乐的固然与浑然不知者不同;知其为乐又能出之以品味、鉴赏态度的,自然又不同。"美的客体在这里可以说只是产生愉快的机会;愉快的原因存在于我自身,存在于想象力和理解力的和谐之中,也就是说,存在于遇到每一客体时都要发挥作用的这两种功能的和谐之中。"① 由较之饮食更寻常平淡的情境中体味到美,要的是

---

① 米盖尔·杜夫海纳:《美学与哲学》,孙非译,第14页。

更为精细的审美素养。"口之于味也,有同嗜焉。"(《孟子·告子上》)能在坛墙根儿、槐树小院得到审美满足的,必是更有"文化"的人吧。

老舍《正红旗下》写北京的冬:

> 西北风不大,可很尖锐,一会儿就把大姐的鼻尖、耳唇都吹红。她不由地说出来:"喝!干冷!"这种北京特有的干冷,往往冷得使人痛快。即使大姐心中有不少的牢骚,她也不能不痛快地这么说出来。说罢,她加紧了脚步。身上开始发热,可是她反倒打了个冷战,由心里到四肢都那么颤动了一下,很舒服,象吞下一小块冰那么舒服。

情形常常是,北京人以其教养,把自己的内在境界客体化、对象化了。这几乎可以看作一种艺术本能。能由北京冬季的苦寒(往往还有漫天尘沙)中品味到美的,北京风物还有什么不能令他们快意!写出这种快意的,自然又是审美感觉特殊细腻的北京人。

享受生活,且有"享受感",有享受的自觉意识,已近于审美态度。不止于品味,而且品味自己的品味,陶然于美味的同时,陶然于自己的审美行为——不妨认为是双重的满足,其中或许更有近于纯粹的审美态度。他们未能忘情无我,却也因此更是中国人,中国人与对象的审美关系。功利又非功利,入而能出,陶醉却不泥醉:这里不正有传统中国人的情态?

审美修养较之其他,或许是文化水准的更敏感的指示器。当然,也必须说,帝辇之下,京畿之地,生活一向较别处丰裕,虽然其间亦有差等。"仓廪实则知礼节,衣食足则知荣辱。"(《管子》)生活的美化、艺术化,是先有可供艺术化的生活才能谈及的。

"审美的人生态度"不能不是很泛的说法。同是归隐田园山林,王维与陶渊明人生境界不同,诗境亦不同。对于东方式的"美的人生",周作人本最知味,但一经了他的文字,那人生即染上了太浓重的士大夫色彩。"喝茶当于瓦屋纸窗之下,清泉绿茶,用素雅的陶瓷茶具,同二三人共饮,得半日之闲,可抵十年的尘梦。喝茶之后,再去继续修各人的胜业,无论为名为利,都无不可,但偶然的片刻优游乃正亦断不可少。"(《喝茶》)"一口一口的啜,这的确是中国仅存的饮酒的艺术:干杯者不能知酒味,泥醉者不能知微醺之味。中国人对于饮食还知道一点享用之术,但是一般的生活之艺术却早已失传了。"(《生活之艺术》)

尉天聪序陈映真著作,讥林语堂著《生活的艺术》引《茶疏》意见的贵族气。① 北京街头的茶馆文化与《茶疏》之类不相干,大碗茶更是十足的"平民文化"。只不过茶而大碗,与"艺术"就隔得远了。普通北京人对所享用的固不能如周作人似的挑剔,他们的审美情绪也不至纤细到须有诸多条件才足以维持;当然,他们也不能把所体验的与所以体验的,表达到如上引文字那般明晰。他们并不须享用到如周作人所说那类"茶食",才以为可乐。一碟豆腐干、二两烧刀子(或如陈建功所写两毛钱开花蚕豆、二两"老白干")是一乐,提一只不贵重的红子(鸟名)或小黄鸟,也是个乐子。他们甚至能由说话(他们称作"练嘴")中寻出乐趣来。亦游戏亦认真,亦世俗亦风雅,既实用又艺术,介于功利与非功利之间——懂得这"亦",这"之间",才懂得北京人。这里埋藏着"毋固毋必"一类中国式的行为艺术与生存之道。你可以对这"道"表示不屑,却也不妨认为上述审美的人生态度中,有中国人生存的艰难,和他们于生存的诸种限制间为自己觅得的一点"自由感"。

享用生活,本身并无关乎道德的善恶。在一种对于人性、人的需求基于情理的较宽阔的理解中,生活会为自己找到更多的权利,无聊混世者自然也会为自己寻出些辩解。上述生活的艺术在实际人生中的意义,毕竟是因人、因时、因地而不同的。老舍极敏感于其间的区

---

① 见尉天聪:《〈知识人的偏执〉序》,许南村(陈映真):《知识人的偏执》,第3页,台北远行出版社1976年版。

分——正是道德区分。他注重人物身上"北平人"的文化印记,写出了文化姿态看似相像而品类极为不同的各色北京人。他无法像当代作家这样超然。他对于人物的文化评价,在写《离婚》《四世同堂》的三四十年代,反映着知识界中优秀者的价值取向。至于有关尺度被极端地使用,则是以后的事。

中国现代史上,政治风云与时代痛苦,都使人生沉重;到近几十年,人生更其粗放化,以至小情趣在一种眼光下,竟像是对革命的腐蚀、破坏,一时"小摆设"类的文化被统统革去。却又因此,令人不禁惊讶于一些胡同居民的平静的执着;虽然沉溺于小情趣,也透出对现实政治的淡漠。人生艺术化,市民人物或许只得其粗,远未臻精微,其世俗性格也有妨于入精微,这"艺术"仍令人感到亲切,是枯寂生活中的甘泉与丰草,实际地润泽了无数人的人生的。

因宽缓通达的人生理解,在有可能诉诸道德评价的地方,北京人会由审美的方面不止原宥,而且欣赏,从而将评价温和化了。这通常也是幽默出现的时候。京味小说作者的态度亦近于此,比如《正红旗下》写大姐公公、大姐夫的那些充满谐趣的文字。对于生活的由审美方面的理解,化解了道德眼光的武断性,使批评温婉。这也是你由作品中实际读出的情感内容。情感判断溢出了理性判断。

有限享受与精神的满足

上文已经说到普通北京人的找乐所欲不奢,所费不靡,不但讲"迎时当令",也讲因陋就简。他们的满足并不必建立在庞大坚实的物质基础上。

《红点颏儿》开篇就醒神:

坛墙根儿,可真是个好去处。

外地人或许对此有神秘感,其实这"坛墙根儿",北京地坛围墙边是也。北京以外的城市即使并无地坛,也一定会有什么公园之类的

"墙根儿"的。小说所写北京人打这"坛墙根儿"寻出的种种乐趣都极寻常:"如若一大清早儿,蹓到这坛墙子西北角儿里头来,就更有意思了。春秋儿甭提啦,就这夏景天儿,柏树荫儿浓得爽人,即便浑身是汗,一到这儿,也立时落下个七八成儿去。冬景天儿呢,又背风儿,又朝阳儿,打拳、站桩,都不一定非戴手套儿不可。……"就这!"坛墙根儿"。你看清楚了,这"去处"的好并不因地儿有什么特别,只因北京遛早的人们从平平常常中咂出了别人咂不出的味儿。

《老槐树下的小院儿》说小院的好处:"最好的是:方砖漫地的院心,有一棵枝繁叶茂的老槐树。……在荫凉地喝个茶、下个棋唔的,不论茶叶好坏,也不管输棋赢棋,只要往这儿一坐,就是一个乐儿。"比之坛墙根儿更是平常,哪里只是北京人才有福气享用!

陈建功"谈天说地"之四的《找乐》,从北京人的"找乐子"说起,带有一点综合、总结的味道:"'找乐子',是北京的俗话,也是北京人的'雅好'。北京人爱找乐子,善找乐子。这'乐子'也实在好找得很。养只靛颏儿是个'乐子'。放放风筝是个'乐子'。一碗酒加一头蒜也是个'乐子'。即便讲到死吧,他们不说'死',喜欢说:'去听蛐蛐叫去啦',好象还能找出点儿乐儿来呢。"旧天桥"八大怪"之一的"大兵黄","戳在天桥开'骂'和听'骂',是为一'乐儿'"。嗜好京戏的北京人,"唱这一'嗓子'和听这一'嗓子',也是一个'乐子'"。粗人们围在大酒缸缸沿儿上神吹海哨,又是一"乐儿"。在另一篇小说里,陈建功还写到摩托车交易市场上以看和说为乐的,尽管是一种苦涩的"乐子"。"看的是一种活法儿!爷们儿的活法儿!"(《鬈毛》)

在极其有限(以至于简陋)的物质条件下,寻求一种只不过是精神上的满足[①],也许是"匮乏经济"下的特有文化,在这一点上又非为

[①] "追求精神满足"亦是一种标准。《四世同堂》中的冠家,极会享用生活,在这一点上,是最标准的北京人,但北京人还有德行上的要求。虽有得样的服装和"几句二簧""八圈麻将",也照样会为人不齿。冠晓荷的生活中小零碎极多,装潢得极精致,也看似悠闲,但他的那种"风雅"全是装饰,像衣裤鞋袜,无关乎"精神",因而也不为正派市民看重。

北京人特有。其渊源有自:"饭疏食饮水,曲肱而枕之,乐亦在其中矣。"(《论语·述而》)这种生活的艺术,本身就含有悲剧意味。"有限"因于"匮乏";"乐子"之要找,则由于少余裕;精心营造生活的艺术也因生活的枯瘠。乐天、达观中可以隐隐看出的,是普通中国人生存的艰难和生存的顽强。发达国家的文明人或许会视此为贫穷中的自我解嘲,我们自己却不能不认为这里有作为"匮乏"的补偿的极细腻的审美情趣。"莫春者,春服既成,冠者五六人,童子六七人,浴乎沂,风乎舞雩,咏而归。"(《论语·先进》)胡同居民不必这样风雅,但在寻求精神满足以至美感陶醉上,却也与上述境界相去不远。这是传统中国文化培养的审美态度与能力,其间快感,也要中国人才能享用。"饭疏食饮水",乐自然不在所"饭",而在虽"饭"此仍能"曲肱而枕"的悠然心境。享用的是自然,也是自己的审美态度。这也是中国古典诗文中的常见境界,与追求感官愉悦讲求实际的西方人欲求不同。这又绝非"画饼充饥"式的满足。此种审美活动中有高度发展了的文化,高度发展了的人的精神能力,有人对于生活对于人生的美的创造。

邓友梅写经济拮据的落魄旗人贵族金竹轩:"下班后关上门临两张宋徽宗的瘦金体,应爱国卫生委员会之约,给办公楼的厕所里写几张讲卫生的标语,然后配上工笔花鸟。到星期天,早上到摊上来一碗老豆腐下二两酒,随后到琉璃厂几个碑帖古玩铺连看带聊就是大半天。那时候站在案子前边看碑帖拓本,店员是不赶你走的。"(《双猫图》)极实际而又精神性的享乐。不耽于空想,将"享乐"落到实处,也是普通市民与迂夫子的一点不同。谁又说这里没有普通人在物质条件制约中的生活设计以至"创造"?

然而也不必讳言,这不是童年期或青春期血气健旺的民族(如古代希腊人)的生存趣味,它属于一个充分成熟(以至于过熟)的文化。它也大不同于现代西方消费文化,没有后者中灌注的强盛的生活欲。它的过分精巧、雅致,它的严格适度,它的绝不奢华,等等,都昭示着这种文化的形成条件。这应当说是距古希腊"酒神精神"最远的生活艺术、审美趣味,其中浸透了东方哲学,隐现着我们民族在人类史上最为长久的专制统治下铸就的文化性格。它以"知足"与"适度"为特征。在物质需求与精神需求之间,往往小心翼翼地把重心放在后面,以后者的满足缓冲了前者的贫乏所引起的痛苦,更以哲学文化、文学艺术的积久力量,使有意识的努力化为习惯、心理定势,造就和谐、均衡、宁静自得的内在境界。因而"酒神精神"中包含的那种亵渎(对于既成的伦理秩序、规范),那种破坏(对于常规状态),与这境界无缘。

有限物质凭借下的有限满足,以承认现实条件对于人的制约为前提的快感寻求与获得,在这里都更是个体的心灵状态,不像酒神欢娱那样表现为公众的狂热,从而为公众所共享。这是审慎的满足,不干犯道德律和其他戒律,甚至无关乎他人的自我内心的满足。在这种审美活动、审美的人生创造中,中国人也为他们个性的被压抑、个体需求的被漠视,找到了有限的补偿。

限度感(未必都出于物质制约——如上流社会)也系于中国人所理解的"合理性":不过度,不逾分,不放佚。那种节制的、注重精神的享乐,也可谓之"合理的享乐"①。在中国人,节制有时即一种美。老舍在《正红旗下》里写福海二哥,强调的即是人物的善能节制(甚至对身体动作的控制)。限制是外在的,这节制则是内在的:道德修养、人生训练,使客观制约主观化、道德化了。"安乐居喝酒的都很有节制,很少有人喝过量的。也喝得很斯文,没有喝了酒胡咧咧的。"(汪曾祺:《安乐居》)自然也就没有狂欢,没有纵欲中的兴会淋漓。他们不在乎酒的等次、酒菜的规格。对于那一点酒与菜,品得很细,一点一滴都咂了进去。老吕"三两酒从十点半一直喝到十二点差一刻"。就这种环境,这种喝法,有味。有味即可,无须他求。作

---

① 是不失理性自觉的快感,且快感的获得主要取决于领略快感的心理能力。北京人讲究吃,却绝不饕餮。在饮食文化发达的拉丁民族,吃是为了充分地享受现世幸福人生欢悦,联系于拉丁民族热情外倾的民族性格。有教养的北京人对于精神性的追求,则有效地节制了单纯的享乐倾向,使"物欲"部分地转化为审美追求。

者更是把这小酒店风味细细地咂摸过了,一点一滴都没有放过。令老北京人留恋的小酒馆、小茶馆情调就是这样清淡与悠然。限制与节制,造成内外和谐的境界,伦理规范由是人格化、日常生活化了。因而才更是一种深层文化,有深而坚牢的根柢。

"鹪鹩巢于深林,不过一枝;偃鼠饮河,不过满腹。"(《庄子·逍遥游》)物质条件的有限性一旦被理解为物质需求的有限性,自然就有了小农社会普遍的自足心态。这一社会中处于较高文化层次的人们,则把对"无限"的追求顺理成章地转向人生境界方面。以庄子的达观自足,而渴望作"逍遥游",是最完美的例子。北京人的精神追求虽不企求哲人式的高远,但那多少也可以看作对现实人生的超越,对生存的具体物质性的超越的吧。

中国近现代史上,发生过对于上述以节制、自足为特征的文化的声势浩大的反叛。在老舍开笔创作之先,《女神》(郭沫若)之属以其醉意淋漓的酒神气息,由文学的方面引入了异质文化的冲击,使当时的激进知识者有解放感。对旧文化的破坏,不免以取消"节制"达到自己的目的,即使这破坏终于被证明是超出了必要的。"五四"时期的"解放",就包括了由乡土中国、小生产者社会,由农民式的审慎安分卑微心态的解放,由市民传统的常识经验处世之道的解放,由东方哲学和东方式人生的拘限中的解放。新的地平线也只有在这种破坏与冲决中,借助于诗人们狂放的激情抒发才清晰地呈现。故而20年代周作人那些关于"生活之艺术"的唠叨,不能不是自说自话,尽管说得聪明,且不无道理。正是在这种破坏声中,老舍对北京人的生活艺术用了轻嘲口吻。直到40年代写《四世同堂》,出于故园之思和不同于"五四"、30年代的文化氛围,才放纵情感地写北京的四时果蔬及其他人生享用。

即使"五四"式的狂飙,也不足以颠覆几千年筑就的文化巨构。《女神》问世后,连它的作者也难以为继。中国是这样的中国,诗终究拗不过现实的力量。"五四运动"是知识者的运动,诗人的狂呼几不能达于普通小民的听闻。仍然是鲁迅,更清醒地意识到文学力量的限度、功能的边界。当年那些摩罗诗人们绝想不到,要到半个多世纪之后,才由经济改革开路,出现了文化大规模重构的历史契机;他们自然也未能逆料这重构过程的复杂艰难,其间极难估量的文化得失。即使文化解体也暂时无妨于京味小说作者写小酒馆,这又是为"五四"诗人不能想见的新时期的文化宽容和多种文化价值取向。在纷乱世事中,并没有人惊讶于京味小说作者的选择,惊讶于当代京味小说凭借其文学选择渲染出的文化的宁静。

前文说到北京人在找乐中追求的更是个人的内心满足,这里还应当说,既生存于社会,满足个人的,总是一些非个人的条件。聊天固然娱人自娱,票戏更自娱而又娱人。唱、做是要有听众、观众的。这种场合所能收获的,无非个人表现欲的满足。但满足表现欲又确实更为自娱:非关政治,非关利欲,乐的首先是自己个儿。因而北京大小公园才至今仍有如《北京人·二进宫》所写那一景,无论唱曲的还是听曲的都一派悠然,最风头的行为偏偏透出散淡神情——也最是北京人的风神。

在现代人眼里更奇的,怕要算旧北京流行的"走票"吧。追求精神满足如若不达于下述极端性,还真不足称特异呢。据夏仁虎的《旧京琐记》,清末北京二簧(即京戏)流行,"因走票而破家者比比"。其中很有些故事。"内务府员外文某,学戏不成,去而学前场之撒火彩者。盖即戏中鬼神出场必有人以松香裹纸撒出,火光一瞥者是也。学之数十年,技始成而巨万之家破焉。又有吏部郎玉鼎丞者,世家子,学戏不成,愤而教其二女,遂负盛名,登台而卖艺焉。日御一马车,挟二女往返戏园,顾盼以自豪。"用时下的北京话说,他们"晕这个"!旗人贵族还有"子弟班","所唱为八角鼓、快书、岔曲、单弦之类","后乃走票,不取资,名之曰'耗财买脸'"。① ——不计功利竟至于此;至此却又极功利,只是所求非钱财而已。

不惜"耗财买脸"的,更是北京人中的旗人,其人生追求的痴处、

---

① 史玄、夏仁虎、阙名:《旧京遗事 旧京琐记 燕京杂记》,第105、106页。

任情处,是可悲悯又复可爱的。这不是上海的交易所或弄堂所能造就的文化,不是那些讲求实惠的近代商业都会居民所能欣赏、认同的文化。他们要的是更实在的满足,绝不如北京人找乐的不切实用。北京人也即以这"不切",显示着"大气"。用了老舍描写人物的话说,"自然,大雅"。上述"耗财买脸"之举,认为"畸态"也好,"怪现状"也好,"畸"与"怪"中仍可辨认出北京人的特有神情。

这种文化不可避免地在没落中。当代京味小说的依赖于"老人世界"不妨看作征兆。当你把京味小说置于其他写北京的作品构成的大场景中,不难看出那些悠悠然的遛鸟者、小酒馆里自得其乐的酒客,以及小公园里围观如堵中旁若无人自我陶醉的唱曲者,被改革中日益加快的生活节奏、日益浮躁的人心、日益强化的物质欲求,被马路边的巨型广告牌、自由市场的商业竞争者给"古董化"了。老舍作为日常状态描写的,只是在这种背景下,才被另一代作家特意抽出。这种郑重,已经提示着材料在意义上的变化:渐成特例,须细心抽取的文化例证。会否有一天,这些北京人也如香港街头的遛鸟者,只令人感到滑稽?当代京味小说描写愈精致,愈苦心经营,作品愈古色古香,愈包含这种"凶险的暗示"。历史演进引出的文化后果,其意义从来不都是正面的。这儿有历史为其"进步"所索取的代价。有鉴于此,《安乐居》的结句才那么突兀,透着点惆怅:

安乐居已经没有了。房子翻盖过了。现在那儿是一个什么贸易中心。

依然那么干净,一个多余的字也没有。你却禁不住久久地想,那些老头儿们和他们的那点"乐子"呢?

"找乐"的不同层级及其沟通

前文中的说法不免混淆,比如把文化后果与成因混淆了,也把不同人赋予"找乐"的不同意义混淆了。我似乎过分着眼于"普通北京人"。即使当代京味小说所写,也有并非"普通"的北京人,和他们的近于无限度无节制的享乐。

不必讳言,古城风雅在相当程度上,系于晚清贵族社会的习尚。北京人的闲逸,他们的享乐意识,他们的虽不奢侈却依然精致的生活艺术,直接或间接地源自清末以来上层社会的奢靡之风,与旗人文化在市井中的漫漶。此类现象,衰世皆然,发生在清末的或非特例。但有清一代大规模的文化建设,清王朝覆灭前历史阵痛延续的长久,都足以使得享乐之风大炽,流风所被,广泛而又深远。

写清代贵族的佚乐和享用的豪华,《红楼梦》的描写已达极致。同时代的笔记稗史,则为这巨著提供了大量注脚:"光、宣间,则一筵之费至二三十金,一戏之费至六七百金。……故同年公会,官僚雅集,往往聚集数百金,以供一朝挥霍,犹苦不足也。生计日促,日用日奢,京师、上海之生活程度,骎骎乎追踪伦敦、巴黎,而外强中干捉襟现肘之内幕,曾不能稍减其穷奢极欲之肉欲也。且万方一概,相皆成风,虽有贤者,不能自异,噫!"①盛衰无常,富贵难再。这里不消说有典型的没落心态。"晚近士大夫习于声色,群以酒食征逐为乐,而京师尤甚。有好事者赋诗以纪之曰:'六街如砥电灯红,彻夜轮蹄西复东。天乐听完听庆乐,惠丰吃罢吃同丰。衔头尽是郎员主,谈助无非白发中。除却早衙迟画到,闲来只是逛胡同。'"②官府衙门尚且如此,社会风习更可想见。"贵家子弟,驰马试箭,调鹰纵犬,不失尚武之风。至于养鱼、斗蟋、走票、纠赌,风斯下矣。别有坊曲游手,提笼架鸟,抛石掷弹,以为常课。……玩日愒月,并成废弃,风尚之最恶者。"③

贵族社会通常是引领文化风气者。上有好者,下必甚焉。贵胄之家、豪门子弟耽于佚乐,不免风靡水流,演成普遍习尚。六部灯、厂

---

① 徐珂编撰:《清稗类钞》第5册风俗类"以物价觇俗"条,第2188页,中华书局1984年版。
② 徐珂编撰:《清稗类钞》第5册风俗类"都人之酒食声色"条,第2196页。同条解释说:"盖天乐、庆乐为戏园名,惠丰、同丰京馆名,而胡同又为妓馆所在地也。"
③ 史玄、夏仁虎、阙名:《旧京遗事 旧京琐记 燕京杂记》,第37页。

甸、火神庙、白云观,节庆相续,庙会不断。"大抵四时有会,每月有会。会则摊肆纷陈,士女竞集,谓之好游荡可,谓之升平景象亦可。"①时人有句曰:"太平父老清闲惯,多在酒楼茶社中。"(郝懿行:《都门竹枝词》)——或许正是国势日衰,外敌凭陵的时候?

即使普遍风习,具体行为也因人而异。贵族有贵族的玩法,平民有平民的玩法。提红子、黄雀的,与提画眉、点颏儿的不同,喝二两烧刀子就一碟豆腐干的,想必不会是"熬鹰"的正经玩主。《少管家前传》开篇道:"北京城里,有这么句俗语儿:天棚,鱼缸,石榴树;肥狗,胖丫头。"接下来就说这不过是"二三流宅第的格局作派。要说那些够得上爵品的大府门头儿、大宅门口儿么,可就另透着一番气度了"。《烟壶》写主人公未见得出色,其中一节写九爷的挥金如土,那种亦天真亦专制的行为姿态却备极生动。越在没落中越要发挥其豪兴,绝不肯稍稍失了贵族气派。

老舍的《正红旗下》写定大爷的豪爽阔绰虽不免于夸张,描摹破落旗人贵族的沉湎于玩乐,却另有复杂的意味。如写大姐家经济早入窘境,大姐公公"一讲起养鸟、养蝈蝈与蛐蛐的经验,便忘了时间"。在革命声起,贵族断了生计之前,经济困境是无伤雅兴的。"他似乎已经忘了自己是个武官,而把毕生的精力都花费在如何使小罐小铲、咳嗽与发笑都含有高度的艺术性,从而随时沉醉在小刺激与小趣味里。"大姐夫则"不养靛颏儿,而英雄气概地玩鹞子和胡伯喇,威风凛凛地去捕几只麻雀。……他的每只鸽子都值那么一二两银子;'满天飞元宝'是他爱说的一句豪迈的话。他收藏的几件鸽铃都是名家制作,由古玩摊子上搜集来的"。

又沉痛又怜惜,老舍何尝真的对这种行为深恶痛绝!在封建时代,除民间外,艺术通常是由统治者中没有出息的子弟们创造的。老舍早在《四世同堂》中,就半是谴责半是怜惜地写到禀赋优异的旗人"使鸡鸟鱼虫都与文化发生了最密切的关系"。旗人好玩,会玩。北

---

① 史玄、夏仁虎、阙名:《旧京遗事 旧京琐记 燕京杂记》,第37页。

京像是特为他们备下的一个巨型游乐场。他们不但穷尽了已有的种种游乐，也穷尽了当时人的有关想象。关于旗人对享乐的投入和创造热情，《红楼梦》的描写几无以复加，而且你得承认那种才秉与享乐倾向在造就《红楼梦》的作者上发挥过的功用。

匮乏经济下被旗人贵族发挥到极致的消费型文化、享乐艺术，其豪华奢靡处，与"匮乏"适成反照，其平易俗常性质，又像是对于匮乏的由审美方面的补偿。至于胡同里更为世俗的生活艺术，则几乎是胡同生活中仅有的光、色，这光色使贫乏庸常较易于忍受。到得贵族为历史所剥夺，仅余了"文化"，那种"艺术"更成为痣疣一样的外在标记。优异禀赋、艺术素养，反而深刻化了悲剧性。至于因一代贵族的沦落而有人的再造，同时使其文化民间化（如《四世同堂》中小文夫妇的终于卖艺），个人悲剧由历史文化的发展取得补偿，从大处看，更难言幸与不幸。"大清国"或许是"玩"掉的，"玩"本身却非即罪恶。何况有对历史承担不同责任的旗人，和其赋予生活艺术的不同意义。或者可以说清末贵族的奢靡有罪于历史，却不无功于文化？

尽管有诸种层级，找乐仍然是北京人生活中最富平等感的场合。"世界上最能泯灭阶级界线的游戏，大约就是下棋。"（苏叔阳：《圆明园闲话》）找乐大多类此。广告牌下聊大天的、小酒馆里对酌的、泡在同一间茶馆里的，近于平等。在专制社会，这更是难得的一点"平等"。由此才有悠然、闲逸，有暂时的松弛舒张。北京人的特有风度，那种散淡暇豫，是要有余闲也要有一点平等感才足以造就的，生活也要这样才更艺术化。

这也自然地沟通着雅俗，使不同层级上依赖不同经济背景的"找乐"，在使生活艺术化的一点上相遇并彼此理解欣赏。在北京人，这不消说与价值相对论无关，而另有背景。上文已提到晚清宫廷艺术的流落民间、旗人贵族的没落所助成的北京市民趣味的雅化——虽然与民初以来艺术平民化的潮流不同源，却也不无微弱的呼应。在中国，俗雅之间，本无中世纪欧洲那样的深沟高垒。俗化、雅化的过程始终在进行。这也属于文化运动的正常秩序。匮乏经济既不足以维持云端上的艺术,以创造文化为己任的文人亦得以时时与民间、俗人互通声息。至于当代作家,却不能说未受启示于新的文化眼光(其中含有对大众文化的新的价值估量)。"传统"在这里,也与新的文化现实、文化经验遇合了。

"世俗化"本是清末贵族文化的基本流向,"以俗为雅"更有禀赋优异的旗人的文化性格与文化姿态。普通北京市民,"住在万岁爷的一亩三分地上",没吃过猪肉也见过猪跑(《烟壶》),濡染既久,无师自通,便于以俗雅间的调和作成自身风度。这风度也在"生活的艺术"中呈现得最为集中。领略俗中的雅趣,则更有京味小说作者的修养、识见——你看,有这诸种条件的辏集,酿出"京味"这种风格不是极其自然的?

对人生痛苦的逃避与生命创造

找乐包含着世故。中国传统文化向不乏韬晦之术。用之则行,舍之则藏。善藏,几乎发展成一种艺术。善藏者未见得都遁迹山林,"享乐"有时正被用作政治的隐身术。阴谋者调查政敌有无异志,亦要看其是否沉湎声色——史书上很有这类故事。因而啸傲山林,在多数时候是一种政治姿态,避祸的法门,尤其在乱世。胡同里的市民没有这样深的用心,却也善能自我保存。《话说陶然亭》(邓友梅)写"文革"中的北京,公园成为"应运而兴,发达得邪乎的所在",其中不就有这消息?

陈建功有他对"找乐"的解释:并非"人人顺心,各个顺气儿"(《找乐》,下同),故要找乐。乐子之值得找,也因可借以摆脱某种社会角色所引起的缺陷感,获得心理补偿,"混得不怎么样吧,还老想找点什么'乐子'找找齐"。这找乐即未尝不也是小民的小小计谋:小公园里搭班唱戏,是对未能成"角儿"的补偿;酒缸沿儿上神吹海聊,则是对于卑贱社会地位的补偿。"混得不怎么样,再连这么点儿乐呵劲儿也没有,还有活头儿吗?"——这自然只是一种解释。

此外,这作为中国人人生中的一点变通,也补偿了日常状态中的约束,使常态较易于忍受。这虽不是酒神与日神的精神互补,却也不失为简朴易行的补偿方式。找乐中的平等感,更是使被社会生活里的不平等所伤害的人们得到抚慰。一旦聚在豌豆街办事处文化站,大家就都是老哥儿们,不再有人贱视一个看大门的:"他知道这伙子老哥儿们里可有的是能人高手。高手怕什么,都是找乐子来了,谁还能挑谁的理不成?"

卸却不合意愿的社会角色,卸却不合性情的人格面具,即是一种自我心理治疗。这里的一味药,是"忘却":借找乐以忘却人生痛苦。至于在人生困境中告诉自己:"天底下的道儿多着哪,提个笼、架个鸟、下个棋、品个茶、练个功、耍个拳、溜个弯儿……"则是中国人常用以自解的另一味药。心理能力通常也是一种生存能力。自我排遣,自我调适,自我心理治疗,正出于生存需要。

尤其老人。或者应当说,上述种种,更是老人的生存能力?"都是这个岁数的人,骆驼上车,就这么一个乐儿啦!"达观得叫人酸楚。上文谈到变革期中的老人,以其精心构建的老人岛,在价值危机中寻求原有文化和谐的良苦用心。即使有北京的宽容大度,这也多少近于构造幻境。"安乐居"不是已不复存在?

因有这背景,找乐中透出夕阳情调,含着一缕凄怆。那个做父亲的老人,在心里抱怨着不理解自己有限需求的儿子:"兔崽子,这一辈子,你且能欢势哪,可你爸唱那两口,真真儿的是骆驼上车的乐子啦……""就是你的亲生儿子,一把屎一把尿拉扯大,他知道你每天晚上去喊两嗓儿的乐呵吗?"这生存挣扎竟有一种悲壮感,令人想到依依不肯隐去的如血的残阳。

上文谈到的旗人的找乐又何尝不出于对现实痛苦的逃避?《正红旗下》中大姐公公父子的放花炮,不也为了使自己忘却债主子惊心动魄的敲门声!在大姐公公,"艺术的熏陶使他在痛苦中还能够找出自慰的办法,所以他快活",即使快活得"没皮没脸,没羞没臊"。尊严感过于纤敏是于生存有妨的。王蒙在《活动变人形》里,极生动地写了类似的人生现象。

值得注意的是,北京人的玩并不总那么随意,毋宁说常常显得过分认真与郑重。因而有棋迷、戏迷,有走票者的沉迷耽溺,近于艺术创造的迷狂状态:"'晕'在里边"。由京味小说看,遛鸟有遛鸟的郑重,遛早有遛早的郑重。洒脱而又认真,闲散而又郑重,更是有教养的市民的生活艺术。就其郑重与认真而言,这不是玩生活,不是混世,甚至也不只为消愁解闷。其中有创造欲,生命创造、艺术创造的热情。有痴迷、钟情处,就有了人性的深,生命的深。这儿又令人感到北京人生存的坚实,北京人性格的非中庸(即非"亦""又""之间")。

即使看似荒唐的文化表达式也是仍然可能蕴有积极内容的。写到这儿,我想到了一个小说人物——《封片连》中的"大玩主"司徒怀。此人无所不玩,"还都要玩到淋漓尽致",翻新出奇。这或许不便说是在创造新的生命意义,但至少可以说创造着新的生命体验。那充满豪兴的找乐中,令人触到的,是活力满溢到四溅的生命之流。当小说写到人物"玩命"时,即使你是一位道德家,也不能不庄视之。这是不必也不适于道德评价的场合。"瞧着这位拿命来玩的,个别健儿(按,指体育健儿)似乎悟出点什么:那真能为地球争光的,八成得是人家这种以苦练当玩乐的主儿……"在生活的普遍平凡庸常中,真能惊心动魄的,是那咬住了不放死生以之的痴情与沉酣,对生命快乐、自身生命力量的沉酣。

司徒怀不同于那些找乐的胡同人物。或许老年间玩票、熬鹰者神情约略近之?即使那一种玩,在当今胡同里也不传久矣。司徒怀所显示的,根本是一种不同于中国人传统人生的境界,全然不同的对于个体生命的态度。不是有限满足,不是平衡机能,不是人生点缀,而是整个生命的投入,是赌徒式的狂热,为获取一种生命体验的冒险,孤注一掷。这"乐子"是传统的北京人不能想见也不会去企求的。在作者笔下,与死神对面的司徒怀竟像个从容赴义的英雄。比较之下,那些个集邮的、倒腾邮票的和出于财产贪欲觊觎珍邮的主儿,都显得太闲逸或太猥琐了。司徒怀以其淋漓尽致不惜生命一掷的大玩,使那些人物见出苍白来。这种对比是否也有助于我们更恰如其分地理解当代京味小说所写北京人的"生活的艺术"?

六　方言文化

北京人与北京话

北京人对其"说的文化"的那份自豪,那种文化优越意识,一如对其"吃的文化"。这一点也像法国人,法国人对法国菜与法国话的自豪与优越感。不过据说由于美国的文化渗透,法国人的语言自豪正在日益丧失。北京城虽有"英语角",这一种危险却还远不是现实的。

说与吃同样依赖于口腔运动。"民以食为天",人是符号动物,可知吃与说是最基本的文化。这倒让人惊讶于如上的文化自豪与优越意识的稀有。人们的文化憧憬过分地被庞大而耀眼的东西吸引了。北京人与巴黎人,却保有了上述最基本的文化感情。与饮食文化一样,方言艺术也要闲适悠然才能造成。"说"这种行为曾经是包括王公贵族和里巷小民在内的北京人的重要消闲方式,以至聊天("海聊""神聊""神吹海哨""侃大山"等等)与提笼架鸟一样,竟也成为北京人的典型姿态,易于识辨的特殊标记。这一方面,北京之外,唯有以其方言而自豪的四川人著名的"摆龙门阵"差堪比拟。近闻有人批评四川人的语言陶醉出于"盆地意识",尚未见有对北京人的类似批评。

北京人如珍视其文物古迹、珍视其胡同四合院一样,珍视北京话。关于北京的怀乡病,竟往往也由于北京方言的魅力。林海音那一组"城南旧事"使用方言处,即可看出这样的心理背景。北京记忆也非赖有北京话、北京方言才有可能真正复活。听觉记忆在这里也如味觉记忆一样顽强。

《京华烟云》极写北京人语言之美,写女主人公木兰"听把北京话的声韵节奏提高到美妙极点的大鼓书",并从日常说话,"不知不觉学会了北京话平静自然舒服悦耳的腔调儿"。① 这语言之美在林语堂看来,是北京文化价值攸关的重要部分。

文化优越意识简直可以看作北京人作为京城人的一方徽记。更妙的是,京味小说在由这一方面呈现北京人时,也感染了、分有了北京人的语言陶醉。《"四海居"轶话》(邓友梅)写人物说着"一口嘣响溜脆的北京话","一口京片子甜亮脆生"。这"嘣响溜脆""甜亮脆生"较之其他,更是人物作为北京人的身份证、资格证书。②《索七的后人》(邓友梅)中的人物则说:"北京当然是好地方。甭别的,北京人说话都比别处顺耳。宁听北京人吵架,不听关外人说话。"未免偏执,却也正是北京人的声口。《四世同堂》写韵梅:"小顺儿的妈的北平话,遇到理直气壮振振有词的时候,是词汇丰富,而语调轻脆,象清夜的小梆子似的。"很难想出比"清夜的小梆子"更醒神且含着爱意的形容了。《正红旗下》写那个完美到近乎理想的漂亮人物福海,也不忘强调他的"说的艺术",说的艺术几成为"漂亮人物"的必具条件。"至于北京话呀,他说的是那么漂亮,以至使人认为他是这种高贵语言的创造者。即使这与历史不大相合,至少他也应该分享'京腔'创作者的一份儿荣誉。"(着重号是我加的)这类文字有时令人疑心作者在借端表达他本人的文化优越感。

上述语言陶醉中,有更朴素更基本的文化认同,其心理又非唯北京人所有。於梨华《傅家的儿女们》写留美华人傅如曼在异国使用中文,"立刻觉得浑身舒服起来"。她想不通"一个人怎么可能在别一个国家住上这些年?怎么忍受得了说上二三十年的英文,不是自己的语言?"民族感情是赖有一些琐细经验维系的。它在这"琐细"上才显出切实可靠,是人的感情。这或也是使但丁使用托斯卡

---

① 徐訏《舒舍予先生》一文说:"林语堂很喜欢老舍在文章上运用道地的北京话。"香港《知识分子》半月刊1969年8月1日第34期。
② 梁实秋在《丁香季节故园梦》中说到因自己的北平话"不纯粹",作为北平人"还不够道地"。

纳方言写作《神曲》的感情(但丁在去世前不久写了《俗语论》)？同类感情则使得离开了苏联本土的诗人布罗茨基宣称自己"是属于俄国语言的诗人"。语言是语言共同体文化的组成部分,反映着其所由产生的特定人群的生活方式和思维方式。语言对于文化感情的维系,或许比任何其他因素都更能持久与强韧。

北京方言是北京文化、北京人文化性格的构成材料。《京华烟云》借人物感触写到"北京的男女老幼说话的腔调儿上,都显而易见的平静安闲,就足以证明此种人文与生活的舒适愉快。因为说话的腔调儿,就是全民精神上的声音"。虽有国粹派气味,但由北京人说话的"腔调儿"推知其情态心境,却是极细心的。说着一口脆滑响亮的北京话的北京人,其北京话既传达着呈现着也在某种程度上规定着其生活与性格。"甜亮脆生"与"平静安闲"中,有闲逸心境,有谦恭态度,有潇洒风度,有北京人的人际关系处置,有北京人的骄傲与自尊。北京话中极为丰富的委婉语词,更标志着一种成熟的文化,敏于自我意识、富于理性的文化。你甚至会想到,说着这样一口脆滑的京片子的,是不会举手对人施暴的。你自然也不大敢指望他投袂而起。因为他是这样的温雅聪明,世故得令人不觉其世故,精明到了天真淳厚。北京话完成着北京文化,同时又像是这文化这人文风貌的漂亮装潢、醒目标签。它本来也的确是这文化中最易于感知的那一部分。

成熟的有教养的北京人并不喋喋不休(北京人或许比别处人更忌"贫"),节制与审美态度在这里同样是"成熟"与"教养"的标志。汪曾祺的《云致秋行状》中主人公的聊天,其趣味纯正处最近正宗。"他的聊天没有什么目的。聊天还有什么目的?——有。有人爱聊,是在显示他的多知多懂。剧团有一位就是这样,他聊完了一段,往往要来这么几句:'这种事你们哪知道啊!爷们,学着点吧!'致秋的爱聊,只是反映出他对生活,对人,充满了近于童心的兴趣。"好处就在这无目的、非功利上,由此使聊天近乎艺术行为,当事者也有近于艺术创造的心境。这艺术创造不待说是中国式的,因而语言陶醉中自有理性的节制,不至于忘形尔汝。"致秋聊天,极少臧否人物。""他的嘴不损。"善言辞,却不逞舌辩,图一时快意。"闲谈莫论人非",是世故,也是修养。在主人公,自然也因宅心仁厚。"他的语言很生动,但不装腔作势,故弄玄虚。有些话说得很逗,但不是'膈肢'人,不'贫'。"有这些个,才能说"他爱聊天,也会聊",品味比别人(比如剧团的那位)高着一层。能欣赏这诸般好处的,品味也自不低。"说"至此才成其为"艺术"。① 在聊天这老北京人的常课上,云致秋其人可称全德。除去道德自律不论,其语言趣味,就最得北京人方言艺术的精神。

"说"一旦艺术化,信息传输的功能就不再"唯一"。北京人有时使人感到俨然为说而说,为说得漂亮而说——对意义并无甚损益的"漂亮";为了更好地诉诸听觉,诉诸细腻的语言感觉。"说"由是成为娱乐手段(当然在一定场合)。在这种场合,"说"的心态,也正是享受生活的心态。这势必有助于提高语言的美学功能。

京味小说不止一处写到北京人的以"说"找乐(如京俗所谓"逗闷子"),自娱娱人。这也是对于物质匮乏的精神文化的补偿。以"逗"为乐,得到类似于喝豆汁、杏仁茶的满足感,生理与心理的安适。较之豆汁,更是随处可得的满足——写到这里,才补足了上文所谈的北京人的生活艺术。谈北京人的生活艺术而不及于其以"说"找乐、语言陶醉,是必不能充分的。说的艺术,其条件,其心理内容,其美感效应,应当比别的更有利于说明北京人"审美的人生态度"。②

---

① 这里也有北京人惊人细腻的道德感。《红点颏儿》写养鸟的怕"串音儿""脏口":"听说,老辈子人养百灵,只它学上一嗓子'老家贼',得,口脏了!就仿佛在街面儿上为人处事,张嘴就带脏字儿似的,那品格儿当时就得矮下一截子去。"这里说鸟更说人。

② 并不写京味小说的王蒙,其对于伊犁人语言技巧及谐趣的领略,也像是出于北京人的教养与文化敏感。"维吾尔族,确是一个讲究辞令和善于辞令的民族。"(《在伊犁》之五《葡萄的精灵》)就王蒙提供的描写看,维吾尔人的炫耀辞采、口若悬河,其中也有北京人似的语言陶醉和以说为乐的享受态度,不止为了明理、传达信息,也为表达满足感、内心欢悦。语言即成为灵魂的闪光的装饰,生活的明亮的装饰。

"说"作为艺术行为最值得注意之点,在"说"的方式(怎么说)被提到了"目的"的位置上。这里有某种市民的"形式主义"。因而北京话并不总以简洁、经济为美,其"味"倒是常常由冗余成分、剩余信息造成的。废话不废,是在美学意义上,在美感效应上,在语言行为作为艺术活动的条件、情境上,倘若不避庸俗社会学之嫌,这或者也是宗法制下的生活所培养的美感趣味?说者追求"味儿",听者于得信息外,也得其言语中的"味儿",从而语境、语感等等一并受到注重。附件挤入了主体,外在条件实质化了。有时更是语言技巧重于语义,不惜为了说得聪明、俏皮而牺牲点效用——亦合于北京人天性中的慷慨大度。这儿有一种特殊的语言功能观。"说"的成为艺术,自然赖有那些不但赋有语言才能,而且特具审美能力,说而求其味,听而知其味,善能玩味语言、鉴赏语言之美的人们。当然,为说而说,是不免极端的说法。更多的情况下,传达信息的目的与传达语言趣味的目的兼重,既实用又非纯粹实用:竟也恰合于北京文化的特点!

京味小说使人感到,它们的作者在有关语言功能的理解上,与所写人物是相通的。汪曾祺曾这样谈到文学语言:"中国现代小说的语言和中国画,特别是唐宋以后的文人画的关系是非常密切的。中国文人画是写意的。现代中国小说也是写意的多。文人画讲究'笔墨情趣',就是说'笔墨'本身是目的。物象是次要的。"[①]

在文学语言问题重新重要起来之先,京味小说作者以其创作所表达的有关见解或也可以认为是一种"超前"?京味小说语言不大追求信息量,它以味胜,背后是对于以语言本身作为审美对象的接受期待。有时也不免于"玩儿"文字,"玩儿"话语。你由小说文字间,确也读出了北京人式的语言陶醉,以说得漂亮,以能自在地驱遣文字为乐事的享受态度。陶醉于所运用的语言的质料之美,复又陶醉于自己加工创造的语言能力,陶醉于结果更陶醉于过程——"写"的自

---

① 汪曾祺:《关于小说语言(札记)》,《文艺研究》1986年第4期。

娱性质。这种语言意识和创作状态有助于造就作品特有的轻松感,"幽默"也赖有同一心态而产生。因上述种种,作品文字给予你的审美愉悦补偿了其他,如内容的瘦损、形象的单薄平面。凡此在目下也许已不值得特为指出,但在老舍创作盛期的三四十年代,在当代京味小说创作勃兴的1982年、1983年,都应当是值得注意的文学语言现象,虽然始终并未以此引起足够的注意。

在如张辛欣、陈建功这样的青年作者,北京方言活跃的再生力,所拥有的表现力,确也成为他们创作风格的倚托。由所负载的信息与负载信息的方式,透露出文化意识的自身矛盾,是青年作者那里通常可以见到的情况。而在汪曾祺、邓友梅,"认同"是在形式与内容、语言及其负载的"文化"的同一中充分呈现的。你又在这里具体地触到了城与人。正是"城"不见形迹地参与了"说",鼓励着上述语言趣味,以其方言文化助成着作者们的语言陶醉。城在经年累月的文化创造中,创造了关于自己的描述方式。以独特语言描述北京人的文化存在者,那语言本身又属于北京人的文化存在方式。

最优越处通常也即最脆弱处,语言优势正易于成为语言陷阱。说而又不免于"为说而说",以有冗余信息而成其为"艺术",本身即含有一种危险,即"贫""油"。故"京油子""耍贫嘴"一类批评并非无因。信息载体的语言不以负载信息为唯一目的时,有可能审美化,稍稍逾限即沦于"贫"——纯粹的废话。"贫"也是一种语言污染,且最易于败坏北京话的美感。文化品质高的语言从来都是较为敏感娇弱的语言,"节制"在北京方言艺术几乎有了"生死攸关"的意义。"适度"与"过",京味小说自身即含有标准。在我看来,如《那五》《安乐居》等,就是因节制而保持了美感的例子。范本并不只在古典作品里。

语言优势是一种文化优势。北京人的语言优势多少也是赖有"京华"的绝对优势地位造成的。金克木曾谈到《红楼梦》《儿女英雄传》"证明了满族统治者所推行的北京语的'官话'的文学语言已经不可动摇地要在全国胜过各种方言了"①。近代史上的上海虽然如暴发户般地珠光宝气,以致把京城衬得更其破落,北京却依然有上海挟其经济实力终不能胜过的优越地位。政治文化的大题目姑置不论,单是上海话就绝不可能取得有如北京话的"官话"地位和其普及性。这种普及在当代尤其近几年有更强大的势头。其中不可免的有北京的"文化扩张"。② 多少也因此,在方言文化广泛开掘的当下,北京方言文学享有非一般"乡土文学"可比的尊荣。这也鼓励着北京方言文学艺术的创造热情并准备了良好的接受条件。当然普及也赖有这种语言的自身条件,赖有它的魅力,它特具的功能。因这文化熏染,久居北京的他乡作家,往往于不觉间,把京味糅进了别一种"生活"里,所使用的语词、句法,以至"说"的神情态度,透入"说"中的语言意识,都隐约有北京的文化渗透。

这就是京味小说作者进行创作的语言环境,其得天独厚处也如北京人。在北京人和居住于北京的人们中,他们又是对北京方言文化作出最积极贡献的一部分。他们以北京方言口语为坯料,烧制出最具美感的语言。他们是致力于提纯、加工,提高方言品质的创造性的语言工作者。更重要的是,他们以其作品培养了对于这种方言的审美兴趣与审美能力。他们作品的成功固然赖有方言魅力,方言魅力又赖有他们的创作而造就。

艺术创造中,以生为新易,以熟为新难。京味小说作者选择的,是后面这较难的路。正因俗常、熟,使用中更排斥纯粹模仿。这种方

---

① 金克木:《谈清诗》,《读书》1984年第9期。同文还说:"这种北方普通话的文学势力到晚清更大。许多政治宣传品都用这种语言。甚至基督教的《圣经》译本也通行'官话'本。当然吴语、粤语文学依然存在,但达不到全国。若没有清代以北京口语为核心的白话的诗歌、小说、戏曲发展的量变,五四运动以后出现的新文学语言的质变从何而来? 语言、文学、政治、经济的'统一化'差不多是'同步'的。"关于"官话",胡明扬《北京话初探》(商务印书馆1987年版)有不同解释。

② 如报章文字中使用诸如"倒儿爷""猫儿匿""较真儿""没戏"之类,迹近强行推广,并不顾及外地读者能否会意。外国剧作演出时,则可听到"震了"一类当代北京新方言,且正赖此造成喜剧效果。

言固然助成创造,同时也以其敏感,苛刻地检验着使用者的审美能力、语言能力,在他们之间无情地作出区分。创作者创造性的语言运用,是使俗常转成新鲜的条件。老舍曾发愿烧出白话的"原味儿"来,又说自己所使用的"既是大白话,又不大象日常习用的大白话"。① 在白话规范化,文学语言渐有套路、渐成滥调的二三十年代,老舍的北京方言运用,使得语言清新鲜活。这也是一种"陌生化"。俗常、熟识的事物因艺术化使人感到陌生,对其持审美态度。在与"文革"文学的样板语言、新时期文学一时通行的共用语言的比较中,京味小说的方言运用也同样因鲜味而令人感到陌生。

苏珊·朗格曾经说到过彭斯诗作"方言的运用表现出一种与诗中所写、所想息息相关的思维方式。彭斯不可能用标准英语说到田鼠,甚至注意田鼠时也不能想到它的标准英语的名称……"②类似情况在我们这里,大约限于民间创作,比如道地"农民诗人"创作的那种情形;由于长时期的言、文分离,知识分子采择方言作为语言材料,意在营造情境、氛围,他们自己,通常是用另一套语言思维的。老舍甚至不像当代京味小说作者那样全用方言(除非在人物自述的场合,如《我这一辈子》)。多数情况下,他将所用语言材料因不同情境而区分开来,把人物与他本人关于人物的思考以语言形式区分开来,却又力求将不同形式的语言衔接得天衣无缝。至于全用方言力求纯粹的当代作者,也不同于用方言思维的胡同居民。但话说回来,方言确又有助于他们将思维透入北京文化的里层,以至像老舍,一旦放弃这种语言形式,几乎等于放弃了老舍式的主题。在这里语言正是一种文化系统,包含着价值态度、审美意识等等。它绝不仅仅是工具:中性的,冷漠的,对其负载物漠不关心的,无机的。在这一点上不妨说,新文学史上还很少有另一位作者,特定语言材料之于他犹如对于老舍这样,决定着思维的路向和对于生活的参与方式。在这种意义

---

① 老舍:《勤有功》,《出口成章》,第130页,作家出版社1964年版。
② 苏珊·朗格:《情感与形式》,刘大基、傅志强译,第251—252页。

上是否又可以认为,方言不仅被用以表达,也用以思维?只不过其间关系并不同于道地"农民诗人"罢了。

方言文化,是京味小说中北京文化的重要部分。新文学自"五四"到30年代,都在强调平民化、大众化,提倡采撷民众唇舌间的语言,却并无"方言文学"的明确倡导。① 文学、文学语言的创造自有其规律,并不必待提倡。老舍之外,沙汀对四川方言的提纯运用就很可称道。使用口语(30年代张天翼的创作在这方面很有成绩)被理解为文艺"大众化"的具体表现。方言的运用在"大众化"的总意图下,缺少负载地域文化的自觉(尽管方言本身即"地域文化"),也难得被自觉作为构造语言个性的材料。虽有助于脱出"五四"以来文学的"新文艺腔",又有造成另一种"共用语言"的可能——一种方言对于其他方言区虽为个性,在此方言区内又属共性。这多少是一种语言材料的浪费的使用。

在当时,老舍的努力易于被承认的,在丰富现代白话的表现力方面。较之30年代流行的"新文艺腔",老舍使用的,是更依赖语境、特定语言场的语言。其依语境而有的省略、倒装等等,以脱出严格文体规范的灵活性,引进了生动的生活力量。这种非规范的极灵活的语言运用,往往把情节与环境同时说出,造成了丰富的空间印象,使人惊讶于口语的形象塑造力。

声音意象与说的艺术

传统中国人重农轻商,鄙薄商业行为,他们的北京记忆里,市声,北京街头商贩的叫卖却偏能经久,而且所记住的往往并非叫卖的内容,倒是其腔调。近有电视片《燕市货声》,即是复制这已失去着的老北京记忆的:对于老北京的声音记忆。叫卖是市井艺术,构成了北

---

① 40年代初程白戈序《京俗集》(作者司徒,朔风书店1941年版)说:"我生长在古城,相信谁也爱好北地的'方言文学'的。可是在北方文坛上,'方言文学'像孩儿一样尚未启蒙;虽有许多小说家,或是文艺工作者们,口口声声的随时想揭开这幕幔,但往往在写作的中途知难而折回,不能实现这理想……"他显然忽略了老舍与老向。

京人日常声音环境的一部分。叫卖中的声调运用,对于北京方言的注重声音形象,不妨看作有几分夸张、戏剧意味的象征。

上文所引京味小说关于人物说话的形容,"嘣响溜脆""甜亮脆生",以及"清夜的小梆子似的",强调的都是声音形象。鲁迅曾以"响亮的京腔"与"绵软的苏白"对举(《〈南腔北调集〉题记》),"绵软"是质感,"响亮"则是声音形象,概括都精确。京腔的确给人以光滑感(不柔腻)、明亮感(不沉郁)。它如上所说,响亮,明亮,"脆生",不缠绵黏腻,不柔靡,其中亦含有北京的文化气质。京味小说给人的明亮感也部分地赖有其语言:少晦暗不明的情致,少幽深曲折的境界。由另一面看,过于明亮难免少了含蓄。但有那份不可比拟的生动,足可作为补偿了。

上引鲁迅所说是"京腔"。北京方言是极端依赖于"腔调"的语言。林语堂《京华烟云》谈北京话,首先是"腔调"。老舍写那个体面的旗人后生福海的善辞令,北京话说得"漂亮",也不止在措辞得体,而且在腔调动听:"是的,他的前辈们不但把一些满文词儿收纳在汉语之中,而且创造了一种轻脆快当的腔调;到了他这一辈,这腔调有时候过于轻脆快当,以至有时候使外乡人听不大清楚。"(《正红旗下》)——又是一种北京人的"形式主义"。

强调声音形象,强调可听性、腔调的音乐性,强调细腻的听觉效应,略见极端而又有谐趣的例子即上文刚刚说到的叫卖。清人笔记中的有关记述颇能令人发噱:"京师荷担卖物者,每曼声婉转动人听闻,有发语数十字而不知其卖何物者。""呼卖物者,高唱入云,旁观唤买,殊不听闻,惟以掌虚覆其耳无不闻者。"[①]以俗见这真乃本末倒置,陶醉于声音艺术而略失"卖物"的宗旨了。

因"良可听也",风味十足,故北京人民艺术剧院有"叫卖大合唱",传统相声有《卖布头》等。《四世同堂》写中秋前后北平的果贩"精心的把摊子摆好,而后用清脆的嗓音唱出有腔调的'果赞':

---

① 史玄、夏仁虎、阙名:《旧京遗事 旧京琐记 燕京杂记》,第120页。

'唉——一毛钱儿来耶,你就挑一堆我的小白梨儿,皮儿又嫩,水儿又甜,没有一个虫眼儿,我的小嫩白梨儿耶!'歌声在香气中颤动,给苹果葡萄的静丽配上音乐,使人们的脚步放慢,听着看着嗅着北平之秋的美丽"。这种艺术并未全然失传,而且由当代作家接续着搜集到了:"最动人的,并不是这些国营商店也许有、但摆得不那么显眼的货,而是叫卖声。最新、最时髦的发声方式,是这个城市的年轻人划拳时不知怎么就改了风味的,从酒桌旁边、胡同墙根底下来的腔儿。这发音吐字,讲究底气足,却又不张嘴,气憋在软腭和喉头之间,于是,字与字之间象是加了符号,长短不一,表面上有点儿懒洋洋的,实际上更透出一股子经蹬又经拽、经洗又经晒的韧性来。满街就听这一种吐字发声带着运气的叫卖了:'嘿!瞧一瞧呐看一看,宝贝牌儿皮鞋,小宝贝牌儿小皮鞋,一对夫妻一个孩儿,小宝贝牌儿小皮鞋嘞!'"(《封片连》)……

老式叫卖讲求韵味、音乐性,以曲折婉转动人听闻,新式叫卖更炫耀"说"的技巧。背后的文化虽不尽同,注重声音效果则一,为此不惜把简单的行为复杂化了。说得唱得花哨,诸多点缀、装饰,未必全为实用,或许也在自娱;竞争中仍有一份闲逸神情。这里又有功利中的非功利。商业活动自然可以使用广义的"艺术",如"商业艺术""经营艺术",但在上述情况下,"艺术"像是更在其本来意义上。

对声音因素的偏重相对削弱了达意功能,却又强调了汉语本有的会意性——不全借助词义分析,也借助声音感觉去领悟意义。北京方言尤其新方言有时近于单纯的声音符号。你可由声音会意,却难由语词读出明确语义。这种语言要求相应的语言场,如同舞台艺术一样依赖于现场反应、交流,因而有其限制,却也就有利于保存话语的主动性。焉知语义的非确定性不也会使话语扩张意蕴呢。

这是一种渊源古老的声音文化,听觉文化,其中存储有人类文明发展中失落了的一些东西。30年代瞿秋白批评"五四"以后创作中通用的"新式白话",说"各国人都说读报,中国人却说看报。中国文言的文字,无论文体怎样变化,都是只能用眼睛,而不能用耳朵的"。

至于"新式白话","仍旧是只能够用眼睛看,而不能够用耳朵听的。他怎么能够成为'文学的国语'呢?"(着重号系原文所有)①对语言的听觉效应、声音形象的忽视,是文明民族的共同性现象。我们承受的是语言文化演进的一般结果。②

人类幼年时期曾经有过极其发达的有声语言,其声音的功用足以使高度文明的现代人惊奇与惭愧。"魏斯脱曼(D. Westermann)说,埃维人(Ewe)各部族的语言非常富有借助直接的声音说明所获得的印象的手段。这种丰富性来源于土人们的这样一种几乎是不可克制的倾向,即摹仿他们所闻所见的一切,总之,摹仿他们所感知的一切,借助一个或一些声音来描写这一切,首先是描写动作。但是,对于声音、气味、味觉和触觉印象,也有这样的声音图画的摹仿或声音再现。某些声音图画与色彩、丰满、程度、悲伤、安宁等等的表现结合着。毫无疑问,真正的词(名词、动词、形容词)当中的许多词都是来源于这些声音图画的。实在说来,它们不是形声词;它们多半是描写性的声音手势。"③这是付出了极大代价才获得的人类能力,其得而复失也应是文明总体进步中局部退化(或曰"失落")的例子。

书面语势力的扩张使得即使在"说"的场合,人们也不再分心留意语音、腔调。那种渊源极古老的文化却以残余形态留在了俗众的口头语言里。北京话不是唯一的注重声音形象的方言,却也称得上其声音形象最为文学艺术所珍视的方言。在这一方面,即使不是最有魅力的,也是最得天独厚的。

对于话语的声音形象的敏感也要有余裕才能造成。最理想的仍然是京味小说作者所格外垂青的老北京人闲聊的场合。"在闲聊中,言语仅限于它的交流感情的功能,失去了它的语义效能的参照功

---

① 瞿秋白:《鬼门关以外的战争》(1931年5月),《瞿秋白文集》第3卷,第642、644页。
② 尼采说:"我们已经脱离了线与形的象征,我们也荒废了修辞的声音效果,从出生的第一刻起,我们从文化的母乳中就不再吸取这些品性了。"(《出自艺术家和作家的灵魂》,《悲剧的诞生》,周国平译,第205页)
③ 列维-布留尔:《原始思维》,丁由译,第157—158页,商务印书馆1985年版。

能:人们为说话而说话,象交换东西(财物、女人)那样交换词句而不交换思想。"①《离婚》写李太太与丁二爷间的闲聊:

"天可真冷!"她说。
"够瞧的!滴水成冰!年底下,正冷的时候!"他加上了些注解。
"口蘑怎那么贵呀!"李太太叹息。
"要不怎么说'口'蘑呢,贵,不贱,真不贱!"丁二爷也叹息着。

我这里是反其(作者)意而引用的。老舍本为嘲讽北京人的废话;"废话"由另一面看,也不尽"废":没有增添任何信息量,却增厚着人情。同书中房东马老太太对刚搬入的老李一家的叮嘱,描摹北京老人说话的声口,更极其传神:"孩子们可真不淘气,多么乖呀!""大的几岁了?别叫他们自己出去,街上车马是多的;汽车可霸道,撞葬哪,连我都眼晕,不用说孩子们!还没生火哪?多给他们穿上点,刚入冬,天气贼滑的呢,忽冷忽热,多穿点保险!有厚棉袄啊?有做不过来的活计,拿来,我给他们做!戴上镜子,粗枝大叶的,我还能缝几针呢;反正孩子们也穿不出好来。明天见。上茅房留点神,砖头瓦块的别绊倒;拿个亮儿。明天见。"——一篇"老妈妈论",说不上"漂亮",可又有怎样的曲折生动、细密周至!对"声音效果"(经由阅读中的"声音想象")的追求,使人物的啰唆絮聒也自有味。实际生活中你或许不胜其烦扰,上述文字却令你读之忘倦。

京味小说选择聊天一类场合,使得人物的语言技巧不像是一种奢侈。他们更有意造成特定语境,使他们本人的语言陶醉同样出诸自然。虽不能直接诉诸听觉,却在无声中追逐和逼近了"说"的效果,调动读者的听觉,产生近似的听觉效应。

---

① 米盖尔·杜夫海纳:《美学与哲学》,孙非译,第117页。

于是京味小说使自己北京人似的依赖说与听之间的默契交流——也算得一种"现场性"吧。艺术创造中限制的设置常能提高艺术要求,是使艺术朝工细一路发展的条件。本书所涉及的几位写北京的作者,都长于"说"。张辛欣有时迹近神聊,一壶茶、一个马扎,胡同口或院门外的闲话。刘心武则时而近乎教员的诲人不倦的解析,掰开了揉碎了地说。邓友梅的神态最见从容,说得悠然。"说"的态度也是有效地最大限度地利用方言的条件。因而上文所说"笔墨趣味"不免泛泛。他们所追求的,比通常的"笔墨趣味"更多着一些东西。

北京人将说的话和书面语区分得很清楚,管后者叫"字儿话"。说话中的字儿话在胡同环境中是叫人觉着别扭的,酸,不亲切。有趣的是,明清皇上的御批常用口语,有的即是当时的北京话。北京人"说的艺术"中,有满族人、旗人的文化贡献。① "旗下人"工于应对,其语言艺术的发达或也与礼仪文明有关? 清末笔记稗史就记有旗人贵族落魄到操"贱业",仍能以语言的轻松俏皮作为教养的证明。说的才能于是成为他们唯一不能被剥夺的财产。这里又有以一代贵族的没落为代价的文化创造。

因这种方言的精致,特具艺术品性,用了它固然可敷演长篇,它却像是天然地更宜于小品。即使老舍的长篇,如上所说,也很少是全用方言且一说到底的。儿化太多,有时也使文体显着"飘",甚至让人腻味。陈建功的小品《开膛》稍嫌过火;老舍写于1958年的《电话》,近于单口相声,至今读来仍令人忍俊不禁。篇制短,即自有节制,易于避免油滑、贫。说的艺术,也随之更讲究。截取一景,没有别的东西吊胃醒脾,只有语言作为凭借。这种作品中,不一定有多么惊人的事儿。以事儿惊人的,反而像是不大懂得这语言的好处。

---

① 胡适的《五十年来中国之文学》论及《儿女英雄传》,说:"《儿女英雄传》的思想见解是没有价值的。他的价值全在语言的漂亮俏皮,诙谐有味。旗人最会说话;前有《红楼梦》,后有此书,都是绝好的记录。"《胡适文存二集》卷二,第169页,亚东图书馆1929年版。

文化多元与新方言

谈北京方言艺术不由《红楼梦》谈起，像是不大对得住这么好的题目。说的艺术，《红楼梦》里俯拾即是。范例太多，反让人无从说起，还是请红学家去谈。我把范围限定在现当代文学亦便于藏拙。此外，我们关心的毕竟是还活着的北京方言艺术。不知有无研究者统计过，《红楼梦》中的北京方言有多少尚在流通？较之书面语，方言是有再生能力、易于产生与消失，因而更其灵活的语言。《旧京琐记》列出的当时北京方言，有些即已不闻于人们口头；另有一些则因早经通用，俚语不俚，失却了方言性质。

北京城向来五方杂处。本书所说的北京方言，从来不是全体北京人共用的语言（即使"共用的口语"）。[1] 元、清两代，蒙、满族入主，使北京话语源繁杂；京师"各方人士杂处"，又以方言及身份地位职业文化圈造成诸多语言差异。[2] 这证实着语言学家萨丕尔关于语言非"自给自足"的论点。[3] 京味小说的使用北京方言，首先出于艺术上的考虑。意图与方法互为因果，语言选择也规定着描写对象范围的选择。这里有两个方面的事实尤应引起注意：第一，京味小说运用北京方言，生动处常在写胡同中低文化层次居民的场合；第二，京味小说中的方言纯洁性，在不少情况下是赖有对胡同老人的描写维持的。后一方面我们已经谈到过了。当然不应径直得出结论：北京方言是由北京城文化水平相对低下的那一部分居民和胡同老人使用

---

[1] 说"北京话"，也如说"北京人"，都多少出于表达的困境，不得不时时限定、补正。这也说明着有关现象的难以简单概括。关于"北京话"，胡明扬所著《北京话初探》有更严格的界定。

[2] 《旧京琐记》说："京师人海，各方人士杂处，其间言庞语杂，然亦各有界限。旗下话、土话、官话，久习者一闻而辨之。亦间搀入满、蒙语……又有所谓回宗语、切口语者，市井及倡优往往用之，以避他人闻觉。庚子后则往往搀入一二欧语、日语，资为谐笑而已，士夫弗屑顾也。"（史玄、夏仁虎、阙名：《旧京遗事 旧京琐记 燕京杂记》，第44页）

[3] 爱德华·萨丕尔：《语言论——言语研究导论》，陆卓元译，第173页，商务印书馆1985年版。

的语言。但这结论中又不无真实。即使萧乾的《篱下集》,也以写底层的篇什(如《印子车的命运》等)京味更浓,其京白更有风格意义。下文就要说到的新方言的创造,固然证明着北京方言的生命力、再生能力,上述对方言使用范围的估计,却又提醒着方言在使用中功能渐就萎缩的事实。互为矛盾的材料解释着变动不已的北京文化。方言文化的历史命运,在最具魅力又尚存活力、再生能力的北京方言这里得到的说明,也许是最具权威性的?

即使你不大情愿,也不妨承认,这种魅力十足的文化,在相当程度上,确是赖有较少文化的那一部分北京人而存活并与时变化随时再生的。[①] 它在高文化层次的那部分人中首先失去了(或者从来没有获得过)使用价值。这可以归因于民间一向活跃的语言创造。方言在特定文化圈中的流通与发展,是否也是对低文化水准(包括低书写能力、书面表达能力)的补偿?另一方面的事实同样有趣:人们从小说中,由舞台、银幕上欣赏到的北京方言,恰是作为非使用者的那部分人为了别的目的而使用的。偏偏这部分人更能领略北京方言的美感;他们的语言感受也正得自"非使用"(或曰"非实用")、非使用者的那种品味鉴赏态度。据此或许可以预言方言的渐就"特化"。其在生活中缩小地盘的同时,倒有可能在文学艺术中更加流行起来,借此保持质量并延续生命。这又是一种双向的交流:京味小说、影视戏剧由方言汲取语言活力,方言则因文学艺术而提高审美价值,借助大众传播媒介扩张其生命。

方言从来是属于特定生活以至特定生活情调的。它在沿革存废中发展了适用性,而且越高度发展,其适用范围越严格。这一点现在更其明确了:京味小说的常常选择老人世界,既因不得不然,也因对方言适用性的自觉利用。在文学中,笔调本身也是"生活",是"生活"的质地、颜色。方言则一方面注定了要与它所适应的"情调"同

[①] 老舍小说中话说得最有味的,是市井妇女,马老太太(《离婚》)、虎妞和女佣高妈(《骆驼祥子》)等。即使车轱辘话、粗话,出诸这等人物之口,也一波三折,极富技巧。

命运,同时又有自个儿的历史,有它作为"语言"的命运。

　　方言在与生活同时得到改造时,它是思维方式改变的结果,也是其改变的条件。再也没有什么比之每天耳闻口说的语言的非方言化、方言的非纯粹化这广泛的语言事实,更明白无误地说明着老北京的文物化、古董化的了。我又想到口述实录体的《北京人》。其中《第三次浪潮》等篇的口述者,是完全用方言以外的语言思维的。你也看明白了,方言压根儿不能适应那种思维要求。那口述者也可能是北京人——老北京人的后代,或出生、成长在北京的新北京人。但他离胡同很远很远。对于传统的胡同居民,他是陌生人,或许比之拖着提包行囊的外地旅游者更远更陌生。

　　"新方言"则是另一重要事实,其中有胡同文化对变化着的文化现实的适应。它有力地表明着北京方言尚非化石,尚有吸收其他语言材料的弹性,有正在被不断地创造出来的表现力——在这一点上不同于僻远乡村的方言土语。正是新时期活跃的语言创造,使得北京人的语言生态足以引起注意。前此的较为稳定的语言状况反而妨碍了对其作为语言学课题的研究。考察北京方言文化,除须注意不同文化圈层、不同语言区域等空间切割外,还须注意胡同文化、北京方言因时变化的时间性演进。"新方言"的普及速度是惊人的,这使你对与方言绝缘的北京青年,又会有一种忧虑。对于表达方式的漠不关心,表达方式的规格化、单一化,将使北京人的后代失去他们的前辈引以为自豪的语言感觉与语言能力。又是文化的流失,文化在丰富中的流失。《北京人》中知识分子口述者的口述,更多理性,更少情致;更多意识自觉,更少表达的自觉、语言的自觉;更多思想,更少,更稀薄化了文化趣味。内容是一切,怎样说是无关紧要的。即使这如京剧曲艺等艺术形式的衰落一样是必然之势,你仍禁不住担忧。

　　新方言的创造与使用中,也有文化流失,胡同文化中旧有语言趣味的丧失。前引张辛欣《封片连》写到北京摊贩叫卖时古怪的声音运用——话语正是这样"不知怎么就改了风味的"。新的、常常是毫无规矩可言的构词法,新的语源以及新的发声方式,于不觉间改变着方言的文化意味。味儿、腔调的改变是最致命的。不讲文法,不论规则,莫名其妙,野腔无调——却偏易于流行。方言的存废系乎时尚。并非粗粝总等同于雄健,如一些人一厢情愿的那样。在失去了优雅,失去了大量的委婉语词,和包含其中的细腻的人情内容之后,并不就会有更刚健的文化即刻生长出来。不必讳言北京话的粗野化、粗俗化。如果说北京话曾是北京文化的醒目包装,那么形式的变化正与内容同步。你看到了旧有礼仪文明的消逝造成的暂时空白。我们上文所说北京话的温雅漂亮,绝不是许多在京城饱受白眼,听够了公共汽车上伶牙俐齿的抢白的外地人的印象。但文学的语言运用却又有其自己的效应。《满城飞花》中张口闭口"派""份儿"的主人公的确是胡同里的当代英雄,那满口的流行用语、新上市的北京方言,也确实渲染出一片热闹,让人感到"火辣辣的"。这类语言材料使得有关作品自然消退了传统京味小说的恬淡神情,更坦然更热烈地贴近着变动中的生活、流转不已的世界。

说"新方言"或不免于误解。这里并没有北京方言构成上的根本变化。变化是局部的、渐进的。在更多的情况下,新的语言材料组织进方言中,如零件、添加剂;虽然它们引起的变化终会演成根本性质的。纳入的新材料仍语源繁杂,注重使用中的约定俗成,而不讲求语义的明确性;强调声音效果,强调意会,却又确实传达着陌生的文化信息,呈现着新鲜的语言、生活世界。

本节夸张地使用了"方言文化"的提法,适足以令读者失望。这里非语言学分析,也非方言学分析——那些分析都赖有更专门的知识。我所能做的,是就文学作品提供的材料,研究与北京方言有关的文化现象,如北京人的方言意识,他们"说"的行为、"说"的艺术、"说"背后的心理内容等等;并把说方言时的北京人,与其他场合的北京人联系起来考察。这些或许是唯文学(而非方言学、普通语言学)能提供的。

"北京人"种种

一　北京人

如前所引,据说关于北京,有三种空间范围上的规定;本书所说的北京,指北京城区及关厢地区。近有刘绍棠提倡"北京乡土文学",其所编《乡土》[①]一集所收诸作,写的多为北京郊区乡村。原顺天府所辖乡村亦是"北京",但京郊乡村、京辖诸县文化,不在本书所论范围。大北京文化、北京地区(不限于城区)方言文化、北京地区城乡文化的衔接等,都是有意义的课题,必能吸引研究者的兴趣。

本书涉及的京味小说,如邓友梅的作品,所写空间范围大致属旧城区(即原东城、西城、崇文、宣武四区)。即使旧城区,如原先的北城、南城[②],就尽有渐成土著的外乡人。有明一代曾以江浙、山西等地富民实京师。明清两代由于京城的消费需求(包括文化消费),有大批艺人、工匠(以江浙籍为多)、农民迁入。现在的老北京人中,有多少是这些移民的后代,谁又说得清楚!王安忆的《大刘庄》《我的来历》写到上海人的根。被认为道地、正宗的上海人,未见得是在上海有根的;真有根的,是那小渔村渔民的后人。

[①] 刘绍棠编:《乡土》,人民文学出版社1984年版。
[②] "旧城区包括现在的四个区,即东城、西城、崇文、宣武四区。北京人还有一种习惯是把城区分为东城、西城、南城、北城四个部分。东城基本上是现在的东城区,西城基本上是现在的西城区,南城指外城,即今崇文和宣武两区,北城则指现在的东西城鼓楼一线以北的地区。"(胡明扬:《北京话初探》,第5页)

由户籍制度或能找出有关北京人的规定,在生活中更足作为证明的,不如说是其现实形象,其在实际生活中的姿态。这里也适用文化尺度的衡量,不必非经户口簿的认可。林海音小传,说"林海音出生于民国八年,原籍是台湾。可是自幼随父母到北平去,在那儿成长,接受教育,工作,结婚,所以她有浓厚的北平味儿,也因此有人说她:'比北平人还北平!'"①既如此,就称她"北平人"又何妨?

令人惊叹的,是北京文化的同化力。《正红旗下》里有一位出生胶东的老王掌柜,"在他刚一入京的时候,对于旗人的服装打扮,规矩礼节,以及说话的腔调,他都看不惯、听不惯,甚至有些反感。他也看不上他们的逢节按令挑着样儿吃,赊着也得吃的讲究与作风,更看不上他们的提笼架鸟,飘飘欲仙地摇来晃去的神气与姿态。可是,到了三十岁,他自己也玩上了百灵,而且和他们一交换养鸟的经验,就能谈半天儿,越谈越深刻,也越亲热"。北京城就这样"消化"着迁入者。这也是一种"风教":北京以其文化优势,使外乡人变土著俨若"归化"。由文学中引出的上述"实例"讲的是北京文化对于北京人的塑造过程。渐次产生的归属感,使老王掌柜"越想家,也越爱留在北京。北京似乎有一种使他不知如何是好的魔力"。对于北京的乡土感情于是乎酿成。这类变化发生在北京,几乎是不可抗拒的。

与"北京人"同样难以界定且易于引出争议的概念是"北京市民"。刘心武在《钟鼓楼》里,也如考察四合院及北京人的职业流向一样,对北京市民作过一番洋洋洒洒的描述:"这里说的市民不是广义的市民——从广义上说,凡居住在北京城的人都是北京市民;这里说的市民是指那些'土著',就是起码在三代以上就定居在北京,而且构成了北京'下层社会'的那些最普通的居民……要准确一点地表述,就应当这样概括他们的特点:一、就政治地位来说,不属于干部范畴;二、就经济地位来说,属于低薪范畴;三、就总体文化水平来说,

---

① 《小传》,《林海音自选集》,台北:黎明文化事业股份有限公司1975年版。

属于低文化范畴;四、就总体职业特征来说,大多属于城市服务性行业,或工业中技术性较差、体力劳动成分较重的范畴;五、就居住区域来说,大多还集中在北京城内那些还未及改造的大小胡同和大小杂院之中;六、就生活方式来说,相对而言还保留着较多的传统色彩;七、就其总体状况的稳定性而言,超过北京城的其他居民……"

上述概括依据的是近些年的情况,不适用于老舍写作的三四十年代。即使再加一些限定,北京市民也仍然不像俄国作家笔下的"小市民"那样,是一个世袭的阶级。① 刘心武所注明的"下层社会",则反映着他本人的兴趣范围。老舍所写最具北京色彩的市民,倒应当说是"中产市民",如张大哥、小羊圈祁家、茶馆老板王利发。那即使不就等于老舍所理解的"市民"(他也写下层社会),却是他更有意作为"北京人"、北京市民的标准形象、理想型范来描写的。我不敢说当时的北京也如美国,以"中产阶级"构成一种举足轻重的文化力量,却认为老舍在其创作盛期,以中产市民为北京市民中较能体现北京文化的一部分,必定有其充分的根据。自然可以说,老舍取材北京诸作,所写无不是北京文化;他确实将对于北京文化的概括与批评,集中在了《离婚》《四世同堂》《正红旗下》以及短篇《老字号》等作品里。

中产市民外,老舍以之作为"北京人"而加意描绘的,还有胡同下层市民中较不低俗的一类,如小羊圈中两号杂院居民、《正红旗下》里"我"的家庭。出于展示北京文化传统的意图,邓友梅的选择略近于此。他的作品中难得见到如刘心武所写粗俗的胡同青年。陈建功的《找乐》、汪曾祺的《安乐居》写的下层市民,也是胡同社会较有教养的那一部分。不同的选择系于不同意图。以提出社会问题为旨趣的,与以展列文化为旨趣的,取舍自然不同。

既然作为选择的内在尺度的"北京文化",本身就是整理、选择的结果,其中自有理想化。"北京文化"是一种文化价值系统,是一

---

① 参看高尔基:《俄国文学史》,缪灵珠译,第 235 页,上海译文出版社 1979 年版。

整套文化观念与文化理想。在以发掘文化为旨归的京味小说,人物的理想化、标本化(有时近于人格化的文化概念)即不可避免。写人,观念即在其中。被选定了充当文化代表、文化标本的"北京人",不能不是北京中的北京,对应着北京人中的特定层次,市井间的特定人群。

　　人类创造了自己的文化环境,同时承受了上述创造的后果,自身又成为文化的创造物——一个巨大的"圈"。在单个人,承受中的选择不消说因人而异。"林子大了,什么鸟儿都有。"城以其文化力量施之于人,在不同的人身上收获不同结果,却又令人由品性大异的人们那里,隐约辨识出同一个城的印记——这也许是更奇妙的。《四世同堂》中的古城风度,表现于钱诗人为"懒散",表现于祁瑞宣为"自然、大雅",不疾不徐,表现于冠晓荷为悠闲,无聊。钱诗人与出卖他的冠晓荷,生活中都不乏小零碎,只不过在钱是出自本真,在冠则如箱柜上的铜饰件,只为炫耀那点光亮。因具体人物而点染那个笼盖其上的巨大"人物"——"北京",悉心捕捉这无所不在的"人物"投射在具体人性上的光影,人的城市性格与城的人格内容的浑然一体感使作品境界阔大。任何后起的繁华都会都来不及形成如此久远的文化生命,如此坚厚的文化积累,如此稳固的文化性格,来不及形成如北京那样的对于人的"规定",来不及拥有如北京市民这样的城市文化的承担者。

　　我们已一再谈到,被普遍作为北京市徽的四合院、胡同,并不就是北京。胡同文化只是北京文化最有历史最具特色的那一部分。胡同文化有它的限度,京味小说作者对此很了然。他们如明白胡同文化的限度那样明白京味小说的限度。他们使用"北京人"这个较大的概念时,并不以为其无所不包。他们只是尽其所能,提供北京人的某种标本、样品而已。

　　在说了上面这些之后,才有可能着手综合。"北京人"已越来越象征化了,以至人们使用这语词时会有异样感,似觉其意义在笔尖下膨胀。我们在此只说京味小说中的北京人。即使这样也难免有"膨胀",因为综合即寻找标本,寻找理想形态。因而我绝不敢自信概括得准确与全面。人是怎样复杂的存在!我分明知道的是,对于下面的每一项概括,你都可以举出一百、一千种例外。

二　礼仪文明

老北京人多礼,在这一点上最无愧于"礼义之邦"的"首善之区"。通常在说到这"多礼"之后,不免要感叹世风日下。这并不总是遗老情怀。在新的文化建设中凭吊流逝中的文明,也应能表现现代人的豁达气度的吧。

礼仪文明是北京魅力的重要来源,并曾构成过北京人形象的重要侧面,是其外在形象亦是内在气质。老舍曾不无自豪地写到过,北京城中"连走卒小贩全另有风度"(《四世同堂》)。他的作品中商人固不失斯文,近郊农民也因蒙教化而与别处气质不同。礼仪规矩并及于鸟类:"别小瞧这养鸟儿,自老年间就很讲究个章法呢!"(《红点颏儿》)北京到底是北京,即使骗子行骗也能骗得不胜风雅,彬彬有礼。《那五》中使主人公上当吃亏的,就是这种京产的骗子。鲁迅新编故事《采薇》里的强盗,不也十足京味?这里或者也有礼的妙用。

北京人的多礼,也缘于满族、旗人文化。"老人自幼长在北平,耳习目染的和旗籍人学了许多规矩礼路……"(《四世同堂》)汉民族有礼仪文化的悠久传统,北京市民却要向旗籍人学"规矩礼路"!传统社会因自身闭锁而更有同化力,如对上文中提到的老王掌柜,对进城谋生的祥子,对近郊农民。文化犹之陶轮,其塑造人的力量是巨大的。人们说习染,说耳濡目染,用了更古老的说法,曰"渐"。由风(习尚)而造人,因人而成风,到了后来,不必借诸训练,文化环境即实施"教化"。这也是典型的高度发展了的乡土社会。

礼仪文化的功用在这里也如在别处,最终在于使人类彻底脱出荒野,纳入农业文明。作为治道、统治术,则在有效地"牧民",使其失掉犄角和利齿,驯顺守分。"人生而有欲,欲而不得,则不能无求;求而无度量分界,则不能不争。争则乱,乱则穷。先王恶其乱也,故制礼义以分之。"(《荀子·礼论》)乡土社会中成熟的臣民都极明于"分"。北京话有"应分"。守分,不逾分,不作非分之想、非分之求,是做人的基本原则。"礼"于是进入了最日常的思想行为。忠实于自己的社会角色(本分),依循社会、公众认可的生活轨道,其结果是社会的稳态、常态。在人,"分"多半指其社会地位(社会伦理秩序中的位置)而非社会职业。"守分"并不包含现代职业要求,也不能无条件地转换成职业道德。这里的"分"多半是先天的、出诸社会的强制性安排,是社会结构中个人被派定了的地位、角色。所以才叫"应分",须"守分"。

人各安其位,是当道者的愿望。经了习染、教化,也会成为普通人的本能。洋车夫小崔受了大赤包的羞辱("大赤包冷不防的给了他一个气魄很大的嘴巴"),他不肯还手。"北平是亡了,北平的礼教还存在小崔的身上。"(《四世同堂》)你悲愤于小崔的不争,却又会想,人的自我控制的能力,不也是进化的结果?

进入了普遍人生的礼,其意味给复杂化了,不再适于庸俗社会学的简单判断。北京人极讲"体面",老舍也常用这个字眼形容自己心爱的人物:"李四爷在年轻的时候一定是很体面"(《四世同堂》),回民金四"又多么体面"(《正红旗下》)!"体面"在这里,形容人的美,仪容姿态的美。《我这一辈子》中落魄前的"我"体面,《正红旗下》里年轻的旗人后代福海体面。这些都是北京人中的漂亮人物。人物的"漂亮"总令人喜悦。汪曾祺笔下卖烤白薯的也自不俗,因为人精神,体面:"白薯大爷出奇的干净。……他腰板绷直,甚至微微有点后仰,精神!蓝上衣,白套袖,腰系一条黑人造革的围裙,往白薯炉子后面一站,嘿!有个样儿!就说他的精神劲儿,让人相信他烤出来的白薯必定是栗子味儿的。"(《安乐居》)

训练出这一种仪态的,就有北京城的礼仪文明。"礼是按着仪式做的意思。礼字本是从豊从示。豊是一种祭器,示是指一种仪式。"①仪式一旦娴熟,也会如入化境。在上文中的洋车夫小崔,礼是习惯性克制;在文化更熟的北京人,则是姿态行为以至整个人的艺术化。这才近于理想境界。《正红旗下》写大姐,"她的不宽的腰板总挺得很直,亭亭玉立;在请蹲安的时候,直起直落,稳重而飘洒。只有在发笑的时候,她的腰才弯下一点去,仿佛喘不过气来,笑得那么天真可怜"。你觉出了作者本人对人物的赞赏爱怜。同书中福海二哥的请安,更是一种行为艺术,足以令人为了欣赏形式而忘了内容。"他请安请得最好看:先看准了人,而后俯首急行两步,到了人家的身前,双手扶膝,前脚实,后腿虚,一趋一停,毕恭毕敬。安到话到,亲切诚挚地叫出来:'二婶儿,您好!'而后,从容收腿,挺腰敛胸,双臂垂直,两手向后稍拢,两脚并齐'打横儿'。这样的一个安,叫每个接受敬礼的老太太都哈腰儿还礼,并且暗中赞叹:我的儿子要能够这样懂得规矩,有多么好啊!"大姐、二哥,都是"熟透了的旗人",不但举动合规矩,而且美得如出天然,使你忘记了那种礼仪的繁缛、不合理、压抑人性。老舍写福海,不免解说太多。《茶馆》中的王利发掌柜更是活的礼仪大全——自然是生意人的礼仪大全,其完备性在这一方面无以过之。只不过也因此,礼也就显出了它本身的讽刺意味。

韩少华在《少管家前传》里,写少管家礼数上的精细周到,竟也流露出与老舍相似的欣赏神情。这福海式的漂亮人物也如福海,动止中节,一言一行都像有尺寸管着,却又极自然,似乎不假约束——也是传统社会做人的理想境界。到了这境界,礼仪行为即艺术化了。由技术而艺术,极人工反近天然,做人圆通之至倒令人不觉其圆通,"礼"于是乎成为"其人"的一部分,使人物尽善尽美,无可挑剔。

外在规范化为生命活动的自然节奏,是礼内在化的过程。这才真合于制礼者的初衷。由这种标准看,大姐、二哥未见得已臻极境。

---

① 费孝通:《乡土中国》,第52页。

那小说中另有一个不大起眼的人物——父亲,不如上述人物"漂亮",甚至显出几分"拙",却似更能体现这种文化对于人的要求。在父亲,礼并不表现为应酬的潇洒利落,而是渗透于性情且由内而外地弥漫在眉宇间的宁和之气。对此人物,作品着墨不多,省俭的描写却更能动人:"有人跟他说话,他很和气,低声地回答两句。没人问他什么,他便老含笑不语,整天无话可说。"每逢姑母发威,"骂到满宫满调的时候,父亲便过来,笑着问问:'姐姐,我帮帮您吧!'"——

"你!"姑母打量着他,好象向来不曾相识似的。"你不想想就说话!你想想,你会干什么?"

父亲含笑想了想,而后象与佐领或参领告辞那样,倒退着走出来。

这儿更有温煦气息,一片温煦中对于命运的顺从,因顺从而得的心灵的宁静和谐;更是礼仪化的人生态度、心灵状态。外在的行为规范势必影响到普遍心态,经由不断调整,渐次达到内外一致、表里相谐;由外而内与由内而外交互作用,由此造成一种人格,一种人生境界。古城式的和谐宁静正是经由发生在个人那里的如上过程而酿成。"礼"参与设计了北京与北京人。

在活的人生实践中,有些素来为人所诟病的礼仪行为,也因情境而宜分别阐释。礼仪作为外显行为,其内心依据从来因人、因人际关系而有诸种不同的。至于北京人间的应酬,则因含有对于人情极细心的体察与体贴,易于酿成"魅力",引人怀念。礼仪甚至有可能出自人的内心需求,对人际和洽的需求。在看似"纯形式"中,包含有丰富的情感内容。

我在这里想到了王蒙《杂色》中所写主人公对边疆民族礼仪行为的情感体验。"这种美好的,却又是千篇一律的礼节,换一个时候,也许叫曹千里觉着有些厌烦,有些浪费时间。……但是,现在,在这个天翻地覆、洪水飓风的年月,在他的心灵空空荡荡,不知道何以终日的时候,这一次又一次的问好,这一遍又一遍的握手,这几乎没有受到喧嚣的、令人战栗而又令人眼花缭乱的外部世界的影响的哈萨克牧人的世代相传的礼节,他们的古老的人情味儿,都给了曹千里许多缓解和充实。生活,不仍然是生活吗?"他的《在伊犁》诸篇一再描写了由维吾尔族哈萨克族人与北京人相似的交际应酬中体验到的人生温暖;这也应当是异乡人在老北京人中间所能感受到的。我在读那一组作品时一再想到,这位作家对于伊犁的文化认识(如对其礼仪文化和语言艺术的认识),在多大程度上依据了北京文化的熏染?一个有高度教养的知识者以他乡为故乡岂是偶然的!

与王蒙上述情况相似,老舍当写到知识分子人物在困厄中受到京郊农家"有礼貌""热心肠"的款待时,他对北京文化的过于愤激的批评变得有几分游移。因为这也是"中国人,中国文化"。

也许应当说,没有了老北京人丰富到极点的礼仪性语言,也就不足以造就北京的方言艺术。① "多谢您了,回见您哪,多穿件衣服别着了凉您哪!"(邓友梅:《双猫图》)"您这位还想听我说?""您在这儿听是不?""您又棒锤了不是?"(《北京人·二进宫》,着重号是我加的)敬辞、委婉语词、使语气委婉的疑问句式,无不显示出富于人情体贴与分寸感的人际关系。"礼"在这日常语言与语境中,"世故"亦在其中。再没有比化入语言习惯的礼俗更为普遍化的了。

这里说到"世故"与"分寸"。礼仪行为在作为人际交往方式时,通常既有情感含量,又表现为关系衡度与自我行为制约。人们所批评的虚礼的"虚",也因了上述成分的复杂性。礼仪行为在王利发(《茶馆》),有纯粹的应酬周旋,亦有真诚的体贴关照,真假虚实都有,且未必总能区分得清楚(甚至在施礼者本人)。"您知道,旗人老太太们,是最讲究面子的。有点子什么新鲜吃的,愿意街坊邻居尝一

---

① 萧乾《北京城杂忆·京白》写到"京白最讲究分寸""京白最大的特点是委婉"(《北京城杂忆》,第18、19页)等。

口,是个心意,也是个礼数。"(陈建功:《辘轳把胡同9号》)

亲切而又适度,才合于礼。北京人的礼仪文明在这一点上不同于乡俗人情。这里又有"分"。讲求"分际",明于限度,也得自人类在进化中的自我塑造。在这一方面敏感细腻的程度,通常标志着一个民族文化成熟的程度。这里且不去说人类为这种进化所支付的代价,进化中的失落。

"体面"不止在仪态,这字眼儿还包含有自尊感,人的自尊自重。"体面"关心的更是人在其他人眼中的形象,是一种借助他人的肯定才能成立的自我评价。乡土社会的心态,向来注重环境反应、社会眼光。但关心他人眼光的"体面"确也出于自尊感。祥子当被践踏时,最令他痛苦的,是他精心维持并引以自傲的"体面"的丧失。老北京人极其自重自爱,也由于礼仪文明的熏陶。乌世保在绝境中问自己,一问是否吃得了苦,二问是否忍得下气,三问"气或能忍,这个人丢得起丢不起呢"?(《烟壶》)这第三问,才是最要命最绝望的一问。苦吃得,气亦忍得,"人"却万万丢不得。《鼓书艺人》(老舍)在某种意义上,是人为尊严而挣扎抗争的故事。被那个社会贱视的艺人的尊严又特具敏感性。有人说中国文化是"耻感文化"(区别于西方的"罪感文化"),或许受了本尼迪克特论日本文化的启示。知耻近乎勇,士可杀而不可辱。正派北京市民在这一点上亦可说"咸近士风"。

在小民,自尊自重包含有价值态度与人生信条,半由文化熏染半由切身经验中来。老舍与其他京味小说作者在写到类似情境时,笔端总流泻着庄严的感情。落魄到作艺维生的小文夫妇气度"是这么自自然然的不卑不亢"。他们所操为"贱业",却不自轻自贱。难能的就在这"不自轻自贱"。在别人面前,他们"表示出他们自己的尊傲",极其"坦然",坦然到令有狎玩之心者感到压迫。《话说陶然亭》中的几个老人,在云雨翻覆的年头,只是"各自站在各自的位置上,练自己那一套功夫,不比往日用力,也不比往日松懈,一切和昨天、前天、大前天一样"。这持重也表现着特定情势中人的尊严,不趋附不苟且不为威压所动的一点风骨节操。令作者们肃然起敬的也是这骨子里的"尊傲"。手艺人的自尊感更出于行业传统。"家有万贯不如薄技在身",是市民,尤其小手工业者、手艺人的信条。他们的自尊也建基在职业尊严上。《烟壶》中说买卖人"讲的是和气生财、逢场作戏",而"手艺人自恃有一技之长,凭本事挣饭吃,凡事既认真又固执,自尊心也强些"。这也是传统社会的手艺人性格。老舍、汪曾祺都善写这种性格且写得动情。

老舍笔下的漂亮人物,都由自信与自尊撑持着,那自尊也就铸进了气质风度("连走卒小贩全另有风度"的风度)。自尊使人高贵,提升着小民的人生境界。人们感受到的北京风度气派,即半由此构成。"老字号"体面的失败(《老字号》),镖客沙子龙体面的没落(老舍《断魂枪》),体面、尊严浓重化了传统技艺、商业没落的悲剧意味,使其呈现于文学时弥漫着感伤与凭吊的气氛。在市民人物,这份"尊傲"则有助于避免俗媚——通常市民文化中最致命的病象;如《四世同堂》中棚匠刘师傅的凛然之气,小文夫妇的雍容气派、闲雅神情、尊严态度,礼仪文明使古城于优雅中更添了尊贵。

北京人作为北京人的自尊,又与"北京人意识"联系着。他们不止尊爱自己,也尊爱属于自己的古城。这扩大了的个人尊严感,也是北京人文化性格与北京风度的一部分,看似非关礼仪文明却又由礼仪传统节制着。最令老北京人自豪的,就是比别处人更懂礼仪。祁老者即使日本兵临城下也不能不做寿,因为"别管天下怎么乱,咱们北平人绝不能忘了礼节"(《四世同堂》)!

正如古代自居为"中心"的华夏民族,以文化优越的眼光看待"夷狄",老派北京人也因袭了类似的文化中心意识,以至善良热心的张大哥不能不用了悲悯的态度对待老李,因为"据张大哥看,除了北平人都是乡下佬。天津,汉口,上海,连巴黎,伦敦,都算在内,通通是乡下"(《离婚》)。这种夸张了的尊严感源于封闭,封闭才"只此一家"。上述文化优越感是乡土社会中的普遍心态。

老舍笔下北平人的文化自豪是无限的。白巡长,"他爱北平,更自傲能作北平城内的警官";祁瑞宣,"平日,他很自傲生在北平,能说全国遵为国语的话,能拿皇帝建造的御苑坛社作为公园,能看到珍本的书籍,能听到最有见解的言论"(《四世同堂》)。谁又说老舍本人没有这种文化自豪？在《四世同堂》里,那自豪竟像是满到要漫流出来。自傲于"北平人",才不惜用了带点天真的夸炫调子:"在太平年月,街上的高摊与地摊,和果店里,都陈列出只有北平人才能一一叫出名字来的水果";"北平的菊种之多,式样之奇,足以甲天下"。北京人的文化自豪是如此地富于感染力,以至《京华烟云》的作者也无意间分有了这心态,尽管他实在是个"外乡人"。同样值得注意的是,这份感情在有教养的北京人,比之别处人倒是少了一些地域文化心理的狭隘,更基于民族自豪感——或者也是无分民族、国家的"京城人"的共通品性？

处在乡土社会,且是乡土社会中的模范地区,北京人绝不缺乏等级意识。礼仪因对象场合所作的种种区分中,即有传统社会根深蒂固的等级观念,传统人格中固有的文化偏见。老北京人少了一点商业竞争中的势利,传统社会却另有其势利,如对于身份(亦一种"形式")的注重。出身歧视、行业歧视(行业内部又讲究"师承""门户")即出于这种势利。《钟鼓楼》中的人物为此而贱视"大茶壶"的儿子;《烟壶》中落魄的乌世保总不能忘自己是"它撒勒哈番",即使在囚中,也不肯失"旗主子"身份。到乌世保画内画、烧制"古月轩"那会儿,戏剧艺人在京城还被视为"贱民",不许进内城居住呢。

下层社会并不能天然地产生平等思想。即使卖苦力如车夫者,彼此又岂能平等！"同是在地狱里,可是层次不同。"(《骆驼祥子》)专制社会沿袭了几千年,锻造得极其精致的等级制,以对权势的崇拜(至少是敬畏),造成普遍社会心理。从来就有"醉心贵族的小市民"(莫里哀)。北京市民亦不能外。即使老北京模范市民祁老太爷眼中的小羊圈胡同各家也有差等。他"不大看得起"隔邻的大杂院,"所以拿那院子的人并不当作街坊看待","对其余的五个院子的看待也有等级"(《四世同堂》)。但你在这里须留心,这位老人持为标准的不是经济地位,而是"品类"。他敬重斯文,注重德行,因而对穷愁潦倒的诗人和干粗活的李四爷都不乏敬意。这种人物评价上的尊重实际顺乎情理,又是注重形式的反面,与市民的形式主义互补。

  平等感就在这里出现了。出于礼仪文明,自尊大度,写在京味小说中的古城市民确又更富于朴素平易的平等感。传统社会轻商,写在小说里的市民以及写小说的作者对于手艺人、商人的尊重即属于平等感。汪曾祺《晚饭后的故事》里主人公由学唱京戏而营商:"卖力气,做小买卖,不丢人!街坊邻居不笑话他。"这种见识却也植根于同一"传统社会"。

  有礼仪文化传统和上述平等感的北京市民,在京味小说中,有一种与农民间别致的关系。张大哥视不通世故的知识分子老李为"乡下人",小羊圈祁家人对于本来意义上的乡下人——京郊农民常二爷,却很有些亲昵。北平人的教养是使人远离乡野的,这山野之人却像是唤醒了他们渺渺茫茫的记忆,其一言一动都令他们欣喜。虽有城内城外之别,既与常二爷同属于乡土中国,深刻的精神联系仍使北京市民较之上海弄堂中人更贴近土地些。"久住在都市里,他们已经忘了大地的真正颜色与功用……及至他们看到常二爷——满身黄土而拿着新小米或高粱的常二爷——他们才觉出人与大地的关系,而感到亲切与兴奋。"欣赏那稚拙、朴野的,既出于文化优越感,又出于对丧失了的"本真"的文化怀念。能欣赏这山野般的清新,欣赏这野趣中的童趣的,又从来是传统社会里更有教养的那一部分人。祁家人因"文化过熟",才看常二爷如看儿童;老舍写常二爷亦用了相似的态度。不一定最朴素却极亲切,与大观园中人看刘姥姥的眼神不同,也与近代商业都会中人看乡下人的着眼处不同。平等感即在这对人的审美评估中。与土地的联系是由礼仪文明隔断的,审美地接续这联系却又靠了得自礼仪文化的教养——生活逻辑就有这样曲折。

  我已尽我所能地谈过了北京城礼仪文明中魅力所在的各面,这些方面曾因笼统的文化批判而被忽略已久。未及展开的一面对于认识北京人的文化性格几乎同样重要,即北京人礼仪文化的讽刺性。

传统文化的礼,形式本大于内容,到得封建社会油尽灯残,形式之膨胀更为前所未有,以至但有形式而无内容,种种怪现状生焉。见之于清末民初笔记稗史,笑料百出,令人绝倒。如吊丧者但知号咷,"往往号毕而不知没者为何人"①。文过于情有如此者。朝考殿试专重书法,"惟以字之工拙分甲乙"②,则又是文胜于质的极端例子。凡此固然是照例的末世景象,亦与八旗礼俗之繁细有关。京城贵族,借礼俗以造作威仪,小民则因近官而习于官样官派,偏重形式较之别处难免变本加厉。

有清一代,其盛时,把封建文化的精美处发挥到极致;其衰也,则把封建文化的变态畸形、种种荒唐怪诞不合理,也发挥到了极致,从而加深了清王朝覆灭的喜剧性。一个王朝到了这份儿上,其臣民也不能再正儿八经地对待它,"现形记""怪现状"一类作品宜其出世。集中表现着传统社会恶性发展了的形式主义,暴露着封建文化的贫乏空虚的,正是礼仪文化。

老舍在不经意间,曾把北京礼仪文化的诗意方面呈现得特别动人,他对于此种文化的讽刺性,也比别人揭示得更深刻,且服从于北京文化批判的自觉意图。有关的讽刺性描写最夸张而富于动作性的,是《茶馆》中松二爷的形象。类似的嘲讽在他作品中俯拾即是。"张大哥爱儿子的至诚与礼貌的周到,使托人情和请客变成一种艺术。""这群人们的送礼出份资是人情的最高点,送礼请客便是人道。"(《离婚》)令人疑心礼多亦因了人情的稀薄。

在讽刺性场合,礼往往与"面子"有关(老舍抗战时期的剧作之一题为《面子问题》)。祁老太爷在艰难时世坚持做寿为了面子;祁瑞丰"愿意作真奴隶,而被呼为先生;虚伪是文化的必要的粉饰","一个北平人是不妨为维持脸面而丢一点脸面的"(《四世同堂》)。还有谁读不出这文字里的沉痛!至于旗人文化,更将注重形式极端

---

① 史玄、夏仁虎、阙名:《旧京遗事 旧京琐记 燕京杂记》,第73页。
② 徐珂编撰:《清稗类钞》第5册风俗类"京师之二好二丑"条,第14页。

化了。八旗贵族纵然大架子已倒,也仍要维持气派与排场,倒像是气派、排场之类更加性命攸关。且愈到亡国之际,礼仪愈繁缛——"排场"又是一种心理补偿。大姐婆婆穷而要买奇贵的王瓜大樱桃,"只是为显示她的气派与排场"。"气派与身份有关,她还非打扮不可。"(《正红旗下》)那五即使潦倒不堪,也依然讲究"臭规矩":"他是倒驴不倒架儿,穷了仍然有穷的讲究。"人到了这样即成病态,入骨很深的一种病。其心理背景中,又有中国式的"群体意识",首先顾及"观瞻"的那一种。

出于"气派与排场"的考虑,人的仪态的美也会被用作纯粹装饰。《正红旗下》中的大姐被塑造得极其完美,一举一动都"够多么美丽得体",却又美得凄凉,惹人怜惜,因为这份禀赋才智浪费在了最无价值的礼仪往来、人情应酬上,甚无谓也。可怜的尤其是女人。"这种生活艺术在家里得到经常的实践,以备特别加工,拿到较大的场合里去。亲友家给小孩办三天、满月,给男女作四十或五十整寿,都是这种艺术的表演竞赛大会。至于婚丧大典,那就更须表演的特别精采,连笑声的高低,与请安的深浅,都要恰到好处,有板眼,有分寸。"有价值的人与无价值的人生场面,人的美和这种美的无意义消费,礼仪的塑造人与压抑、戕害人性——作者的心情在这里不能不变得复杂了。

老舍毕竟不是张天翼,即使嘲讽,用笔也不失温厚。这倒也不全系于风格,另有对北京、北京人、北京文化的一份温情在节制着。《正红旗下》写家宴上的礼让:"'酒席'虽然如此简单,入席的礼让却丝毫未打折扣:'您请上坐!''那可不敢当! 不敢当!''您要不那么坐,别人就没法儿坐了!'直到二哥发出呼吁:'快坐吧,菜都凉啦!'大家才恭敬不如从命地坐下。"仍然是人情,却夹带了习惯性的虚伪。这也是传统社会礼俗中常见的喜剧性场面。写上述场面,老舍用了微讽,终不能如张天翼的刻薄、谑近于虐。不妨花费点篇幅录张天翼写类似场面的一段文字以为比较:

华幼亭一面要挣开那两双邀请着的手,一面不住地欠着身子:

　　"呃呃呃,决不敢当。我比季翁小一辈,怎么敢……"

　　"你比我小一辈?"

　　"季翁听我说,听我说,"他又退了一步。"刘大先生你是认得的吧?"

　　"刘大先生?——没有听见过,哪个刘大先生?"

　　"哪,这个是这样的:刘大先生是我们族叔的同年,我叫起来是个年伯。而刘大先生教过王省三的书。王省三——季翁见过的吧?"

　　"不认识。"

　　"是,是,大概没有见过。……王省三跟丁家祥是结了盟的:丁家祥照他们丁氏谱上排起来——则是仲䮪二太爷的侄孙。……算起来——季翁恰恰长我一辈。"

　　那两叔侄稍为愣了一下,重新动手拖他。茶房恭恭敬敬站在旁边,怕他们会溜掉似的老盯着他们。几个冷盘端端正正摆在桌上,让那些苍蝇在那里爬着舔着。……

(《在城市里》)

到得他们讨价还价互用起诡计来,也这么起劲、顽强、不肯让步。

　　当代京味小说中不乏类似内容。《钟鼓楼》所写婚礼场面就集中了旧礼俗的讽刺性。两代作家也都写到知识分子处此文化环境感到的窘迫、尴尬;以知识分子性格与市民性格的反差,强调着北京人文化传统改造的迫切性。

三　理性态度

　　这标题会令人以为本书作者小题大做。但写在京味小说中的北京人,的确可以看作中国人的某种标本。

市民与农民,都是天生的现实主义者——自然是在这个概念含义的较低层次上。他们生活的世俗、物质性质,他们面对的生存问题的具体琐细,他们所处社会经久而厚积着的经验、常识,以及教养、知识水平的限制,都有助于造成关心基本生存注重实际的"现实主义"。祁家人津津有味地听农民常二爷说乡下生活,说农事,因为那是些"紧紧与生命相联,最实际,最迫切的问题",也因为他们自己原本"实际"。他们干活吃饭、作艺吃饭,在这上头玩不出花活来。这几乎是小民的全部生活,其中有小民的真理。老北京人管衣食之资叫"嚼谷"(如说"奔嚼谷")——多么亲切实在!

京味小说作者在多数场合,毋宁说欣赏这种讲求实际的态度。他们从这里看出了对于知识分子空谈玄想的嘲讽。小民的人生叫他们感受到生命的朴素与坚实。这里或有被知识者遗忘(或曰丧失)了的一些基本的生命体验。

市民的后代是在那个最世俗的世界里开蒙的,不但那五、索七的后人,而且如《立体交叉桥》里的侯家儿女。这世界拥有那样丰富的经验与常识,积存了无穷世代的人生教训,在走出胡同社会之前,他们还迈不过这些去。索七的后人金玉宝拿自己与哥哥的境遇、遭际比较,而后选择自己(邓友梅:《索七的后人》);侯家老二也在与哥哥、哥哥那一代人的比较中选择自己(刘心武:《钟鼓楼》)。他们的认识可能是歪曲的,却循着市民人物通常的认识道路。这儿没有思辨哲学、形而上的位置,思想材料是直接的生活;认识活动则在其每一环节都力求落到实处,实实在在的衣食住行。这固然有可能使他们切实,却也同时会使他们猥琐。不管怎么说,他们在最初都是被用了最切近而可靠的经验塑造成形的。

京味小说本身又负载了多么丰富的人生经验——你读一篇《我这一辈子》看!被作者如此汇集起来的经验,由不知多少小人物花费了"一辈子"积攒而成。那些经验并非都有正面意义。小说人物"我"说起"市井真理"时,也一再用了揶揄的口吻。但那仍然是些经验,其中有小民对人生、社会、历史的洞见。

京味小说作者以庄严的笔墨写市民小人物的自尊,以同样庄严的笔墨写他们尊重实际的理性态度。较之别的作者,他们似少一点知识分子的"迂"。《圆明园闲话》(苏叔阳)中,工人出身的棋友以棋道说"人道""世道",用了市井间朴素的政治智慧,开导浩劫中"走背字"的教授:"你这个人呐,死心眼儿。眼下是双车封河,你那车马炮都受着憋呐。多看两步棋呀,你不是有本事嘛?本事窝在肚里也烂不了,早晚有施展的一天。这不,你一抽车不就逢凶化吉啦?干什么也如是,一盘棋儿,致于愁得你老把眉毛绾个大疙瘩?!"——北京人因久历沧桑,在静观中养成的通达。"多看两步棋"使他们身居台风眼处而能保有几分超然。这态度曾使他们在当年北京"闹学生"(学生运动)时冷眼旁观,却也会使他们在时世变易、人事迁流中,表现出富于智慧的稳定。

理性态度更在日常生活中。《钟鼓楼》里的小厨师在父母双亡后清扫整理了屋子,"沉着地等待有关部门给他安排工作"。作者一再写胡同青年的"冷静""沉着"。实际而冷静的姿态使这些凡庸人物叫人敬重。同一小说还写到"热恋"中的女孩子听到对方应允给自己买表后,"冷静"地问:"你有那么多钱吗?"这未免煞风景。即使写到这儿,作者也极力节制嘲讽。对于物质可能性、生存条件的极其冷静、郑重的估量,是这一文化圈中的文化,它本身并不就鄙俗。老北京人不乏风雅的找乐,不也跟对条件的掂量联系着?

市民式的"实际"又的确有其讽刺性。《钟鼓楼》写薛家要过门的儿媳妇:"她就是这么个不仅知道天有多高地有多厚,并且量着天和地的尺寸办事情的人。""实际"的讽刺意味当然也更在如爱情这类场合。"同许许多多搞对象的人一样,在双方基本相中了对方以后,他们便双双在公园遛弯儿,一遛二遛,渐渐地坐在一起的时候比走在一起的时候多了,又渐渐地不光是说话,而进入到身体接触的阶段——那最最初级的阶段,便是互相抓着手腕子看对方的手表,当然不是看几点几分,而是边看边问:什么牌的?值多少钱?谁给买的?

走得准不准?……"①

他们讲究"实惠",他们的生活理想也因充满了实际打算而处处都敲得结实。人类寻求认识自己与认识世界,寻求终极真理和具体生存的合理性,为此用去了几千年。人们毕竟不能满足于仅仅饱暖地活着。讲求实惠也许更是胡同里新市民、市民后代的文化特征。你也已看出来,上述人物与安乐居中老派酒客神情不同。从来就有找乐的北京人,和更讲实惠的北京人。许地山的《春桃》或不足称京味小说,小说中的春桃却也是胡同里的基本居民——被"生存"的大题目拖住无暇风雅也不解风雅的底层市民、粗人儿。

经验的积累即得世故。较之农民,市民的确更少天真气。祁家人的自我感觉在这一点上很合于实际。农民的天真源自环境的单纯,和因闭塞而造成的蒙昧,塑造出市民性格的则是另外的条件,尤其皇城周遭。世故是天真的克星。老舍小说中,张大哥这个人物是市民世故的集大成者,他即使在热诚助人时也运用世故,奇妙的倒是世故并不就消灭了热诚。在张大哥,那是一份做人的聪明,以至做人的艺术。张大哥就那么极其"艺术"地活着。《茶馆》中王掌柜是比张大哥更生动的"艺术",世故使这个人从头到脚艺术化了。邓友梅笔下的小客店店主及金竹轩一流人物,无不具备这种聪明,寓世故于热诚,藏机灵于厚道,应付人事天然地有种从容潇洒。所谓"北京风度"不也在这样地造就着?所应注意的还有,这份聪明在正派市民那里,绝不等同于市侩式的精明。前者出于顺世与自保,无损于人的。这是一点非同小可的区别。在德行上,这种世故的对面是书生式的迂,而非愚(为精明所算计的"愚")。不妨认为张大哥式的热诚里有市民的天真,未被世故一股脑儿压死的天真。这又是俗极而雅的例子。上述人物在作品中不但不招嫌而且见出可爱者也为此。

---

① 同篇中写道:"爱情!潘秀娅甚至没用这个词汇进行过思维,在她的思维中只有'对象'这个概念;'我爱你'这个简单的句子,在她同薛纪跃搞对象过程中,双方也都没有使用过,他们只说过:'我乐意。'"——"乐意"于实际解决。"她要结婚。她要成家。成家过日子。"

活在京都,尤其在云谲波诡世事不胜其变幻的年头,他们也不能不世故。《我这一辈子》的主人公说:"我只能说这么一句话,这个人民,连官儿,兵丁,巡警,带安善的良民,都'不够本'!……在这群'不够本'的人们里活着,就是个对付劲儿,别讲究什么'真'事儿,我算是看明白了。""还有个好字眼儿,别忘下:'汤儿事'。"是怎样得来的一份世故!正派市民的世故里,有这种阅事太多见事太明的悲愤沉痛。看透了,又无可奈何。专制政治下小民以其渺小,所能造出的也只能是些"世故"。这小说以第一人称,讲述了人被社会不公正消磨掉,被社会以其更大的世故消化掉的故事。读这小说,主人公的穷愁潦倒还不是最可痛心的,真让人不寒而栗的倒是他终于得到的那些个经验、世故。因为其中映照出的,是社会肌体随处发生着的溃烂。作者让你看到,被如此造成的世故非即良知,倒像是用来戏弄良知的。它腐蚀着主人公的纯良品性,在另一篇作品里,则使农民祥子失去其农民式的清新:使他们苟活,以抹杀自己,求得对社会的顺适。能造出这样的经验、世故的,才是真正可怕的社会。

讲求实际、经验的理性态度,阻止了市民(中国人)堕入信仰主义。"祭神如神在""未知生,焉知死",是孔老夫子的一份世故;"信则有,不信则无",是普通小民的见识。执着世俗人生的人们本质上是"非宗教性"的。据清代笔记,北京城曾极多寺观。有关记载中更生动的,却是借寺观举行的市民娱乐活动:以娱神的名义娱人自娱,以至老北京诸种庙会充满了世俗欢悦。这也是乡土中国随处可见的喜剧性现象。《烟壶》写老北京中元庙会(盂兰盆会)的热闹:法鼓铙钹齐鸣,灯烛与明月交辉,"整个京城变成了欢快世界,竟忘了这个节日原是为超度幽冥世界的沉沦者而设的"。中国人或缺乏言语的幽默,却从不缺乏这类行为的幽默。这里也有历史久远的民间智慧,可会意却不必说破的。

传统思想文化中的宽容(如儒道互补、释老并存),发达的相对主义思想因素,理论思维(由观念到表达)的模糊性,影响于国民性格,即易于容纳、"化解",难有根本性的怀疑究诘;易于变通,难以坚执。其积极的方面,是不容易造成宗教偏执,又因得而失,少有作为"偏执"的底子的认真,少有追究终极的狂热和理论的彻底性。通权达变,在市民生活中,更成为自我保存的手段,造成因循退守的市民性格。

市民由于其社会位置和所属社会的文化传统,往往无师自通地发展了安时处顺保生全身的顺世哲学,"将处夫材与不材之间""呼我牛也而谓之牛,呼我马也而谓之马"一类处世方略。在他们中的有些人(如张大哥们),那甚至不是方略,而是人格内容,使他们成其为他们自己的东西。由于实际生存方式与教养,他们绝不可能如庄子极尽形容的"至人""真人""神人"那样超然物外作"逍遥游",只能在顺世中为自己赢得一点层次不高的"自由",因无往不合于圣训而"从心所欲不逾矩"的自由。张大哥一类市民中的圣贤俨然得道;他们通常是社会中没有理论主张的"秩序派",承认既成秩序,承认权威,承认人世间尊卑贵贱的伦理秩序,知分、守常,以此作为安全的代价。倘在乱世,更以和其光而同其尘,使自己有效地消失在人群之中。市民的理性态度,他们的现实主义,也集中在上述方面。

庄子哲学谈人对于自然、人对于社会的双重适应;被市民所发挥的是人对于社会的顺适("顺时而应世"),骨子里则是中国式的宿命思想、命运观。"一块喝酒的买了兔头,常要发一点感慨:'那会儿,兔头,五分钱一个,还带俩耳朵!'老吕说:'那是多会儿?——说那个,没用!有兔头,就不错。'"(《安乐居》)老吕圣明。"知其不可奈何而安之若命,德之至也。"(《庄子·人间世》)可这样也就有了市民的迷信,鬼神迷信以外更普遍的迷信。祥子在这一点上还未获得北京人的资格,他太相信自己的"要强"与耐劳。同在不幸中,《我这一辈子》的主人公就聪明得多:"至于我的时运不济,只能当巡警,那并非是我的错儿,人还能大过天去吗?"这点道理在成熟的市民,是如同"人要吃饭"一样简单明了的。他们的信条是"命里有八尺就别攀一丈""退一步海阔天空"(《索七的后人》)。他们苦乐随缘。因而老牌北京人有理由看不上老李、祥子式的"死性";"死性"的反面是活泛,心里"透亮"。"年头儿的改变不是个人所能抵抗的,胳臂扭不过大腿去,跟年头儿叫死劲简直是自己找别扭。"(《我这一辈子》)

顺适乃为了自保。在成熟的北京人,顺适并不如人们从旁设想的那么痛苦,那往往是心安理得的:因与作为一种德行的"自律"联系着,而享有知足者的安宁与快慰。《晚饭后的故事》(汪曾祺)的主人公心里很透亮:"一个人能吃几碗干饭,自己清楚,别人也清楚。"云致秋更有其一套活着的道理:"我曾问过致秋:'你为什么不自己挑班?'致秋说:'有人撺掇过我。我也想过。不成,我就这半碗。唱二路,我有富裕,挑大梁,我不够。不要小鸡吃绿豆,强努。挑班,来钱多,事儿还多哪。……这样多好,我一个唱二旦的,不招风,不惹事,黄金荣、杜月笙、袁良、日本宪兵队,都找寻不到我头上。得,有碗醋卤面吃就行啦!"(《云致秋行状》)是世事洞明、人情练达的"明白人",虽然有乡愿气味。

他们不但戒之在奢,戒过分的消费,而且也戒心理上的奢求、奢望。这儿又有市民的消费心理。如上文"生活的艺术"中你所看到的,他们讲的是与身份地位相称的消费——身份地位的衡量中,未始没有衙门文化、官场价值对市民意识的渗透。

因有限条件更因有限欲求,他们不奢望也不易堕入绝望。"夫物之不齐,物之情也。"(《孟子·滕文公上》)《钟鼓楼》里那个不懂"爱情"的女孩子也不懂这个。"可她知道,自己够不着人家那个生活标准,痴心妄想没有用,白坑害了自己。""他觉得他们从来就不是一种人,因而用不着去同他相比。"这一种"理性"、实际精神,使他们避开了精神痛苦。他们明于理想与现实的分际。即使乌世保这种"悠闲自在"惯了的旗人,"也有随遇而安、乐天知命的一面",落魄到"蹲小店与引车卖浆者流为伍",非但不绝望,还能保有那点雅趣(《烟壶》)。他们有一套自慰自解的逻辑。"就是'四人帮'时候受点罪,可受罪的又不是咱一个,连国家主席、将军元帅都受了罪,咱还有什么说的?"(《寻访"画儿韩"》)知足中往往有类似的运思过程。这又是典型的小民、草民心理:将相尚如此,况我辈乎!

常识加本分,形之于风度,即有稳健;稳健也体现着价值态度与认识特征。在张大哥一流市民,更是出于自觉的自我形象设计。"北京人四平八稳惯了,搞选举、排名次一向和奥林匹克运动会或小说评奖之类国内外惯例相反,不选前三名,也不排前五名,偏是四名。'四大名医'、'四大名旦'、'四大须生',吃丸子也要'四喜丸子'。"(《烟壶》)这或许也出于古老的数字迷信?种种市民意识的矛盾,无不反映着中国文化的内在矛盾。正面与负面相互补充互为表里,才构造出完整的北京人。

"顺适"毕竟并非天性。我在下一节中要谈到的"散淡神情",是道德自律、顺适的结果,经努力达到的人生境界。"顺适"常常是一种不自觉其努力的努力,努力于自律、克己。归结到一个字:忍。《我这一辈子》的主人公回忆学徒时的挨打受气:"现在想起来,这种规矩与调教实在值金子。受过这种排练,天下便没有什么受不了的事啦。"在非常之人,能忍人所不能忍,才足成大器。忍在小民,则是其生存之道。到得"忍"近乎天赋,如祁家老太爷那样,人才被环境塑造成功。

"达观"即无不平不满。纵有不平不满,世故既深常识过多见事太明的人们,总是难以行动的。人类史上轰轰烈烈的大事业,从来赖有不计利害的人物造就。市民小人物与这等大事业无关。"北平人与吸惯了北平的空气的人……是对任何人任何事都不敢伸出手去的。"近郊农民"虽然有一辈子也不一定能进几次城的",既在心理上"自居为北平人",就"都很老实,讲礼貌,即使饿着肚子也不敢去为非作歹"(《四世同堂》)。"自居为北平人"竟有如此强大的约束力。也许正因此,市民才一向选择侠客义士作为理想人物的?这里亦有一种补偿心理。古城仍保留有燕赵慷慨悲歌的遗风,胡同间也偶有侠义人物。市民通俗小说中这类英雄几无篇无之,老舍作品中也常有其更世俗化的形象,以补老派市民性格之不足。虽不能至,心向往之,义侠之士在市民文学中,即使并非作为人格理想,也体现了行动愿望,其中含有市民对于自我缺陷的意识——这也不失为一种实际精神的吧。

　　知足方能"保和","保和"才足以"全生"。凡此,都是有经验为证的。市民自觉地依着经验,依着想明白了的道理塑造自己,塑造自己的后代。京味小说对此写得最精彩的,如张大哥依据中庸信条对儿子的人生设计。"张大哥对于儿子的希望不大——北平人对儿子的希望都不大——只盼他成为下得去的,有模有样的,有一官半职的,有家有室的,一个中等人。科长就稍嫌过了点劲,中学的教职员又嫌低一点;局子里的科员,税关上的办事员,县衙门的收发主任——最远的是通县——恰好不高不低的正合适。大学——不管什么样的大学——毕业,而后闹个科员,名利兼收,理想的儿子。作事不要太认真,交际可得广一些,家中有个贤内助——最好是老派家庭的,认识些个字,胖胖的,会生白胖小子。"(《离婚》)这是传统社会小公务员、小职员的人生格局与人生理想。

　　节欲、自律使老派市民不贪鄙(绝不会像张天翼笔下那批欲火中烧诡计百出的衙门动物那样)。节欲与自律也使他们平庸。老舍心爱的人物往往庸常,如牛老者:"……他不自傲,而是微笑着自慰:'老牛啊,你不过是如此。'自然他不能永远这样,有时候也很能要面子,摆架子。可是摆上三五分钟,自己就觉出底气不足,而笑着拉倒了……假若他是条鱼,他永远不会去抢上水,而老在泥上溜着。"(《牛天赐传》)老舍笔下偏是这类人物叫人感到可亲近。胡同社会是庸常人格的养成所。老舍对于冠晓荷、祁瑞丰一流人物的把握或失之于浅,但在有一点上却是独到的,即在这烂熟的文化中浸泡既久的,即使为恶也难有大气魄。由常识、世故养不出英雄豪杰,也养不出巨奸大猾。造得出后者的,也该是更有旷野气息的文化。

　　庸人社会、庸人政治亦为这种文化空气所造成。老舍写过因无用而成大用的庸吏;虽地位悬隔,气息却是与胡同相通的。老舍善写庸常,也未必不爱他笔下的牛老者们,却又是这庸常使他沉重。《离婚》让你感到,"张大哥人格"作为一种文化力量,影响着整个北京人的世界。同书还以知识分子老李对于这力量的拼命抵拒,强调着其作为文化力量的强大,对于人的渗透力与支配力。这作品,以及这以后的其他作品,出于对上述现象的焦虑,老舍把思想焦点集中在传统人格的批判与改造上。

关于北京人的理性态度,我们由肯定面说到否定面,由积极启示说到消极含义,仍未见得说出了其在实际生活中、实际历史过程中的复杂性。痛快的议论、斩截有力的判断固然动人,却并非总能说得清楚真实的。这里需要的,仍是一种细致的分析与体察。乌世保当清亡之际对新现实的顺适,小文夫妇、常四爷、福海在个人命运因历史转折而经历剧变关头的从容镇定,他们的求生渴望与生存能力,毕竟是让人敬重的。中国高度发展的农业文明与古老的城市文明,赖有这些凡庸小民而建设起来。凡庸中的智慧,软弱中蕴有的力,顺适中的自尊自爱自强——这也才是北京人。

四　散淡神情

本章所谈北京人各面原是不可分拆的,拆开来只是为着说的方便。比如"散淡神情"与"理性态度"。因而述说就难免于重叠。这里所谈的情态在我们也不陌生,我们已在考察北京人"生活的艺术"时瞥见了。我们只是不满足于那限于论题的较为单纯的目光,还想由这神情中读出更多的东西,读出其与北京人的性格诸面的更内在的联系而已。当然,为此再作一番审视确也是值得的。

《那五》中写那五去访打草绳谋生的老拳师武存忠:"那五生长在北京几十年,真没想到北京城里还有这样的地方,这样的人家,过这样的日子。他们说穷不穷,说富不富,既不从估衣铺赁衣裳装阔大爷,也不假叫苦怕人来借钱,不盛气凌人,也不趋炎附势。嘴上不说,心里觉着这么过一辈子可也舒心痛快。"

戒奢、戒贪,守分安贫;戒骄、戒诌,自尊自爱;无余财无长物,淡泊自甘。不但是自足生态,而且有自足心境。因上述诸"戒"与这自足,即活得朴素宁静而尊严。武存忠是邓友梅提供的理想市民的形象,作者所持标准,与汪曾祺的刘心武的以至老舍的又何其相似!《钟鼓楼》的作者欣赏小厨师对待生活的那份自信沉着,欣赏小园林工人"那种对名利的超然态度,以及那种自得其乐的生活方式",然而以之为"某种八十年代新一代才会出现的心态",却并无太多的根据。传统与现代的衔接方式本是多种多样的,其间并无绝对分界。

如上所说,"散淡"作为心态是道德修养的结果,既得道后的内心境界,由内而外现之于眉宇间的神情意态。作为其支撑的,除上文已经说到的理性精神,克己、节欲等等之外,更有老派市民的功利观念。

财产,说得更白一点儿,钱,是传统社会洁身自好的人物素所讳言的。这甚至被作为一种道德态度,赋予极重要的含义。"咸近士风"的北京市民人物在京味小说作者笔下,并不就染有这洁癖。北京人与写北京人者在这一点上各有一份通脱。胡同居民是实际的,也不能不实际。他们无法像封建时代的士大夫那样一味飘逸、清高。祁老人与其孙子祁瑞丰品性不同,却都有"最切实际的心"(《四世同堂》)。一条小羊圈,不切实际的只有钱家,在小说中被用来体现与市民人格相映照的传统书生品格。但用笔太过,欲显示其清高脱俗反让人觉着矫情。倒是讲实际的凡庸市民形象更易于接受。

由讲求实际到追求功利,在京味小说所写北京人这里,并无逻辑必然性,前者意谓不空想不妄求,在实践中还与道德自律、自足心态等等关联着。京味小说写市民的"实际",或也为了让人感到,难得的是这最实际的生存中的散淡?更其难得的,又是商人的散淡。老舍笔下"老字号"的生意人往往意态安闲。这里有曾在北京流连过的人们所不能忘怀的北京城"老字号"的特有魅力。

老绸缎庄三合祥是首旧体诗,是铜锈斑斓的古鼎,是一册宋版或元版书。它似乎不是买卖,只是一个回忆。"三合祥的门凳上又罩上蓝呢套,钱掌柜眼皮也不抬,在那里坐着。伙计们安静地坐在柜里,有的轻轻拨弄算盘珠儿,有的徐缓地打着哈欠……"(《老字号》)

用了现代人的眼光,小说所写当时的新式买卖固然低俗得可怕,而如此"肃静"的三合祥也不像买卖。却又是这闲散肃静,使整个商业情调见出古旧高雅,在最可能鄙俗的所在泛出一层诗意——自然也是旧体诗的诗意。

这些人不超功利,义、利之间却自有一份通达,并以此作成生命中的平衡。有此余裕,才有可能讲求趣味、"生活的艺术",于日常琐屑衣食劳碌间存留一份真情。这样的北京人使得老北京少有暴发户的虚骄与势利,也鄙视这种虚骄与势利——像一个久历世故的人,或者不如说像破落的旧家,即使破敝也仍能维持其气度的雍容高贵。古雅的旧木器是不能以使用价值论的。这也曾经是令暴富的市侩与老牌商民自惭其形秽的文化。

风度教养使老派北京人"实际"而又有可能避开市侩气。京味小说作者在其创作中,也是将市民习气与市侩气极其严格地区分开来的。正派市民不轻视商业与商人,却对买办气与市侩气有天然的嫌恶。这二气与市民道德最不相容。因而丁约翰与冠晓荷(《四世同堂》),被其邻人们视同异类。这却不等于说作者们以为胡同里没有市侩。没有市侩,不但不成其为北京,也不成其为其他人群、人的社会(原始部落也许是仅有的例外?)。衙门里有小赵(《离婚》),胡同间有冠晓荷、祁瑞丰(《四世同堂》),"四海居"有小力笨,"总想揪住条龙尾巴也能跟上天去"(《"四海居"轶话》)。值得注意的是,京味小说写例外乃为显出常态。小市侩是作为正派市民的衬映而存在的,市侩气更使得正宗胡同文化见出味儿的纯正。作者们对于市侩气的敏感与嫌恶,亦出自与老派市民相通的价值感情。

神情散淡的北京人为他们的优雅付出了代价。

京味小说写老北京人的财产观念。"北平人的财产观念是有房产。开铺子是山东山西——现在添上了广东老——人们的事。""只有吃瓦片是条安全的路。"(《离婚》)《正红旗下》写旗人的财产观念:"在父亲和一般的老成持重的旗人们看来,自己必须住着自己的房子,才能根深蒂固,永远住在北京。因作官而发了点财的人呢,

'吃瓦片'是最稳定可靠的。"①中心思想是稳定而非赢利②,他们惧怕风险投资。他们的闲雅即使不是以"非功利"也是以"非竞争"为条件的。这闲雅因而显着脆弱,神情中的那散淡也极易失去。

《清稗类钞》"农商类"记有清代北京商人为消弭竞争而采取的极端手段,读之令人心惊肉跳:

> 京师有甲乙二人,以争牙行之利,讼数年不得决,最后彼此遣人相谓曰:"请置一锅于室,满贮沸油,两家及其亲族分立左右,敢以幼儿投锅者,得永占其利。"甲之幼子方五龄,即举手投入,遂得胜。于是甲得占牙行之利,而供子尸于神龛。后有举争者,辄指子腊曰:"吾家以是乃得此,果欲得者,须仿此为之。"见者莫不惨然而退。

> 烧锅者,北方之酒坊也。京郊有争烧锅者,相约曰:"请聚两家幼儿于一处,置巨石焉。甲家令儿卧于石,则乙砍之。乙家令儿卧于石,甲砍之。如是相循环,有先停手不敢令儿卧者为负。"皆如约,所杀凡五小儿。乙家乃不忍复令儿卧,甲遂得直。③

最多礼最讲礼让风度优雅神情散淡的北京人也会有此残酷之举!这里又有京师较之别处更易于发达的帝王思想,即使商业经营中也要"定于一尊"。

《清稗类钞》所录不具备史料的可靠性,如上材料却应有社会心

---

① 与这些老牌市民所见略同,祥子所谋求的财产是车,因为车是像土地一样可靠的东西。市民在追求经济生活的稳定、安全方面,其思路是与农民一致的。
② 传统人格趋利避害,有时"利"即在避害(而非实际得利)——一种奇妙的思路。这里的归结不在人生创造,而在保生全身。财产求稳定可靠亦出于类似逻辑:不失去即是得。推演下去,还有以失为得的那种场合,更是一种传统谋略。
③ 徐珂编撰:《清稗类钞》第5册农商类"争烧锅""京人争牙行"条,第2301—2302页。

理的真实性。上引文字间的血腥气也令人见出"竞争"这一种事态在北京商人心目中的严重性。惧怕竞争,乃由于退守的生存哲学、"习惯"的强大力量、小生产者社会中根深蒂固的均平理想,以及和谐宁静的审美的生活趣味。西方近现代文学中的小镇人物也有类似心态。美国中产阶级曾经把"超过别人"视为道义责任、"义"(新教伦理)之所在;胡同居民却从来被教以知足、不争。"夫唯不争,故天下莫能与之争。""知足不辱,知止不殆。""祸莫大于不知足,咎莫大于欲得。"(《老子》第二十二、四十四、四十六章)这不只是哲学,也是经验。老舍笔下的祥子,即吃亏在了"要强"上。萧乾小说中的车夫则因争强而招祸,因为他忘了这市井间的理儿:"别混得那么孤。放开点儿想。都是凭力气换饭吃,还是齐点儿心好呵。"(《印子车的命运》)这里的"齐心"又绝非职业合作。对"分""度"的强烈意识不鼓励无厌求索,更不鼓励冒险犯难。因而那种散淡安闲,又是以牺牲生命冲动、牺牲进取精神为代价的。在这种文化空气中,"争"非但不明智,而且不道德。

对于竞争的恐惧,当近代商业资本大举袭来时,不能不演成更为普遍的社会心理。北京市民比之别处更敏感于异质文化的魅影。面对外来商业文化咄咄逼人的势头,老北京商人中不肯或不能变通者,除了退避、惶恐、庄严悲怆的殉道姿态、软弱空洞的道德义愤,别无善策,不能招架更无力还手。这因而是注定要萎落的优雅。

无论"老字号"在末运中的悲剧性庄严,还是市民社会通行的道义原则,都不能阻挡一个竞争时代的降临。《钟鼓楼》里被竞争扰得方寸全乱的戏曲演员,把目光投向鼓楼墙根下那一方平静的老人岛:"人生也真有意思,没长大的时候,大家都差不多,一块儿玩,一块儿闹;越往大长,差别就越显,人跟人就竞争上了;可到老了的时候,瞧,就又能差不多了,又一块儿玩,一块儿聊……"

联系于北京文化批判的意向,老舍对北京人的这一份优雅一向心情复杂。感慨于燕赵遗风的日见稀薄,与好勇斗狠的蛮荒民族相比,太少了刚健清新的气息,他称这文化为"象田园诗歌一样安静老实的文化"(《四世同堂》)。他尤其嫌恶形似散淡的无聊。他以为那"什么有用的事都可以不作,而什么白费时间的事都必须作的文化"造成了"无聊的天才"。① 散淡却又常与无聊联系着。一个医生,在病人生死关头也不忘扯闲篇。"他的习惯是地道北平人的——在任何时间都要摆出闲暇自在的样子来,在任何急迫中先要说道些闲话儿。"(《四世同堂》)

当代作家纵然与老舍情感态度文化评估有别,也仍然看出了老派市民散淡情态中日渐浓重着的落寞。商品经济的发展,胡同居民间经济不平等的扩大,利欲由人性禁锢中的释放,无情地瓦解着市民精神传统,颠覆着他们的宁静世界。传统的生活艺术及其所体现的审美的人生态度,遇到了追求实惠以及追求豪奢享受的社会心理的挑战。即使"找乐"的老市民们与他们的后代,也不再拥有与享用同一种生活艺术。对此,陈建功与刘心武的小说都有描写。普通市民感受更直接的,是商业文化对胡同古朴人情的侵蚀,和对古老价值感情的嘲弄。《老槐树下的小院儿》《没有风浪的护城河》,或深或浅地写到了这一点。

赤裸裸的利益打算在家庭关系中造成的裂纹,是不可能在短时期内修补的。正是市民文化本身出现的破缺、倾斜,使散淡神情难以维持。天堂与地狱有时仅一步之遥。以传统文化材料构筑的过于精神性的安乐世界一旦不复存在,原本琐屑的生活即迅速堕入鄙俗。《立体交叉桥》推出时,其中有些情景几乎引起生理上的不适感。市民式的实际可能是一种理性,再走一步即会成为破坏市民文化最烈的东西。因而可以说,市民文化包含着对自身的破坏倾向。

当代京味小说对"散淡"的留恋,谁说不也因意识到了其在流逝中?如此脆弱的文化本应分有这种命运的,"那一天"的到来或迟或早而已。却仍然可以指望这神情这优雅姿态重新出现在北京街头,

---

① 他尤其恨北平人的好看热闹,为此不惜使用了愤激的笔调。祁瑞丰之流看热闹时的那派安闲,有时真是陈叔宝全无心肝。

只是神情后面一定蕴有别样的精神内容。

五　胡同生态与人情

北京四合院是爱好和平、耽于和谐的北京人的文化创造,是他们创造的生存—文化环境;这创造物又参与创造,与北京人共同创造着北京文化。弄堂则是生存空间狭小的上海人对于生活方式的选择。当然,北京还有大杂院文化,反映着生存条件的匮乏和人对于物质限制的屈从。四合院却的确是一种人生境界,有形呈现的人生境界,生动地展示着北京市民的安分、平和,彼此间的有限依存和有节制的呼应。

四合院—胡同结构,是内向封闭型的生活格局的建筑形态化。瑞典人喜仁龙在他那本关于北京城门与城墙的书里,谈到"中国人对围墙式构筑物的根深蒂固的信赖"[1]。四合院的形成赖有"合"。由房舍与墙体构成的闭锁式建筑格局不但意味着内部的和合与统一,而且标示出内外关系的规范,和对于人我分际的极端注重。这里有宗法社会的基本结构与秩序。

四合院(其间也有杂院)的连属,即胡同。胡同造成了古旧城市最为基本的地缘关系:街坊。"街坊"远可指同一胡同的居民,近则指相邻数家。上述生态环境是以"家"为中心的辐射状人际关系的依据。通常情况下,胡同间人际、家际关系也由居住远近决定。所谓"远亲不如近邻",空间关系转化为情感关系。邻里亲和感,是对宗法式家庭内向封闭状态的最重要的补充。邻居关系是胡同人家家族亲缘关系外最基本的社会关系。西方现代社会,中国近几年骤富的东南沿海城市,以至北京新兴公寓区邻居意识的淡薄,是以其他社会关系、社会交往形式的发达与复杂化为条件的;老派市民的基本生活世界则是单纯的家庭—街坊世界,其间关系层次一目了然。

---

[1] 喜仁龙:《北京的城墙和城门》,第1页。

街坊这一种关系中有天然的文化平等感,这平等感又建基于生活方式的趋同,而非经济生活的无差别性,或其他实际利益相关性。通常情况下,"街坊意识"大于阶级意识。说"大于"也未必恰切,因后一种意识在市民中一向淡薄。标准如不严格,街坊间的组合也可算作一种"群",准"文化共同体"。街坊关系与家庭内部关系,共同构造着胡同世界的秩序。街坊平等感固不全赖经济上的平等,胡同中和谐的形成却又多少由于市民生活水准的相对均衡。

胡同毕竟不同于村落。同属于乡土中国,北京市民社会不同于乡村社会。像村落一样,胡同居民也个体生存,也在有限范围内依赖于群,也注重和洽、亲密的人际关系,甚至也不尊重隐私权,缺少私人事务与公共事务间的界限感(不与闻别人的私事只是一种个人修养、世故),但胡同仍然并不因此而与村落相像,给予人的文化感受也极为不同。最根本的,是胡同没有村落式的血缘亲族关系。村落通常缘此而形成,街坊关系的缔结却多出于偶然遇合。一个村落往往是一个(或几个)大家族,关系再亲密的胡同也绝不像大家庭。因没有上述宗法制关系的直接背景,也就没有那样的利害相关性。只是在这种条件下,老派市民才能保有一份矜持,把握住人际交往的严格尺寸,从而体现出古城的礼仪文明和北京人之为北京人的文化风度。

街坊关系的非永久性,胡同居民成分的非固定性,极大地影响到人与城的情感联系。我们说过北京人的以北京为乡土,和北京的易于唤起乡土感,但具体居住的胡同却不可能有村落那样的内聚力。即使老北京人,也有祖籍,有"原乡"。他们的终老是乡(北京),不具有乡民之于村落那种必然性,无可选择的命定性。因而街坊不同于村人,甚至不同于乡亲。联结其间感情的,不是同一"父母之邦",共有的祖宗坟茔,亲情或乡土情结,而是更抽象的文化认同感。胡同成分的流动不居,胡同居民谋生手段的多样,行业的隔阂,都使胡同这个"群"较之村落是松散得多的组合。

乡民的地缘关系,除邻居、同村人之外,更有同乡。且同乡所

"同"的范围极具伸缩性。在移民文化中,"同乡"通常更是一个被放大了若干倍的概念。市民的地缘关系既非如此,其造成的情感联系也不具备那样的广延性。

街坊关系中的和谐,是礼仪文明的成果,以极世俗的形态包含了中国人的文化心理特点。古旧城市的居民实行睦邻外交,基于"尚同",追求"和合"。① 前者是思维方式,后者是生存境界。《四世同堂》中的英国人表述了其对中国式家庭关系层次的印象:"最奇怪的是这些各有不同的人还居然住在一个院子里,还都很和睦,倒仿佛是每个人都要变,而又有个什么大的力量使他们在变化中还不至于分裂涣散。在这奇怪的一家子里,似乎每个人都忠于他的时代,同时又不激烈的拒绝别人的时代,他们把不同的时代揉到了一块,象用许多味药揉成的一个药丸似的。他们都顺从着历史,同时又似乎抗拒着历史。他们各有各的文化,而又彼此宽容,彼此体谅。他们都往前走又象都往后退。"这种关系结构,推而广之即至街坊、邻里。"四世同堂"是胡同里老辈人的理想,包含其中的"和合"也被用以构造胡同秩序。

尽管未必总能如老舍那样洞见隐微,邓友梅、陈建功、刘心武都长于写街坊关系,写胡同间人际、家际交往方式,而且都善于呈现并醉心于"和合"这一种境界。刘心武小说中街坊关系纵有破损,有种种裂纹仍无伤于古朴,刘进元《没有风浪的护城河》更极力烘染老街坊们的淳厚人情。有时你会觉得作者们过于珍视这一种胡同文化了。他们不忍见其破碎,不忍写出人际关系中严霜般的凛冽。因而作品世界总像是更较人间为光明似的。

费孝通曾谈到中国人的善"推"②。市民以己为中心的"推",自然由家庭而邻里、街坊,胡同中的文化圈即如水成岩的生成。经由认

---

① 因追求"和合",张大哥的戒条是"宁拆七座庙,不破一门婚"。张爱玲的小说《五四遗事》写到事关婚姻,大家"都以和事佬自居",因为"拆散人家婚姻是伤阴骘折阳寿的"——一种中国式的厚道与自私。

② 费孝通:《乡土中国·差序格局》,《乡土中国》,第25—26页。

同、排异,一次次的选择,渐有亲疏,有由小而大的圈层。街坊不可选择,"圈"却是选择的结果。

"推"既由一己出发,难免造出种种世故。即使亲密的街坊,为了避害也不能无私。祁老人"愿意搭救钱先生是出于真心,但是他绝不愿因救别人而连累了自己。在一个并不十分好对付的社会中活了七十多岁,他知道什么叫作谨慎"(《四世同堂》)。农民也驯良,也有自私,但谁听说市井间有过乡村社会那种前仆后继的械斗来着?

礼仪即区分。由礼仪文明造成的胡同人情,极敏感于分寸、分际。"事儿妈"式的热心过度是要招嫌的。街坊间的热络,是乡土社会人情;讲究一点人我分际,又是过熟的市民文化。也仍有例外,比如京味小说里那些个爱管闲事、喜欢张罗、热心(不惜越"分")而又可爱的市民人物,如《找乐》中的李忠祥和《四世同堂》里的李四爷。此二李的热心更在公益,这也才是其可爱处。

"近邻比亲"。上文所引《离婚》中马老太太的那番唠叨,就叫人从心里向外觉着熨帖。有这关照,老李登时"觉得生活美满多了"。他体会到了胡同生活的好处:"公寓里没有老太太来招呼。那是买卖,这是人情。"在适"度"守"分"之外,又是无分城乡普遍的乡土人情。

即使如此,二位李大爷也未见得可称模范市民。杠夫出身的粗人,究竟不能如张大哥似的人际应酬上分寸得宜。老派市民的教养,在使其像云致秋,热络而不过分,闲谈莫论人非;使其像金竹轩,深于世故,仍有其善良、热心,"看着科里的青年们争强赌胜,既不妒忌也不羡慕,凡能给人帮忙时,他还乐于帮忙"(《双猫图》)。

"礼"用以明人我分际,使人际交往中亲疏远近各得其宜。《京华烟云》的女主人公具备了这一种人生智慧(亦即世故)之后,才算得上那大家族中的聪明女子。"木兰十四岁大,在一家丧礼客厅里,用眼睛一扫,凭棺材后头那些人的殡服记号儿特点,就看得出死人有多少儿子,多少女儿,多少儿媳妇,多少女婿。"《少管家前传》中的少管家更因娴熟于人际交往的艺术而见出儒雅风流。他"自幼就深知主人的眉眼高低,言语轻重,且熟谙京中各宅府之间的远近亲疏,丝络瓜葛"。这是传统社会做人的一项大学问,得之并不容易。人情练达、"懂得场面"又敏于应对如少管家、福海者,在家际、街坊关系中,被认为"明白事儿""会维人儿"。老北京人极重人缘。有了"好人缘儿"几乎是人生成功的一半。这又出于借他人眼光才足以肯定自身的文化心态。

上述胡同人情中即有中国传统社会的群体性特征。分散如市民如乡民者的群体意识才更是一种根深蒂固的文化。本来市民生活即既封闭又彼此联结:家庭、家族式的自足单元和杂院、胡同式的群体生活格局。此外还有小手工业者、小商人的职业独立和对行业结构的依赖。单门独户、职业独立,掩盖着个体生存的非自主性、脆弱性。北京人的下棋、遛鸟、遛弯儿,虽属随机组合,也是同好者的群集,即使只限于找乐的有限时间。① 其中又以临时性的搭班唱戏(不同于旧时代的票戏)最具群体性质,那是非赖有"群"才能达到的个人精神满足。更不必说"老人岛"。小酒馆里的独酌是引人注目与猜测的,被认为自然的倒是陌生酒客的对饮。旧北京的大酒缸最有群集风味,对饮或共饮中的"神聊海哨"也必得一班人的情感交流与彼此唱和。北京人的找乐,依赖于环境、氛围,依赖于嗜此者的感应、共鸣,依赖于"群",即使是偶尔聚合的群——却又正要这"偶尔聚合"。大酒缸边的苦力们神吹因彼此非知根知底,老人岛上的谈天说地亦因无利害相关。非过分熟悉者之间才易于有节制地放纵,而乐亦在其中。这也是文化"烂熟"的市民的一份聪明。

亲热而又适度,群集中细心保有的距离感,适用于家庭以外的其他人际交往的场合。却并非出于"个人主义",而出于利害的衡量,和自我保存的需要。因而群集与"关起门来过日子"并不矛盾。群集在特殊时世也会有特殊含义,如在"文革"中。陶然亭遛早者的遇合毋宁说含着悲酸:他们在动乱岁月久经隔绝后,以此种方式使自己

---

① "要提起这'会鸟儿'来么,敢情那些个退了休、又迷上养鸟儿的老头儿们,还是分帮论伙的呢!"(《红点颏儿》)

返回"人的世界"(《话说陶然亭》)。

我想到中国的"茶馆文化"。茶馆或非中国特有,在中国却也算得上无分南北普通人群集的通俗形式。茶馆文化不同于西方的沙龙文化和现代的俱乐部文化——结构与功能都不同。当然更不同于咖啡厅文化和夜总会文化。至于其中气氛或许倒近于日本的小酒馆:陌生的熟人,临时性组合,乡土情调,和洽而又平易的气氛。

这种"人人之间",这种个人与群的关系,不属于村社文化,亦非现代都会的社区文化,更非社团文化。中国的古旧城市常有行帮组织、行业公会及帮会。但普通北京市民较之农民更有其非组织性。村落既是放大了的家族,家族组织即在一定程度上支配着乡民的生活。胡同中的家族却只能使用其组织力量于四合院院墙之内。《骆驼祥子》写祥子们:"他们想不到大家须立在一块儿,而是各走各的路,个人的希望与努力蒙住了各个人的眼,每个人都觉得赤手空拳可以成家立业,在黑暗中各自去摸索个人的路。祥子不想别人,不管别人,他只想着自己的钱与将来的成功。"《印子车的命运》则写了拉车的同行间的嫉妒、倾轧。那位受害者自己也曾顿着碗底说:"既然凭力气换饭吃,又齐他妈什么心!"使如此生存着的人们认识到利益相关性比唤醒农民更难。市民中真正"利益的结合"在行会组织、帮会组织,那却是典型宗法制的组织形式,在人身依附中牺牲了自主。其道德约束是水泊梁山式的"义"。这里绝对不存在现代的团体意识。这类组织的严密性、极端排他性,又是对市民的非组织性、分散状态的极其夸张的补充。至于帮伙之外的行业内部关系,也适用于"同行是冤家"那句俗话,并不因北京人的优雅厚道而有所不同。也是《骆驼祥子》,对于这一层的描写最为深入。

可以与街坊邻里和睦相处,亦不妨与善良的主人合作,车夫间却没有利益与共感,没有职业的互助。这又由另一个方面解释着街坊间的"和合":任何利益关系都像是与这"和合"为敌。车夫间的和洽赖有利益均等,抢生意(一种竞争)意味着自外于"群"。这又是寻常的市民道德、均平理想。老舍没有在《骆驼祥子》中表现民众的力量。他尊重市民生活的现实。《四世同堂》第一部写了小羊圈人分散地以个别形式表达的爱国意志,第二部关于献铁的那段精彩描写则使你看到,狭隘的个人利益计较会表现为怎样的消极力量。这是小说那一部中最有分量的章节。有组织的"民众的力量"也可能是盲目的、破坏性的,胡同文化却只能造出睦邻关系的四合院和热心厚道的单个人。摆脱了宗法家族统治、摆脱了奴隶式的人身依附关系的分散状态,曾使市民作为社会中比农民更自由更有个人意志的部分,促成新的生产关系的萌芽;同一条件却又阻滞了市民的现代觉醒。

对于市民性格由这一方面思考最深入的老舍,不能不因胡同居民生态,进一步探究塑造"现代国民"的文化障碍,和对市民性格进行文化改造的道路。上述思路也是民族解放战争提示了的。那是一个呼唤国民意识的时代,市民社会的伦理结构却注定了不能产生现代国民。这个社会天然地缺少的,是公益思想、国民义务观念。由个人出发的"推",及于家,及于街坊邻里,其难以达到的,是"国"。这儿有历史文化所划定的"推"的阈限。打鼓儿的(收破烂的)程长顺恨日本人,但娶妻生子毕竟比珍珠港事件切己。"他极愿意明白珍珠港是什么,和它与战局的关系,可是他更不放心他的老婆。这时候,他觉得他的老婆比世界上任何人都更重要,生小孩比世界上任何事情都更有价值;好象世界战争的价值也抵不过生一个娃娃。"(《四世同堂》)即使极清醒的知识分子祁瑞宣,也苦于不能摆脱家庭伦理的束缚。他只能在家、国关系问题上旋转不已,无法决然行动。由《骆驼祥子》开始的"个人—群""个人—家—国"的思考,其思路已不限于北京文化批判之内,而归入了"人的再造"这一其时思想文化的大主题中了。

六 旗人现象

不说"旗人文化"而说"旗人现象",是怕过于僭妄。本书的使用"北京文化"已是在夸张的意义上,令我不忍再动用类似名目。"旗人文化"，老实说，还未曾真正进入研究视野呢。我所能做的，也只是"浅尝"而已。令人惊异的倒是对如此有价值的课题的长时期冷落。在这一方面，负有文化阐释任务的研究界，远没有创作界来得敏锐。

清末笔记野史记有旗人辛亥前后的潦倒困顿，贵胄王孙竟至于有以纸蔽体者，状极凄惨。如此命运虽经清末相当一段时间的情势积累，对于优游终日的膏粱子弟，仍像是一朝夕间的事，正所谓晴天霹雳。这一页历史早已翻过，过分纤细的"公正论"不免书生气。历史祭坛上总要供奉牺牲的。有罪的与无辜的牺牲在为神享用时，想必味道没有什么两样。上述人的命运的戏剧性，本应是随手可以拣来的现成题材，新文学史上利用这"现成"的却并不多见。倒是张恨水的《夜深沉》，写了贵族后裔的沦落、平民化。

我尚无力全面考察晚清到民国的市民通俗小说。就新文学看，对于这题材即使不是第一个进入，进得最为深入的也必是老舍。《四世同堂》里有关小文夫妇的篇幅并不算多的描写，是一种思考的极深沉有力的开端。在此之前，他将对于旗人的文化探索包藏在北京文化追究中。我以为那深藏着的，或许有最初也最基本的冲动，但明确标出仍然是意向积攒的结果；在老舍个人，更有其沉重的意义。小文不是旗人，"但是，因为爵位的关系，他差不多自然而然的便承袭了旗人的那一部文化"。由小文夫妇，他第一次写到旗人境遇的特异性。"在满清的末几十年，旗人的生活好象除了吃汉人所供给的米，与花汉人供献的银子而外，整天整年的都消磨在生活艺术中。上自王侯，下至旗兵，他们都会唱二簧，单弦，大鼓，与时调。他们会养鱼，养鸟，养狗，种花，和斗蟋蟀。他们之中，甚至也有的写一笔顶好的字，或画点山水，或作些诗词——至不济还会诌几套相当幽默的悦耳的鼓儿词。""他们为什么生在那用金子堆起来的家庭，是个谜；他们为什么忽然变成连一块瓦都没有了的人，是个梦……"老舍由小文夫妇而寻绎旗人的文化性格与历史命运，较多地写到了诗意方面。那原不是一个适用轻嘲微讽的年头。以遥望故园的沉痛写粗暴蹂躏下这花一般娇弱的文化,他渲染出的是一片凄凉的美感。

我注意到老舍在动用这蓄之已久的题材时的游移。写旗人迟至40年代才正式着笔,并非偶然。《老张的哲学》中的洋车夫赵四,据小说提供的描写,应是破落旗人,作者却像是有意绕开了这一层;即使写小文,也特地说明是受旗人文化影响的汉人。至于《正红旗下》创作的中辍,及其描写中有时略嫌过火的夸张态度,都有极曲折的心理内容。这位入世甚深的作者,很明白有关的历史及民族问题的微妙。但他终于还是写了。或许那一片废墟和瓦砾间珠宝的零落反光在记忆里闪灼得太久,是它们自个儿跳溅到作者的笔下纸上的?

由《四世同堂》的有关描写敷演开去,《正红旗下》是一次集中而深入的旗人文化省察,且企图极大:由几代旗人形象完整地概括旗人的历史命运,写出一种文化的没落和一个民族复兴的希望。他写旗人的耽于佚乐,又写他们的教养与禀赋;写他们的苟安,也写他们"使鸡鸟鱼虫都与文化发生了最密切的关系";写那些剽悍猎手的后代的怯懦无能,却又说"他们的生活艺术是值得写出多少部有价值与趣味的书来的"。也如写《四世同堂》,这儿常用复数(一般的旗人),从具体人物身上引开去,进行文化总结与概括。"二百多年积下的历史尘垢,使一般的旗人既忘了自谴,也忘了自励。我们创造了一种独具风格的生活方式:有钱的真讲究,没钱的穷讲究。生命就这么沉浮在有讲究的一汪死水里。"历史已年深月久,时世又不同于40年代,即宜用调侃——是调侃而不是热讽冷嘲,其中就含有温情、爱,从而弥补了理性判断的单向与径直。但多用议论且同义反复,也不免絮烦。这又是老舍文字常见一病。

《正红旗下》写于1961—1962年。二十年后邓友梅《那五》诸篇推出,曾让那些对新文学不甚了然的读者眼睛一亮,似乎这才发现了旗人世界。邓友梅在其北京民俗系列小说中写旗人形象系列(那五、乌世保、金竹轩、索七的后人等),自然是经了深思熟虑的。这些旗人不是稀有人种,而是道地北京人。写旗人正为了写北京。① 那五"是八旗子弟中最不长进的那一类人"(《寻访"画儿韩"》),穷极无聊的一类。其时骄时诌,时倨时恭,随机变化,主子的灵魂中总有个奴才的灵魂,是活脱脱的一个破落户飘零子弟,由寄生生活造就的文化性格。这一品类的旗人,却是老舍未曾写过的。老舍笔下的旗人总比那五尊严,即使落魄潦倒。这就又见出了作者间经验与情感态度的差别。

《正红旗下》写旗人文化很满,大可补有关民俗学材料之不足。在老舍本人,这作品较之前此诸作也更有明确的"展示文化"的意向和为此所需的从容心境。甚至不妨认为这小说的主人公即"风习"。小说对旗人的家庭组织、家庭关系,以至某些风俗细节(如旗俗重小姑),都有极精确的表现,诉诸认知,可与有关的史料相发明的。即使未能终篇,也仍然是迄今记述清末北京旗人家庭文化的最具民俗学价值的小说。

前面说到写旗人是为了写北京。几百年的文化弥漫与融会,到清末,旗人文化已难以由北京文化中剥出,旗人则在许多方面正是"北京人"的标本,略嫌夸张却因而更其生动的标本。你并非总能弄清楚满汉之间发生的实际的文化对流的。② 旗俗多礼,与汉文化传统合致;旗人礼仪繁缛处则近于极端化、漫画化,俨若北京文化、中国传统文化的浓缩。这种浓化、极端化又使其不至全部消融在北京文化中,仍有其自己的形态。

我已经写到了旗人在北京人"礼仪文明"中的醒目姿态,如福海、大姐一流文化烂熟的旗人对于礼仪行为的艺术化,旗人比之普通北京居民分外讲究的"气派与排场",由旗人强化、精致化了的北京

---

① 应当说,曹禺的剧作《北京人》,写北京人的文化性格,较不少京味小说为深刻;由北京人上溯北京猿人,反思中国文化演进历程的立意也使境界深邃。剧作没有关于所写旧世家是否旗籍的说明,由作品提供的情景细节看,人物至少是接受了旗人文化、价值观念的。剧作对其间教训意义的深沉思索,可补一些京味小说之不足。

② 清人福格《听雨丛谈》(中华书局1984年版)记八旗礼俗,每与汉族经典印证,虽不免附会,亦可见出民族间固有的文化联系,满族文化中汉民族文化、价值体系的渗透。

人的"生活的艺术",以及旗人的随遇而安的人生态度。经了旗人形象呈现出的,是优雅与讽刺性同在的略见夸张变形的北京,与作者在别一场合所写那个更诗意的北京互为补充。

老舍与当代京味小说作者,都倾倒于旗人中漂亮人物的优异禀赋。老舍写小文仿佛与生俱来的那份才情:"他极聪明,除了因与书籍不十分接近而识字不多外,对什么游戏玩耍他都一看就成了专家。"写福海:"论学习,他文武双全;论文化,他是'满汉全席'。他会骑马射箭,会唱几段(只是几段)单弦牌子曲,会唱几句(只是几句)汪派的《文昭关》,会看点风水,会批八字儿。他知道怎么养鸽子,养鸟,养骡子与金鱼。"《烟壶》中的乌世保也如小文、福海,"天生异禀","天资聪明"而又"中正平和"。

怀着爱意写旗人命运,必不至于仅仅抽绎出浅近易晓的教训①,因承受那一份命运的,有如是之姿态优雅禀赋优异的人物。文化演变中文化的贬值,价值调整中价值的失落,是人类史上有普遍意义的文化主题;上述旗人现象本可以作为创作史诗性悲剧的材料。可惜的是,即使《正红旗下》也不具备史诗品性。上述文化主题被老舍直觉到了,内外条件却共同阻止其在更深的层面上展开。

贵族式优雅的造就赖有财富与时间(时间,即"有闲",在这里也是一种"财富")。② 财富的高度集中造成的智力集中、文化集中,曾

---

① 然而"特权对于人的腐蚀",确又是有关作品明白可见的"主题"。这主题本也现成。古人有"不以良田遗子孙"的说法,实在是由看多了宗法制下的悲剧而悟出的道理。旗人则重复着历史舞台上常演不衰的征服者被征服的故事;凭借武力的征服之后是文化上的被征服,最后则被自身的腐败所征服。

② 贵族式的优雅往往也由于天真。天真是贵族的财富,贵族的天真又是用财富滋养成的。使旗人贵族及其子弟得以避开市井文化中的鄙俗而保有天真的,往往是其全不知理财。欣赏这一种天真的,又是十足中国式的书生趣味。旗人的魅力在其禀赋与性情。比之富贵豪华,这才真正是其得自生活的厚赐。但无论性情还是禀赋,都不全由草原游猎中带来,而是在其"入主"以经济文化地位造就的;其中有无数小民的供奉。"乌世保是个有慧根的人。"(《烟壶》)无衣食之忧,亦由一个方面解释着其"慧根"之所从来。这是一份代价昂贵的"优美"。

使人类得以拥有其最辉煌宏伟的创造物——无论欧洲文明的希腊、罗马时期还是中世纪,也无论中国的先秦以至于汉、唐。那些创造物或以巨大(规模、体量)、丰厚(文化含量、智慧含量),或以精致、优雅令人惊奇。这是在物质普遍匮乏条件下,以文化的不合理分配为前提造出的文化奇观。社会财富的集中,智力、艺术创造力的集中,是人类前近代精英文化产生的条件。那些最有才华的旗人(包括《红楼梦》的作者),即属于有清一代诸种"集中"造就的文化精英。供奉艺术殿堂的,则是普遍的蒙昧。18世纪以来的民主化进程使文化分配由上述失衡走向平衡之后,人类又发现了这进程引出的消极后果。激进思想者憎恨平庸,憎恨带有伪善色彩的"平民化"。周作人也在写了《平民文学》后写《贵族的与平民的》①,意在校正"五四"思想的偏颇。由实际历史铸成的世界,不可能仅仅以观念旋转。中世纪的贵族,再也不会被重复制作出来。反平庸的本意自然也非返回中世纪。

造就优雅,造出文化精英的同样一些条件,又造成着人的部分功能退化,以至人性的荏弱。

中国人并未像俄国人或法国人的赶尽杀绝,即使对于皇帝,也只是客客气气地请出宫去。因而除蒙受劫夺之苦外,许多旗人的潦倒是因全无谋生本领。那精致的文化把他们造成了某种情境中的废物。优异禀赋本是要在正常秩序下得有相当条件才能发挥的,到了须凭一双手挣自家的"嚼谷"时,即变得全无用处。那五说:"我不过是沾祖上一点光,自己可是不成材的……"(《那五》)"溥仪的本家"金竹轩,"肩不能担,手不能提,虽说能写笔毛笔字,画两笔工笔花鸟,要指望拿这换饭吃可远远不够"。他自己说:"我还有什么特长?就会吃喝玩乐,可又吃喝玩乐不起!"(《双猫图》)八旗子弟出身的大松心,"祖上有俩臭钱,我呢?打小就懒惯了,馋惯了。干事儿,不能累着,还得吃好的"(《没有风浪的护城河》)。被封建社会制度化了

---

① 收入《自己的园地》,北京晨报社1923年9月初版。

的"荫庇",只能造出吃祖产的废物。

来自旷野的民族所发生的这种变化,包含有多么触目惊心的文化内容!由骑射的文明到走票唱曲的文明,在这个民族,不能不是人性的萎弱。旗人贵族在其娱乐中尚挽住了一点"旷野"气息。他们中有的人不屑于玩蝈蝈逗蛐蛐,而是豪迈地"熬鹰"放鹰。但"英雄气概地玩鹞子和胡伯喇,威风凛凛地去捕几只麻雀"的大姐夫,却是个"不会骑马的骁骑校"(《正红旗下》)——仍然是人性的萎弱。他们倒是以自己民族性格的演化为汉民族文化的魅力提供了新证。①这里发生着的,又是历史上常演不衰的成熟的农业文明对于旷野文化的无声的征服。一批寄生者,是没有资格领导民族的。背负了悲剧性的历史命运的人,自身又是历史悲剧的原因。

旗人现象因其切近也因其戏剧性,获取了某种寓言品格,思维定势却限制了进一步阐释的可能性。这里的"主题"是现成的,如"特权对于人的腐蚀",如"人的再造"。由老舍到邓友梅,呈现于作品的意义归结,都未越出上述范围。但你又岂能一下子说清楚近代以来历史对于旗人的强制性改造在人性、文化意义上的得失!

"意义"的某种混沌有时偏是产生大作品的条件。《那五》《烟壶》以至老舍的《正红旗下》都太求明晰,为此牺牲了更深刻的直觉(尤其在老舍),而将图景单纯化了。

发生在生活中的事实是,近现代史的特殊条件——清末世家子弟的飘零、平民化,以自娱性的艺术、技艺为谋生手段;民国以来愈益发达的民主思想与文化的平民化——使旗人文化走出皇宫王府大宅门儿,终于成为北京市井文化中不可剥落抽取的构成部分。

"旗人现象"也不尽是一些严肃的教训和沉重的悲剧。事实上,它更经常地引发喜剧感,是历史生活提供的一份特殊的幽默。旗人

---

① 较之更为古老的楚文化、吴越文化,这草原游牧民族至少近几百年表现出的文化性格,是远为世俗的,这由他们的习俗更由他们的生活艺术中可以察知。民族间的文化渗透,也要有其自身内在的依据,才有可能进行。

贵族带有天真意味的豪奢,至今仍被用作喜剧素材。"幽默"在于"豪奢"得天真。《四世同堂》中的小文到了靠变卖东西换米面的时候依然天真。《那五》中的福大爷钱花得豪迈,却绝不类于上海滩上的暴发户,看起来不像自己在挥霍,而像被奸刁之人骗了去似的,倒叫旁人看得心惊,为他们捏着一把汗。定大爷(《正红旗下》)、福大爷们的豪兴在衰世不啻作孽,那一派天真却又缓和了人们的批判情绪。时间距离愈远,这类人性表现愈具有喜剧性。因而上文说旗人现象是创作史诗性悲剧的材料恐又不确,至少以"古典悲剧"的尺度量来。这段历史,无论其内容本身包含的荒唐怪诞,还是其赖以演出的大舞台、大环境,都削弱着它的悲剧品性,加添着其原有的喜剧以至某种闹剧意味。

旗人现象的幽默,还来自这些承受历史潮水冲击的人们现实感的严重缺乏,面对那些剧烈地旋转了他们整个生活的大事件,他们脸上的那副令人不忍苛责的懵懂神情。在京味小说里,他们往往沉醉于所曾扮演的社会角色,自我意识与现实脱榫,心理时间与历史时间错位。然而有时却又正是对时世、世事的浑然不知,使他们显得单纯可喜。小文夫妇,"他们经历了历史的极大变动,而象婴儿那么无知无识的活着,他们的天真给他们带来最大的幸福"(《四世同堂》)。即使那五的混世而为世所混,不也见出秉性的天真善良?与时代脱节,对生存现实麻木,又非旗人独有。这也是老派北京人的文化共性吧。只不过"麻木"与"浑然不知",境界仍有差别。前者出于驯化,后者才更由性情。在人对其命运全然无能为力的时候,或者如老舍所说,"无知无识"者是有福的?

这里呈现着传统"乐感文化"的漫画形态。即使衣服经常出入当铺,即使无以打发债主子,大姐公公也总是"快活"的。作者写到这里,笔下半是悲悯半是爱怜。他不能认同人物的人生态度,又不能认真地愤慨,一本正经地否定。他的直觉不顾理性的警戒,把捉住了现象本身的喜剧与悲剧、幽默与沉痛缠夹纠结的复杂意味。

至于这一幕的结局,远不像可能有的那么严酷。这结局也是悲喜交加,严肃中又寓有轻松的。20世纪的人们究竟比中世纪明达,而"民国"之后更甚的混乱也给旗人修改形象留下了足够的间隙。梦醒后落回现实,方知人生第一义是生存,生存须自个儿卖力气,凭本事挣嚼谷。这也是小民的真理,剥落浮华后最朴素的生存之道。旗人文化得自"有闲",由以之消闲到用以谋生,其间有极曲折的辛酸路。走票唱曲是"耗财买脸",下海从艺则是操贱业、失身份(用时下方言,叫"跌份儿")。扭转价值体系从来比行为强制更难以忍受。乌世保由干"玩玩闹闹的事、任性所为的事",到干"正儿八经的事"(《烟壶》),制作内画,烧瓷,充当技艺传人,其间的历史跨度、人生跨度,非亲历者不能想象其巨大。神色自然态度从容地完成这一跨越的人,精神上拯救一个民族而不自觉其所事为伟业的人,又是该当赞美的。①

　　老舍以久贮心底的激情赞美福海(《正红旗下》),赞美常四爷(《茶馆》),赞美那些具体推进历史转折、使艰难历程轻松化、将人生无痕地汇入时代的一代旗人。也许再不会有谁比之老舍,更能感受到此中的庄严性的了。他谨慎地避过了历史评价,而放任情感在对几个人物的刻绘里,并希望你由他的故作轻松的笔调中读出点儿"崇高"。福海在这种意向下即成为老舍笔底最合于理想的旗人形象:其由天赋聪明对时代趋向的判断("多看出一两步棋"),以先于历史突变的自主选择,潇洒漂亮地走出了旗人贵族的人生轨道。福海是旗人里头的"新人","一个顺治与康熙所想象不到的旗人"。不只是历史在强制性地重塑,旗人中得风气之先者也自觉再造。作者力图让你看到当历史的轮子迎头驶来时,那些大踏步地迎向新生活

---

① "人的再造"在40年代,被作为重要的文学主题。但无论那时还是此后,旗人的再造都另有一些意味。不同于西欧当今仍保留有爵位的"劳动贵族",旗人是身份地位一并失去。40年代新文学中"人的再造",指人在民族解放战争中的精神更新,民族性格改造;而旗人的学习谋生,自己"找饭辙",则是其再造的初步,新生的必由之阶。失去了"福荫","铁杆儿庄稼"倒了,或也是旗人的生机。不治生业固然使旗人萎缩了生存能力,近于天赋的艺术修养又使其得在没落中以智慧贡献于文化:被视为无用或仅以之自娱的,在另一条件下,恰是"新生""再造"之资。

去的旗人——他对于民族的深藏着的骄傲。① 这种境界亦与60年代初的时代氛围和谐。那是个鼓励昂扬奋发、高亢激越的时代。

你不满足于老舍的意义归结,更不能满足于当代小说愈见浅露的意义归结。但你既然从作品中读出了上述那些更丰富的东西,就不必遗憾。使这一现象在文学中脱出固定浅近的寓言性而获取其本应获取的史诗面貌,还须耐心地等待。

七 再说"北京人"

我已经弄不清自己在本书中关于"北京人"有过多少次说明了,实在有点絮烦。这里索性作一次补遗,把京味小说中所写而不能纳入上述综合的胡同人物及非胡同人物检阅一下,以补概括中不可免的武断。以"例外"映照常态,也有可能引出对北京人的其他发现。

有人说过,物无所不有,人无所不为,不如是不足为京师。② 从来京师的人文景观都比别处驳杂,京城人物也比别处更多着些个品类。北京人厚道、大度,却有顶势利的街坊(《烟壶》)、极奸刁诡诈的科员(《离婚》)。京味小说由生活中择取,我更由京味小说中抽象出的"理想市民"不妨视为文化模型。在出于目的性作了筛选之后,仅由上文对作品内容的归纳你也看到了,所谈及的北京人任一文化行为、文化性格背后,都有与之犯冲的另一面。我们同时发现,那些个差异在别一层面的观察中,又归入了共同性的范畴:在文化含义上,正面与其背面贴合了。由此又产生了北京文化的有机性。自身冲突

---

① 具有讽刺意味的是,当先得风气的人物从心理到行为方式作了适应社会生活民主化的调整,中国社会却走向了另一种专制。《茶馆》即写了对历史生活的苦涩回味,让你看到福海式的人物在民国的命运。

② 明代谢肇淛的《五杂俎》说:"盖尽人间不美之俗,不良之辈,而京师皆有之,殆古之所谓陆海者。昔人谓不如是不足为京都,其言亦近之矣。长安有谚语曰:天无时不风,地无处不尘,物无所不有,人无所不为。"(第87—88页,中华书局1959年版)清代阙名的《燕京杂记》引:"五杂俎云:物无所不有,人无所不为,不如是不足为京师。信然。"(史玄、夏仁虎、阙名:《旧京遗事 旧京琐记 燕京杂记》,第129页)

与深层同一,提供了向内核掘进的条件。如此复杂的文化现象所包含的诸多线索,还远没有被充分地利用过。

京味小说作者为衬映其"理想市民"型范而写"各色人等",又因意识到了的市民精神弱点而搜寻对立物,寻找"别样的人们"——这尤其是老舍的思路。老舍在三四十年代,始终不懈地寻找市民性格的对立物。他找到了那个社会的破坏者,如《黑白李》中的白李;找到了尚保存着乡野气、未为北京文化消化掉的知识分子,包括《离婚》中的老李。前者于他实在有点陌生,不像是活的人;后者又让他失望——他便把这失望也写在了作品里。老李是那个社会及其文化张网以待的飞虫。迂夫子究竟没有什么力量,甚至不能成为"社会"这只巨大的胃袋里一粒坚硬的石子。有可能正是经由创作中的这一番试探,倒叫作者在认识他的市民人物的同时,也看清楚了他所钟爱的那种知识分子性格的限度。老舍比他的人物坚韧。他把寻找延伸到北京形象之外,于是有《铁牛和病鸭》中的铁牛、《一筒炮台烟》里的阚进一、《不成问题的问题》的主人公尤大兴。他最终找到的仍然是知识分子;只不过不同于老李,那些人物与传统文化较少干系,其中有的还有英美文化背景罢了。他在这些形象上强调公益心、职业道德、社会责任感和个人效能感这些传统社会素所缺乏的精神品质。经由上述人物逼视市民社会中常见的苟且、敷衍、世故圆滑,热衷于形式,消磨生命于礼仪应酬;未必成功的文学表现中,可能确有作者本人的认识程序。他是以"五四"及随后的英伦三年为思想背景,依赖时代启示了的批判眼光和得自域外的教养,发现他所由生长的那个社会的弊端的。在早期作品(如《二马》)和写于 1936 年的杂文中,他还直接以英国人或英国式的实业家作为中国传统人格的反照。① 可惜这一种

---

① 参看他的《英国人》,《西风》月刊 1936 年 9 月第 1 期。当然这不妨碍他同时欣赏北京人从容优雅的风格气度,北京生活悠闲恬适中的特殊韵味。他以北京人为参照物肯定英国人人与人之间、公与私之间关系的严肃不苟,又欣赏北京胡同人情的深厚与亲密,尽管这种人情常常导致对公益事业、责任的牺牲和对改革者的牵累。几乎在任何一种有关德行、人格的评价上,他的标准都是二重以至多重的。

思路始终不曾展开。愈到后来愈强化的对异质文化的警戒,妨碍了他在这一方向上的深入。由此也令人窥见中国知识分子在文化批判中所处的两难境地,这不失为了解老舍文化意识矛盾的线索。

在展示北京文化的意图之外,老舍也写到底层的蒙昧和由蒙昧导致的精神沦落,如《柳家大院》,如《骆驼祥子》中的车夫二强子,以及做了"末路鬼"的祥子。但这与"寻找"无关,也非为了补足北京形象。这批作品另有意图,却也让人看到了非理想的北京人。

当代作家看来几乎无须寻找:北京人到此时已成分大变。但由上文的叙述你应当可以看到,他们笔下的世界较之老舍的,有时像是更加纯净。国外有层出不穷的嬉皮士、雅皮士等等的"新人类"(美国),有"太阳族""乌鸦族"等等新族类(日本)。这是一个儿子们起劲地折腾,以与老子们更鲜明地区分开来为追求的世界,当代京味小说中却难得看到"新北京人"。只是在有关儿子的描写中,透露出了点儿此中消息。

京味小说中更易于见到的"别样的人们",是只有破坏全无建设、不属于古老文化也不属于现代文化的人物,如《辘轳把胡同9号》中的韩德来,以及胡同中必有的"胡同串子""小街油子":胡同人物中退化的品种。还是那句话,"林子大了,什么鸟儿都有"。串子、油子们也是一种对立物,对于正派市民、市民理想的轻薄戏弄。无论新、老北京,这一流人物都是正宗胡同文化的破坏者,制造着"统一"的裂缝与破缺,同时他们自身又是那文化的畸形产物。这也许提供了切入北京文化的另外的人性角度。可惜京味小说写来常失之温和、所及较浅。倒是张辛欣们写混迹市井的小市侩小痞子更能入骨。

我也许过于强调"意图",但这强调或不远于老舍作品的实际。一些年来,出于某种尺度,研究界有意冷落了老舍的相当一些作品。欲扬反抑,并不利于对老舍创作成就的估价。呈现北京文化面貌,及与此有关的一系列文学选择,是使老舍成其为老舍的东西——由他与当代京味小说作者间的精神联系、文学联系这一有限范围也得到了证明。

两代作家间的差异,系于他们各自人性思考的文化视野。由"五四"开启的批判国民性,检讨、省察民族性格的思路,自然引向了广泛的文化比较。这是力图占有巨大文化视野的中华民族的自我认识运动。当老舍提到"北京人"的时候,你不能忘了实际存在的这一背景。文化比较是文化批判的背景和工具,文化比较又强化了批判倾向。非止老舍对于北京市民有过那样严峻的批评态度。① 我想,今天也仍然如此:没有尽可能开阔的文化视界和丰富的据以比较的文化材料,也是难以说清"北京人"的吧。

八　写人的艺术

在这个小题目下,我不打算谈技术上的问题。这一方面已经谈得足够多了。我关心的仍然是创作心态、文化感情,及其与小说艺术的关系。

本书第二章说到"非激情状态",此后不得不一再补正。因为任何概括对于如文学创作这样活跃的心灵状态,都会显得不那么合度。阅读中我发现,使老舍"情不自禁"的,多半是在他写到自己心爱人物的当儿。他曾克制不住地大声赞美人。非激情状态一旦冲破,失却了均衡,散文也就转换成了诗。他长于写人;却只有在这种情况下,较之技巧,所凭借的更像是诗情,凭借自己对于人的赞美与陶醉——也仍然是既陶醉于"人",又陶醉于对于"人"的赞美,陶醉于自己那些俨若得之神助的文句。当此之时,那些如自然流泻的文句,使你感到作者的微醺。这通常也是他最温润最富于光泽的文字。人们有时却忽略了这些,而被一些平庸之笔的炫目的反光给吸引住了。

他赞美人的体魄。"看着那高等的车夫,他计划着怎样杀进他

---

① 如郁达夫的批评杭州人(《杭州》,《郁达夫文集》第3卷,花城出版社、生活·读书·新知三联书店香港分店1982年版)。居杭而以苛刻态度评论杭州人,意气未免太盛,但亦一时风气。易君左以一部《闲话扬州》(上海中华书局1934年版)引起风波,也是那一时期的戏剧性事件。

的腰去,好更显出他的铁扇面似的胸,与直硬的背;扭头看看自己的肩,多么宽,多么威严!杀好了腰,再穿上肥腿的白裤,裤脚用鸡肠子带儿系住,露出那对'出号'的大脚!""他觉得,他就很象一棵树,上下没有一个地方不挺脱的。"(《骆驼祥子》)作者几乎是溺爱着他的人物!

他赞美人的仪容姿态,无论其是雅人、俗人,以至粗人。回民金四,"他又多么体面,多么干净,多么利落!"(《正红旗下》)不像是在描写,倒像是在享受,对于人世间才有的这种美的享受。

他赞美人的体能,赞美唯人才能有的娴熟技能。"那辆车也真是可爱,拉过了半年来的,仿佛处处都有了知觉与感情,祥子的一扭腰,一蹲腿,或一直脊背,它都就马上应合着,给祥子以最顺心的帮助,他与它之间没有一点隔膜别扭的地方。赶到遇上地平人少的地方,祥子可以用一只手拢着把,微微轻响的皮轮象阵利飕的小风似的催着他跑,飞快而平稳。"他在人物肢体的运作中找出了音乐,每一个字都下得妥帖自然。写人对于车的感觉,人与车的"交流",笔触细致而美。几乎不能设想,还能把拉车这活计写得更美的了。有这种赞美与陶醉,对人间对生活的那一份爱又该多么实在多么厚实!

他自然也赞美人的风度气质,蓄之于内而形之于外、规定着人的格调的东西。他这么写落魄中的小文:"无论他是打扮着,还是随便的穿着旧衣裳,他的风度是一致的:他没有骄气,也不自卑,而老是那么从容不迫的,自自然然的,眼睛平视,走着他的不紧不慢的步子。对任何人,他都很客气;同时,他可是决不轻于去巴结人。在街坊四邻遇到困难,而求他帮忙的时候,他决不摇头,而是手底下有什么便拿出什么来。"他也这么写知识分子祁瑞宣,写瑞宣"不知从何处学来的,或者学也不见就学得到,老是那么温雅自然"。说小文、瑞宣性情的"温雅自然",俨然如说北京。他赞美这最与古城合致的性情之美。瑞宣"在他心境不好的时候,他象一片春阴,教谁也能放心不会有什么狂风暴雨。在他快活的时候,他也只有微笑,好象是笑他自己为什么要快活的样子"。雍容,"自然,大雅",温煦,宽和,沉静。

是人的性情,也是城的性情。对于人的陶醉在其最完满时,就这么与对古城风雅的陶醉汇在了一处。当这种时候,让人辨不清作者是因城而爱人,还是因人而爱城。人的美从而也就与一种文化价值联系在一起。

过分心爱使他忍不住评说,倒不是不自信其描写的力量,而是克制不住赞美的冲动。因而被他过于喜爱的人物反会有那么点儿抽象,美的形态中呈露出美的概念。形象固然烂熟于心,概念也是因时时翻检而早经烂熟只待一朝说出的。

小文、瑞宣的美因其合于这城的礼仪规范;高度契合使教养成为本能,"温雅自然"如与生俱来。没有一丝一毫的紊乱、失调;如一曲古典音乐般的,无处不和谐,无处不熨帖。老舍所最陶醉的,是这种由内在境界到外在形态的通体的和谐。和谐的不是一肢一节,而是整个人生境界。

即使人的外在形象,令他陶醉的也是整饬的美。福海"他的脑门以上总是青青的,象年画上胖娃娃的青头皮那么清鲜,后面梳着不松不紧的大辫子,既稳重又飘洒"(《正红旗下》)。"我的辫子又黑又长,脑门剃得锃光青亮,穿上带灰鼠领子的缎子坎肩,我的确象个'人儿'!"(《我这一辈子》)绝对没有什么怪异、出常,只是把通用的规范发挥到尽善尽美无可挑剔。这种美不会造成视觉兴奋——眼睛为之一亮。它只让你看得舒服。"舒服"也是一种快感。

老舍批评着北京人,同时传达着北京人由其礼仪文明中形成的审美标准,北京人对于人之为美的那一种理解。

沈从文对他的虎雏(《虎雏》)、夭夭(《长河》)、翠翠(《边城》)们,也有一种近于父性的溺爱。他欣赏的是人物无知无识顺适自然的黄麂似的生动跳脱处,写来则如沅水辰水般流动、山间草木般鲜活。如果说沈从文所尊奉的神是"自然",未为任何城市文明、人为设计污染过的自然,老舍无论宣告与否,他所倾倒的,都是娴熟到令人不觉其为人工的人工,由成熟的文化造就的人的成熟的魅力。我们又在这里遇到了城与人,作者与城的精神联系。

作为训练有素的小说家、成熟的北京人,老舍的文化—审美价值系统无所不在。他的文字也像他所欣赏的人物形貌那样整饬,难有蒙茸的美感;对所写人物的由衷喜爱则作为补救进入语言,使寻常描写泛出极清新的味儿。你最觉真切处,其实是夸张变形的。情感激活了感觉,使作者也使你发生了为审美所必要的错觉,以为所写比之真实更真实。《四世同堂》里既有江湖气又有市井气的金三爷接济落难的女儿、亲家,"他须把钱花到亮飕的地方","他的钱象舞台上的名角似的,非敲敲锣鼓是不会出来的"。"约摸着她手中没了钱,他才把两三块钱放在亲家的床上,高声的仿佛对全世界广播似的告诉姑娘:'钱放在床上啦!'"写人的精确生动与文字的洗练省俭,也许无过于此了。因了那爱,把人物的精明、虚荣写得有多么天真!①

在创作中,全然不动声色是一种艺术,爱也是一种艺术。你可以条分缕析地展列京味小说作者的技巧,却怎能说清楚他们在多大程度上以其对所写人物的爱,使笔下世界脱出了鄙俗,在维持美感的同时维护了一种文化感情,以美感节制化俗为雅,减却了市井形象中的市井气的呢!在这种意义上,对于对象的赞美与陶醉也自有风格意义,是京味小说成其为京味,从而区分于其他"市井小说"的条件。

---

① 老舍对庸常人物含着溺爱,市民中的漂亮角色却使他兴奋。写前者笔下十足亲切,写后者则往往有神来之笔,文字与人物一并悦目。江湖中人离知识分子文化圈更远,也更易见出性情。在市民的平淡生存中看这等人物,亦如对人间胜景的吧。老舍想必也感染了市民们的这一种向慕之情?

城与文学

一　寻找城市

"寻找城市"听起来很像"骑驴找驴",但我说这个丝毫不意含奚落。这是一个时期以来相当一些艺术家(不只是文学作者)极认真、郑重的意向与行动。他们又的确是在"骑驴找驴":不是由乡村出发去寻找城市,像社会转型期的离土农民那样,而是在城市中寻找城市。

城市第一次对自己的城市性质萌生了怀疑。

经由那批青年艺术家表达出的狐疑不定的城市自我意识,也许更是城市现代化的确证。这通常属于那类历史契机——固有的、早已有之的一切失去了文化自信,开始重新思索其文化含义,估量其文化价值,寻找其在新的文化坐标上的位置;真正生气勃勃的文化重构于是乎开始。寻找城市的艺术家们首先听到了大变动的坼裂声。他们的寻找意义、价值、位置,以其焦灼不宁,给人以新的艺术形式、新的美学原则在母腹中躁动的消息。

文学艺术的寻找城市,生动地传达着一种文化期待,对于中国的城市化、城市现代化的文化期待。他们所寻找的毋宁说是现代人、城市的现代性格。乡土中国的人们听惯了关于城市罪恶的传说,习惯了关于城与乡道德善恶两极分布的议论,祖辈世代适应了乡村式、田园式的宁和单纯,他们从不曾像今天这样期待过城市。城市以陌生文化在青年人中的风靡,乡村则以农民向城市的涌入表达这种期待。

文学艺术的期待与寻找另有它自己特殊的背景,即这个星球20世纪以来城市艺术的空前发展,和有关的美学理论构成的强大冲击波。并非什么"新潮"都出于行情。城市文学兴起的背后,是世界大都会所拥有的文化优势,和世界文化大环境中地区文学间的交叉影响:一切都很自然。

"寻找"的是尚未充分呈现、完整呈现的东西,这东西又绝非海市蜃楼。寻找同时向着寻找者自身,以心理调适寻求与正在呈现中的文化的适应。寻求的急切与生活变动缓慢之间的反差,难免会令人感到"意识超前"①,有关城市的描述有时会脱节于城市实际。输入的文化、文学练敏了文学家与批评家的城市感觉,"城市感觉"却找不到恰合尺寸的对象;对于"现代城市文学",一切条件都似已成熟,只是城市本身还迟迟不肯出现。这颇有点滑稽,也是一种转型期的喜剧性现象。

不是经由经验材料归纳,而是以引进的理论向生活索取对应,理论热情压倒了对经验事实的热情,所传达的毋宁说更是渴望变革的情绪:如果没有一种"城市意识",不妨把它制造出来!

具有讽刺意味的是,当评论家们热心地谈论城市快节奏时,国外报纸报道说:"上海大多数人都感觉到,这个城市的节奏在减慢,而不是在加快。"②率先活跃起来的城市意识、城市感觉,也许只是在文学艺术中收获了它们最理想的果实,即蓬蓬勃勃的城市想象,以及由城市文化变动刺激了的文学形式(结构—语言)创造。形态(城市与文学)不定正足以造成张力。悠长的文学传统,"五四"新文学以来虽不算悠长却也已十足强大的传统,有待更其强大的文化、文学冲击

---

① 一方面,是城市意识超前与城市期待;另一方面,切切实实的城市化进程未必进入了文学视野,如本书反复提到的北京四合院、胡同代之以公寓大楼。我们看到的是西欧北美城市化的结果而忽略了过程。

② 美国《华盛顿邮报》1988年2月7日。陈冲的小说《超群出众之辈》中的人物想道:"上海变了。它倒退了,萎缩了,直到今天还没有完全找回它一度失去的自我。他指的不仅是城市的外貌或规模,更多地还是指它的……都会意识。"

才可能更生。焦灼的等待激发幻想,"寻找"无论在思想者还是创造者,都是越出常规收获意外成果的必要状态。

当代城市艺术就是这样因城市现代化的不足,而成为最富于想象力的艺术。你可以想到耸人听闻的"八五美术新潮"。种种前卫美术群体无论在理论还是实践上,都比同期城市文学走得更远,也更无所忌惮。美术评论家谈及在此期间青年画家的创作时认为,"在这种现象后面隐含着一个实质性的因素,那就是形式的突破有观念的内在动力。节奏、运动、构成和对比强烈的色彩实际上是体现了一种勃兴的都市意识"①。

城市化是一种过程。发达国家非即处于这一过程的终端,它们不过在某些方面处于这一过程的较高层次罢了。西欧城市模式也未必能搬用于中土而不加修改。这种认识可能利于大大扩张城市文化视界,"城市文学"的概念也会相应地充实其内容的吧。倘若所等待的只是理想范型,城市的标准(西欧标准?北美标准?)形态,那等待怕是要无尽期的。"现代城市"在古旧城市中,甚至在文化变动着的乡村中。

当代台湾文学写到台湾城市间文化层次、文化色调的不同。即使到了70年代,台湾的中部城市,比之台北也另有一种风味,令人可以慨叹:"哦,中部,悠闲缓慢的节拍……"(黄凡:《大时代》)苏伟贞的《红颜已老》写人物细细品出的台北与台南情调上的差异:"台南的夜,静得和台北不同,台北是死寂,有股英雄末路的味道,因为白天太炫眼;台南却是宁静,是一场昼、夜争夺战赢回自我后的满足,甘心地躺在大地怀中,而没有其他的欲望,偎着它也能感染一份平和……"台南应是相对于台北的乡村,以其乡村氛围抚慰着倦游归来者的灵魂。张系国的《棋王》写台北巨厦间夹着小小的庙,无声地播散着一点古文化的温馨;苏伟贞则写"庙寺几乎是台南古老文化中的一环,矗立在生活中到处可见"。是这样的都市里的村庄与田

---

① 易英:《走向纵深》,《中国美术报》1986年第23期。

园式的城市。①

城市文化的建构状态也因而是近于"永远"的状态:注定了"永远"的城乡文化共生、互渗,注定了"纯粹状态"的不可能存在,而只是理论上的设定。"纯粹城市"即无城市——城乡分界的最终消失。在可以预见的未来,只能看到因依、共存,更不消说世界乡村与世界城市的势必极为漫长的共存;未来比过去更漫长。或许那期盼与等待倒是一种现代心态?期待与寻找使得精神空虚而又充实,加剧着又缓解着现代人的焦灼。

也将不会有为所有人认可的现代城市模型。在现实中国,"十足城市"的不能不是狭小城市的,比之胡同更为狭小的城市的。也许先要承认文化多元,承认有被分割了的属于不同人的城市,有不同人的千差万别的城市印象、城市感觉、城市节奏,才说得清楚所谓"城市"这玩意儿的吧。"心理时间""心理空间"的概念当初引入时,曾被用来扩大传统的"真实性"理解。一部分人的心理紧张(他们自己的心理节奏加快)也是一种真实,或许恰好由缓慢变动中的那点变动造成。转型期、变革期总有首先被抛入涡流的人们。以城市为文化统一体的概念至少应当暂时抛开,而习惯于"你的城市"与"我的城市"。它们都是城市;更确切地说,是城市中的城市。

有趣的还有,上述期待与寻找只是一种当代现象。新文学史上也有其城市文学,却像是顺理成章,自然而然,不立名目,没有理论倡

---

① 於梨华的《又见棕榈,又见棕榈》写了台北街头风味犹在的"吃的文化",这城市中尚有存留的乡土情调,也写了"新潮"中时尚的浅薄和经济起飞后城市弥散的暴发户气息,类似于施叔青小说人物由香港感受到的如锦繁华中的"伧俗"。《傅家的儿女们》写如曼记忆里的台北,"还是台北的少女时代,一份清秀,一份羞怯,一份恬静的甜"。而今归来,"台北是个成熟的女人了,但珠光宝气,涂红抹绿却掩没了成熟女子动人的韵味"。差异感中又有归来者的特有心态。少女总归要成熟的,一段时间里的伧俗或也不可免。归来者固然可以理直气壮地向北京索要早年间喝过的那一种味道的豆汁儿,向台北搜寻其少女时代的"清秀"与"羞怯",北京市民口味的改变、台北的浓妆艳抹却出于普遍需求而自有其道理。城市不会稳定在某一形态上持久不变,"本土文化"更不必是也不可能是永远依旧,供人观赏、把玩的古董。

导,没有宣言,也没有批评界的一哄而上。那只是选材问题。或许第一因当时文坛的主要关切在乡村。即使足未履乡村者也远远地打城市跂望着乡村。第二也因大革命后作家麇集上海,相当一些作家都会化了。在饱吸都会空气的人们,"城市"不假外求,也没有什么特别:它是他们的生存方式。第三,也是更重要的,即当时被认为的"时代主题"是乡村破产与民族工商业的危境,没有如目下的城市化、现代化的声势浩大的进程提供一种文化眼光,使城市作为对象特殊化,蒙受全新的文化审视与估量。"城市"与"乡村"作为文化概念,往往是在较为单纯的意义上被文学运用的。

除此之外,不免令人百感交集的,还有城市本身文化含义的变化。几十年间,因典型都会文化的解体,上海乡村化了。都会的上海重又陌生。这才使得城市意识像是非"无中生有",赖有外来理论才足以生成。这也是历史的一点讽刺,内中透着点辛辣的。

最后不妨承认,对于城市意识的呼唤,其真正动人之处,在于其中那脱出乡土中国、脱出传统眼界的挣扎。这也是这个时期最激动人心的精神渴求,使得城市期待、城市寻找中充满了新时期的历史感与文化热情。

二 "城市"在新文学中

"五四"新文学在30年代就有了较为成熟的"城市小说",即使当时未标举名目,缺乏理论研究,此后也迟迟未得到文学史的描述。属于新文学的城市文学,包括了某些有定评的著名作品(如茅盾的《子夜》),另有一些作品也应置于这一流程中作这一种眼光的估量。上述城市文学,是现代史上城市的发展、异质文化的植入、人们城市感觉及感觉方式的丰富、城市美感的发现、城市表现艺术的引进和积累的自然结果,且与同期写乡村的作品互为衬映、呼应(如题材方面的工人罢工与农民暴动、城市工商业的艰难挣扎与乡村破产等等),构成较为完整的新文学发展轮廓。

30年代上海在当时中国的特殊地位,它与周围世界的巨大反差,提供了北京所不能提供的对文学想象的刺激。最敏感的仍然是诗。事后被归入印象派的诗作,不乏陌生的城市意象与都会幻觉。同一时期的美术新潮(虽然不久即告消退)也既呼吸着世界艺术的空气又呼吸着上海的特有气息。① 在史的回顾中,你首先注意到的却可能是,一时会聚上海的作家,尽管大多感染了得自这城市的兴奋,然而一旦落笔,他们所传达的,多半是那一时期的流行见解。"都市文明批判"的鲜明倾向,使得一批作者集注目光于机器大生产对于劳动的榨取和工厂区的非人生活。大工厂在他们那里激起的,远不是矿山在路翎那里激起过的浪漫热情。陌生的、非常态的、代表着物对于人的统治的冷冰冰无人性的力量,只能唤起异己感。他们也不复有黄遵宪面对西方物质文化时的惊喜。清末到二三十年代不太长的岁月中的历史苦难,似乎已足以使人如千年老树,因久历沧桑而疑虑重重了。

　　新文学作者除青年郭沫若外,很少有人如20世纪初未来派艺术家那样,乐于感受现代工业文明的"速度"与"力"那一种美。他们礼赞的力,多半是所谓的"原始强力",而绝不是由机器、巨大建筑等所显示的力。路翎在这方面是少有的例外。但他笔下的形象并不包含富于现代意味的文化评价。② 那些矿山与其说代表城市,毋宁说象征着旷野,作为人的气魄的外在显现的旷野。即使如此,其中的动感,对于丑的大胆逼视,仍然以不清晰的形态含着陌生的情趣与文化信息。上海作家面对的不是旷野,而是实实在在的大工厂、机器大生

---

① 三四十年代一批赴欧、日学画归国的画家组织的前卫美术团体如"决澜社""中华独立美术协会"等,把印象派、后印象派、野兽派、超现实主义派的绘画语言介绍到中国(亦称"新派画")。这些现代艺术团体主要活动于上海。

② 路翎写工矿,并不着眼于特定环境中人的文化性格,甚至也不特别注重人的阶级特质(尽管他描写了这一点)。他仍然关心着人性中的普遍方面,人的雄强与柔弱,人性自身各种倾向间的冲突,人对于他人、对于自身弱点的胜利,人的强大及其力量的限度,等等。当然,他不是白白地或随意地把人安置在烟囱、传送带的粗野雄放的轮廓间。他也确实写到了大工业对于人性的作用,人与环境间的联系。

产。当刚刚有可能接纳速度与力时,社会的黑暗使他们陷入了另外的忧虑。新文学作者敏于感受的,是另一种力与运动的美——不是机器大生产,而是社会革命。以这种文学选择与审美倾向,他们不可能与同一时期的西方现代派文学,而只能与"红色的30年代"国外革命文学趋近。

在阶级压迫、经济剥削的残酷事实面前,在激越的革命情绪中,他们无意于把工厂、机器视为一种文化力量,足以改造人的思想与行为方式的力量,他们关心的更是其明显后果:血汗劳动与劳资冲突的加剧。他们也看到了机器大生产对于人的巨大的组织作用,尽管对此仅止于由阶级斗争的方面而未由更广阔的文化方面估量。同样,他们兴奋于上述生产方式对于先进阶级阶级意识的训练,却不大可能想到其对于人格的模塑。处在与北京迥不相像的文化环境中,他们也像写北京的老舍那样,由这都会摘取的,通常是其最刺目的形象——霓虹灯,都会橱窗中那些花里胡哨的消费品,并像老舍那样现出一副紧张神情。都会文化在这种眼界中,被表象化浅层化了——看"城里人"看城市的,有时仍然是乡下人的眼睛。新文学者确也习惯于由乡村反观城市,写农民感觉中的城市。即使没有西方先锋派的那种孤独感、陌生感,他们所写也是异己的城市。

以"五光十色"的商店橱窗和"灯红酒绿"的舞厅、夜总会来标志的上海文化,固然十足感性,充满色彩,包含其中的文化认识却不能不是浮面的。乡土社会长期形成的价值—道德尺度,对异质文化的警戒与抗拒,阻滞了文学透入都会文化的深层,而当作家们面对乡村时,很容易地就做到了这一点。

都会一时笼罩在摩天大楼的阴影中,显得深不可测。文学有时就在这"陌生"面前停住了。批判意识的过分张扬,也妨碍了作家们把握都会在建构中国新文化(尽管这个词在当时说得那样响亮)中的作用。这要求洞见未来。当时中国经济的极度落后,不利于达到这样一种洞见。在一些作品里,工厂(这是被写得最多的"城市")像是城市中的隔离带,其中聚集着与霓虹灯光影下的"都市男女"全然不同而且全然无干的人群。这些衣衫褴褛汗水淋漓的机器的奴隶，被作为对都市文明的直接控诉。他们的苦难遮蔽了一切，使得整个"上海"都灰黯无光。

正是在这种文学背景下，过后被称为"新感觉派"的那一小批上海文人，突破了习惯眼光与文学模式。即使模仿以至抄袭都有其合理性——在引进一种美感形式如此艰难的中国。它的浮华，它的不伦不类，它与主流文学的不协调，在另一种眼光的审视中，也许正适应了文学发展的某种需要。然而当这种需要尚未明确化的时候，它又只能被看作洋场阔少厌食了西餐大菜时的呕吐，看作文字游戏，看作空虚、无聊、堕落。以至在几十年后文学以突发的热情重又注视城市，手忙脚乱地向异域搜索城市表现艺术时，它也只能经由文物发掘而被新一代的作家们认识。令人苦笑的是，即使这一些被自己时代的文坛视为异类的作者，也在其城市形象中塞满了"五光十色"与"灯红酒绿"，证明着他们面对那种文化时与同时代人相似的新奇感。他们也不尽是这种文化的产物。他们中有的人不过凭借了地利得以在这文化中浮游而已。只是在与当代作家的比较中，他们才更像是都会动物，十足"都会风"的城市人。

二三十年代写城市可以称为"城市文学"的，绝不止于新感觉派诸作。应当公正地说，茅盾《蚀》三部曲中的《幻灭》与《追求》（尤其《追求》），他的《子夜》，在当时是更成熟更有功力的城市文学作品。茅盾比同代人更敏于感受都市活力（是如此富于感性魅力的都市！），以更强健有力的姿态接纳陌生的文化信息。他的城市文化意识集中体现在一组都市女性的形象上。这里集中了当时只能属于上海的城市"性文化"、舞厅文化，消费与享乐的城市文明，以及同样属于上海的青春气息、革命情绪。一时被肤浅化了（即使在新感觉派的某些作品里也如此）的舞厅，在茅盾作品里，才真正是一种诉诸人性的文化力量。他由人性深度所达到的都会文化深度，是穆时英辈无力企及的。茅盾这一方面的贡献也同样没有受到充分的重视，至少没有得到由"这一方面"的重视。文学史的面目常要借诸历史新机运才得以呈现。①

茅盾之外,居沪作家的作品中大多有一角城市,容纳着他们各自的城市经验,以至杂色纷披,难以尽数展列。只不过那些作品未必都可称"城市文学",或作为城市文学未见得都成熟罢了。到40年代,张爱玲写中产阶级与上流社会的上海与香港,写出了一派泼辣的生气,尤以写婚姻爱情关系表现出远较新感觉派诸人为深入的文化透视。那泼辣生动的感觉本身就是属于城市的,艺术形式、方法则在极其灵活的运用中与内容相谐,作为城市小说,至今也未见得在艺术上被超越。大致同一时期徐訏的《风萧萧》等,写上海上流社交界生活,以所写人物的高雅与生活色彩的华贵,展示了为一般新文学作者所不能触及的高等华人的上海;作为城市小说(且是长篇),显示了相当的艺术实力。

新文学作者自有其为当代作家未能占有的优势,即知识根柢的深厚与经验范围的广阔。由亭子间,到工厂区,到寓居上海的旧式家族,透着俗气的中产阶级、小市民,到舞厅酒吧,到跑狗场、郊外别墅,他们各依其经验范围,几乎写遍了上海的所有角落。单个作品固然各有限度,略加整合即是相当完整的城市形象,大都会形象。这种文学实力,怕是今天的沪上作家尚未具备的吧。至于创作方法、风格的由写实、浪漫到现代主义,样式的诗、剧作与小说,正可谓"洋洋大观"。倘若把新文学至今作为一个相对完整的时段进行连续考察,我们的城市文学远不贫瘠,更无须从头开始。

为了接续中断了的进程,有必要留意新文学史上城市文学的薄弱面。比如道德化的倾向。关于城市的罪恶感不限于阶级对立的场合。城市文化批判中的道德眼光(这种眼光今天也仍不陌生)相当程度上来自乡土社会培育的道德感情,比如对"欲"(情欲、财产贪

---

① 茅盾的城市感觉固然受制于上海这一特定城市的氛围,也受制于欧洲文学提供的文学模型,比如左拉、巴尔扎克的作品。这影响到他对于印象的整合方式,他以什么为中轴组织感性材料,完成他笔下世界的统一。这个世界是以西欧某种"文学城市"为参照构筑的。

欲)的嫌恶。城市对于财富的追求与炫耀,城市中较为放纵的两性关系(物欲与淫欲),在在伤害着知识者纤敏的道德感。这些最刺目的事实不能不阻塞文化探究的深入和对于城市的审美发现。[①] 和"城市与恶"的命题相关,是"城市与丑"。"美善统一"的审美意识依其逻辑窥看城市,看到的是情欲的丑恶,都会特有的脏——文化审视缩小其目光为道德审视。当然,对于都市社会的"丑"的发现,也应属于人类发展了的审美能力,传统眼界、传统标准却不能不贬低着上述发现的价值。

新感觉派作家在述说城市罪恶时,所使用的调子与同时期其他作家并无不同,只不过他们另一时又会表现出对"罪恶"的炫耀和沉醉罢了。穆时英《上海的狐步舞》劈头第一行是:"上海。造在地狱上面的天堂!"

同篇一边渲染都会的肉的气息,一边为都市罪恶而颤栗不已。

> 跑马厅屋顶上,风针上的金马向着红月亮撒开了四蹄。在那片大草地的四周泛滥着光的海,罪恶的海浪,慕尔堂浸在黑暗里,跪着,在替这些下地狱的男女祈祷,大世界的塔尖拒绝了忏悔,骄傲地瞧着这位迂牧师,放射着一圈圈的灯光。

这几代知识者没有被欧战以来纠缠着欧美作家、知识分子的梦魇所困扰,作为中国人,他们那里没有哲学的危机。他们甚至压根儿不关心哲学。他们也写到都市病,文明病,但病象单纯病因明确。纵然在城市感受的纷乱驳杂中,作为新文学作者,他们的视像依然明晰,他们笔下的世界依旧疆界分明,易于认知,便于诉诸明确的道德与审美判断。即使被归为"新感觉派"的几位作者,在搬来域外的文学形式

[①] 也许,真正熟于城市,才能不把人的境遇归结为诸如"城市罪恶"一类道德主题,而归结为人性与更为普遍的人类处境。极城市而后有可能超越城市,使城市思考与更广阔的文化思考空间相接。

技巧时,也不曾一并搬来其哲学背景。因而透过新异炫目的外壳可以触到的,是中国知识者的灵魂。那种形式、技巧是发现和负载"困惑"的;这些作者也写困惑,往往只系于两性间的交涉,其间同样没有使这困惑成其为普遍体验的哲学。只是在上述意义上才可以说,"城市从来没有为中国现代作家提供象陀斯妥也夫斯基在彼得堡或乔依斯在都柏林所找到的哲学体系。从来没有象支配西方现代派文学那样支配中国文学的想象力"①。未曾经历结构性变动的中国社会势必拒纳现代派文学的意识内涵。② 只有到了生活变动、文化变动深刻而又广泛,形式才不只是包装纸而紧紧拥抱其本有的内容,形式本身的意味也才能被充分感知。

  既然是文学而非道德论纲,作者对于生活的真切感觉仍会透过情节层面显现出来。在新文学作者描写城市的夸张态度中,已经有他们的惊讶与兴奋。无论如何,他们被这陌生景观震动了。他们熟悉的乡村是令心灵宁静的,城市却是一种震撼,一种被抗拒着的强大吸引。这些作品(包括一些艺术上并不成功的作品)不同程度地迸溅出富于生气的美感力量,即使对于丑、罪恶的描写也充满力量感,从而与传统艺术不同境界。感觉出离了观念的束缚,寻觅着属于自己的城市。茅盾以其精力弥满、活力四溢、强健壮硕的女性形象传达出他所感受到的蓬蓬勃勃的都会气息,和对乡土社会、传统文化(尤其传统伦理意识)因凭借了都市而顿见强盛的批判情绪。你感到茅盾本人正属于这都会,这个千奇百怪但蓬勃健旺的都会,唯此世界才足以强有力地刺激他的创作欲。鲁迅的移居上海,也应有都会生机的吸引的吧。他清醒地知道自己选择的是什么,知道那生机也由喧

---

① 李欧梵:《论中国现代小说》(摘要),邓卓译,《中国现代文学研究丛刊》1985 年第 3 期。
② 澳大利亚学者麦克杜戈尔说:"这里还有一个问题,即新文学运动就其性质而言,究竟完全还是部分地可看作是先锋派运动。……特征最明显的是中国不存在虚无主义。尽管新文学运动有强烈的反传统精神,但中国并不存在象达达主义那样的反文化运动,甚至也不存在激进的未来派。"(《中国新文学与"先锋派"文学理论》,温儒敏译,《中国现代文学研究丛刊》1985 年第 3 期)

嚣骚动,由丑、邪恶等等酿成。①

在新时期大举铺展城市文学创作时,以文学史的回顾寻求参照肯定是有益的。应当说,如此自觉、明确的城市文学意识,才是真正的当代现象;如此大举倡导、讨论,也只能发生在新时期。这除了城乡文化结构的调整外,另有中国知识分子意识结构的相应调整作为背景。我们不能一下子要求得太多,城市与文学都须准备。为"五四"新文学不能比拟的是,这"准备"在当下是多学科同时并进的。正如我在谈到当代京味小说的创作背景时已说过的,文学凭借了城市改革的势头和多种学科对于城市的研究热情,正所谓得天独厚。两个时期的城市文学有些现象极其相似,比如对于视觉刺激的超乎必要的反应,为此把城市橱窗当作了城市本体。这也合于人认识世界的正常秩序。现代城市确也充满着视觉刺激,煽动着视觉兴奋。当中国仍未脱出乡土中国时,全然脱出乡下人的城市眼光是不可能的,城市也许得有这一种眼光的打量才成其为城市。城市只存在于城乡分工的意义上。城市须借乡下人的经验才能充分肯定自身。所有这些,都很正常。

三 城市文化两极:上海与北京

你由上文的叙述已看到了"上海形象"在新文学城市文学中的显赫位置。新文学者的将上海作为相对于北京的文化极地,或多或少出于乡下人见识。当初北京及其他古旧城市的看上海,想必如同旧贵族的看暴发户,旧世家的看新富新贵,鄙夷而又艳羡的吧。上海的珠光宝气在这种眼光中越发明耀得刺眼,"极地"认识中不免含有

---

① 都市与新形式解放了感性(审美),也解放了情欲(道德),你在文学中感到的却是紧张而非心理的舒张。这又提醒着上海在当时作为文化孤岛的现实。政治对抗的压力之外,更有城市文化圈外浩如瀚海的乡土文化的压力。即使在"孤岛时期"之前,俯临江南古旧城镇乡村之上的大上海,已孤悬乡土社会之上如"岛"一般了。

了若干夸张。上海与北京的相对距离在更宽阔的文化视界中会大大缩短,其间的文化疆域说不定就部分地消融在了文化混杂之中。但在三四十年代,上海又的确是北京的对极,其"极态"绝非全出于夸张更非虚构。使它们处于两极的,是当时中国人依据其经验所能想出的唯一坐标系,正如北京城内的老绸缎庄"三合祥"只能把对门的"正香村"作为敌国、对手(老舍:《老字号》)。岂止现代与非现代,即使城、乡的坐标位置又何尝易于确认呢!于是上海与北京被分别作成外延大于内涵的概念,文化学的名词术语。这里尚未计及它们在普通人那里的情感属性和它们因文学艺术的加工制作而引发想象、联想的丰富无比的审美品性。

40年代,中国知识分子曾用上海作为标尺量度美国(这是他们最便于取用的标尺),在那里看到"千百个大上海,小上海"①,适足以显示其为道地乡土中国人。至今偏僻乡村仍有那里的"小上海"——为标准上海人所不屑的繁华集镇。王蒙的《在伊犁》还写到边疆民族对上海的崇拜:上海是他们珍爱的小商品,更是一种生活理想。

用了上海量西洋,同时大上海也在心理上"非中国化"了。"霞飞路,从欧洲移殖过来的街道。"(穆时英:《夜总会里的五个人》)这是站在中国具体可见的欧美文化模式,因而才被理所当然地作为量具。曾经充当"国际城市"的历史,也如欧洲旧贵族的爵位,至今还是身份高贵的证明,鼓励着上海人的优越感。即使在三四十年代,"上海自豪"(这并非那一时期知识界普遍的感情倾向)中也少有乡土感。人们最难以接受的,是摩天大楼、交易所、跑狗场之作为"中国"。也因而,较之北京,上海是更便于借助工业社会通用的文化编码读解的文本。除克利斯多福·纽的《上海》外,出诸日本作家之手的,有丸山昇的《上海物语》、横光利一的长篇小说《上海》。如果说英美作家写上海无意间找寻着熟识的文化模式,那么当时的日本作

---

① 费孝通:《美国与美国人》,第3页,生活·读书·新知三联书店1985年版。

家到上海却是为了感受欧美文化的"启发"的。① 尚未闻有一本题作"北京"的长篇小说出诸欧美作家之手。即使如克利斯多福·纽居沪那样有居京数十年的阅历,也未必敢自信读解得了北京的吧。

上海这一极地在30年代,曾经怎样地刺激过中国人的文化意识与文学想象!无论所持价值尺度如何,文学都以空前丰富的语汇写上海,字行间充满了惊叹!

呵,此地在溃烂,
名字叫做"上海"!

(《无题的》)

呵,吃人的上海市,
铁的骨骼,白的齿,
……

(《梦中的龙华》)

怒号般的汽笛开始发响,
厂门前涌出青色的群众,
……
呵哟,伟大的交响,
力的音节和力的旋律,
踏踏的步声和小贩的叫喊,
汽笛的呼声久久不息……

(《一九二九年的五月一日》)

---

① 日本学者竹内实说:"日本当时的作家,有好几位到上海来受到很新鲜的启发。最受启发的是横光利一,他写了《上海》这本长篇小说,这个长篇小说现在收在《岩波文库》里面……横光利一是'新感觉派',这个文学流派才是非常适合描写上海的。""一到上海,直接碰到西欧的尖端的文化,租界有一种自由的气氛,给日本的知识分子带来许多新的启发。这样的事情另外还有,就是阿部知二的《北京》也是这样。"(《鲁迅与上海》,上海鲁迅纪念馆编:《纪念与研究》第9辑)

这是一位左翼青年诗人憎爱交织的"上海礼赞"。

茅盾以其包裹着激情的冷静,师陀用了辛辣的嘲讽,写上海的交易所文化;当时也许唯上海才有如此发达的交易所文化,内地眼光中的怪物、巨兽,陌生文化中的最陌生者。茅盾写这里的肉搏式的紧张,师陀则写金融投机行为的丑陋,写出一片疯狂气氛。我不知道茅盾之外还有哪位新文学作者研究过交易所。茅盾与师陀同时感受到了交易所特有的文化氛围,并毫不犹豫地以之作为商业大亨金融巨头的上海的象征。

呵,疯狂的上海!

这里是上海外滩:"你瞧那些人罢,各种各样的车子,四面八方,打每条马路不断涌出来,滚滚像无数条奔流。真是洋洋大观,惊心动魄的场面!人和车搅在一道,把路填塞,只听见人的吆喝声,三轮车的铃声,汽车的喇叭声,哄哄然闹成一片……""连走路都象上战场。在这里你看不见中国人提倡了数千年的品德,只觉得所谓仁义礼让,根本就不曾在我们国土上存在过。任何人都表示,不能再清楚了:他们没有情感。假使这时有个孩子给车轧死,他们将照常从尸体上踏过去,车照常开过去,谁也不会回头多看一眼;如果有谁胆敢阻止他们,他们便会将那人杀死。"(师陀:《结婚》)冷酷,机械,硬邦邦地绷紧着每一根神经。以竞争无情地剥夺着"乡土中国"及其文化,摧毁着传统社会的道德理想、价值体系。这里的信条是:心要狠,胆子要大![1]

呵,投机家的上海!

下面则是穆时英们的上海:"星期六晚上的世界是在爵士的轴

---

[1] 在《结婚》中,作者的兴趣与其说在写主人公的人性变异,不如说在写上海以股票市场为轴心的投机活动与投机心理。这里是战时上海最活跃的地方之一,"战争时期顶能吊人胃口的地方"。战争环境中生死荣枯的瞬间变幻,无疑刺激了一切赌博性质的事业。这倒是对于中国人顽强的命定、宿命思想的嘲弄。师陀是写这个世界的理想人选。"芦焚"还是一种知识分子腔调,而且不能在"腔调"上与别人更分明地区别开来,而"师陀"阅世已久,更有历练,笔下老辣得远了。上海与写上海的,这才真有了点儿默契。

子上回旋着的'卡通'的地球,那么轻快,那么疯狂地;没有了地心吸力,一切都建筑在空中。"(《夜总会里的五个人》)霓虹灯和各式各样或诡秘或放荡的灯光,是这世界的象征。舞厅里女人的眼睛,"从镜子边上,从舞伴的肩上,从酒杯上,灵活地瞧着人,想把每个男子的灵魂全偷了去似地"(《Craven"A"》)。这里连意象都是性感的,喷发着热烘烘的肉的气息。"上了白漆的街树的腿,电杆木的腿,一切静物的腿……Revue似地,把擦满了粉的大腿交叉地伸出来的姑娘们……白漆的腿的行列。沿着那条静悄的大路,从住宅的窗里,都会的眼珠子似地,透过了窗纱,偷溜了出来淡红的,紫的,绿的,处处的灯光。"(《上海的狐步舞》)

呵,被情欲烧得烛油般流淌的上海!

此外,还有机床边肌肉紧张得绽裂的上海(在左翼文学里),棚户区绝望的上海(沈从文曾以一组小说写闸北贫民区),无数公务员、小职员在其中腾挪辗转挣扎的上海(新文学的传统题材),弄堂楼层麻将牌声中百无聊赖的上海(这个上海常常嵌在其他上海之中),以至于黑社会人物出没其间的上海(穆时英当初就是以写这个社会而在文坛发迹的)……云集上海的一大群作家竟把个上海搜索铺陈到无隐不显。或许只有道地的上流、高等知识者的上海,和蛰居上海的寓公、半新不旧的中产阶级一时乏人问津;到40年代即被徐訏、张爱玲辈补了缺,写得别有光彩。①

文学的上海就是这样支离破碎,无从整合。不同作家笔下的北京是同一个,连空气也是一整块的,不同作家笔下的上海却俨若不同世界以至不同世纪。即使在同一位作者那里,上海也会破碎、割裂。北京是一个巨大的古董,早就铸成了一体的,上海却是大拼盘,不同质料的合成(而且非化合而成)物,自身即呈"时空交错"。

---

① 上海形象甚至不止在写上海的作品里。一个时期文学中的江南古旧城镇(如施蛰存的作品)以至乡村,其上往往笼罩着上海的巨大阴影。这种描写凭借了上海提供的文化眼光和审视位置。上海在文学思维中的存在比我所能描述的广泛得多。

中国近现代史上,呈现出如此令人眼花缭乱的历史参差文化交错,与生活方式的奇特组合的,唯此上海。比较之下,扰乱了北京胡同居民的安宁的文化改组,显得太平缓温和了,以至那惊慌像是庸人自扰。如果这两座城是两部内容互补的近现代史,那么上海这一本里,有更多的关于未来的凶险预言,而北京那一本却储积着有关过去的温馨记忆。

上海形象以其破碎,以其自身诸面的大反差强对比,傲视北京形象的浑圆整一;同时以其姿态的戏剧性、舞台意识(由左翼文学,到新感觉派,到张爱玲、徐訏),逼视北京形象平庸琐细的日常性质:文化内容的极态之外,是审美的极态。上海可以由文学中炫耀的,是其形象内容的丰富性、浓烈性,其城市文学风格的多样性。这当时"中国第一大都市,'东方的巴黎'"(茅盾:《都市文学》)是近现代史上天造地设的大舞台,以至文学对生活的感受也一并舞台化、戏剧化了。它的平庸,它的与北京胡同同其琐屑的弄堂文化,中产阶级与下层市民的日常生活,自然难以据有在这"光怪陆离"中的适当位置。人们陶醉于演出的戏剧,把一些参与构成演出条件的普通道具,构造舞台的更平凡的物质材料给忽略了。①

新文学史上写北京的小说则相反,往往沉湎于古城悠然的日常节奏,冷落了现代史上以北京为舞台、凭借这舞台而演出的大戏剧。"五四"时期文学对于"五四"爱国运动的勾画吝啬而又粗糙,此后写大事件的,也只有《新生代》(齐同)写"一二·九"、《前夕》(靳以)写华北危机中的北京等寥寥几部值得提到。较之刚刚谈过的写上海诸作者,老舍及当代京味小说作者写北京,太流连于封闭中更其封闭、内向中更其内向的胡同。文学的上海过于浮躁骚动,北京则又过于平和静谧。

---

① 当然这也因为北京有一个历史久长、富含文化的市民层。一个相似处又是明显的,两处舞台上演出的戏剧中,市民都绝不是主角,甚至不是清晰可辨的背景。新文化运动、学生运动凭借了北京作为"文化城"知识分子集中的条件;上海近现代的城市革命运动,也几乎没有真正触动弄堂深处的市民生活。

动荡感统一了上海形象诸面,无论是革命旋风中的动荡,还是酒色征逐中的动荡——仅由上引片段你也不难感受到。因而即使风格各异,选材中眼光趣味互有不同,写上海的一大批作品仍有其美感统一。沈从文批评城市生命感的贫乏,城市人生命力的衰竭("微温而有礼貌的一群"!),同期的城市文学却以其强有力的动荡,显示出为另一些作者所体验的城市生命——一时创作界文化判断与审美感受的互异。如茅盾笔下的章秋柳(《蚀·追求》)等,即使患有都市病,也无伤其生机:"现在主义",享乐主义,行动性,挑战,强盛的生活欲,蔑视流俗的气概。这不是游荡于西欧城市的吉卜赛人,其纵恣奔放不是由山林荒原而是由都会造成的。在那时只有上海,能如茅盾一样欣赏,至少是容忍章秋柳性格。为都会空气所煽惑,左翼作家的作品也不免有感官兴奋以至肉的气息。体现着生命欢乐的,是被都市的享乐气氛同时被都会革命情绪鼓荡着的青年。"五四"之后又一度青春生命的展现,恰是凭借了都市这特定舞台的。①

30年代初左翼文学及新感觉派文学中的骚动,无论出于知识者的革命渴望,还是出于情欲与道德感的冲突(左翼文学也涌动着破坏旧有道德堤防的反叛热情),都因依于上海空气。文学引入了大都会不安的呼吸,同时又把这不安扩散开去,强化着都会的动荡,以至令人难于将文学的城市制作和历史生活的真实氛围区分开来。

直到五六十年代,白先勇还在他的"台北人"系列中,写入了被人物横移到台北舞厅中的"上海文化"。在老朋友看来,"好像尹雪艳便是上海百乐门时代永恒的象征,京沪繁华的佐证一般"。"尹雪艳公馆一向维持它的气派。尹雪艳从来不肯把它降低于上海霞飞路

---

① 左翼文学本是青春的文学,较"五四"文学更富于青春气息。或者可以说"五四"文学表现青春期的烦闷,这里则更有青春期的亢奋。蓬蓬勃勃,充满着对生活的新鲜感受,尽管技术上不免于幼稚。"幼稚"在这里,也造就着青春面貌。到40年代,青年题材的文学使青春复归,却已是更为老成持重的青年。

的排场。"(《永远的尹雪艳》)出身上海百乐门的舞女也有她们历史的骄傲:"百乐门里那间厕所只怕比夜巴黎的舞池还宽敞些呢!"(《金大班的最后一夜》)演出于台北大大缩小了的舞台上的上海文化,有可能更纯粹些,因为经了精心着意的筛选淘汰,是浓缩精制过的。这文化的适于台北也因它仍不失为中国式的享乐文化,奢华、靡费又不乏亲切随和(如尹雪艳的吴侬软语似的叫人"舒服"),且有一种与其台北环境适称的衰飒情调,温情而又落寞,消耗着复又慰藉着背井离乡人的生命。

上海、北京的两极对比,出于历史创造也出于文学的制作,其文化含义的复杂——绝非笼统的"新"与"旧"、现代与传统所能概括——仅由文学中也可以看出。因了这缘故,这两极才更有概括中国近现代历史文化面貌的意义。只是以此反观文学,无论对上述写上海的作品还是京味小说,你又会不满足了。你只能寄希望于活跃的当下文坛。

当代上海一方面寻找文学一度失去了的气魄,一方面注目曾被忽略了的日常生活的平凡、庸常性。上海一向利于鸿篇巨制,北京则同时也宜于小品风格。近几十年金融、商业的萎缩,使上海生活中原有的弄堂文化凸显;王安忆的作品在这种意义上是对上海的有相当深度的文化透视。她以其平易朴素的人文感情,对于普通人、小人物的体贴,写弄堂生态,写出了商业都会普通居民人生的颜色。[①] 这里是非"戏剧性""舞台化"的更有人间气息常人品性的上海。

"两极"正不复存在。经济改革最终拆毁着两极格局,削弱着同时又有可能强化着上海的地位——却不会是在原来的意义上。京沪两地所拥有的文化力量仍将继续扩张。在这过程中,北京与上海形

[①] 程乃珊对于商业世家及其子弟遭际的描写,远承三四十年代类似题材的创作(中间还有周而复的《上海的早晨》),揭开了于当今读者已相当陌生的上海昔日繁华的一角,更写出工商业文化经由人(主要是商业巨子的后代)的变化而于近几十年间的奇特命运。程乃珊所写世界虽与王安忆小说大异,却也以其描写态度的贴近、平易,补了新文学以来有关题材创作在风格上的贫乏。

象都将被重塑。作为两个大城,它们仍是意义丰富的文本,只是语码及读解的方式不同罢了。

四 形式试验:城市文学创作的热点

新时期的城市文学最先引起兴奋的,仍然是其形式、技巧,犹如象征派诗、新感觉派小说在20世纪二三十年代的中国出现时那样。

文学发展的要求一再使技法的重要性凸显。新的文化态势使人们意识到,对象因技法才成为对象,技法使得传达新的文化意识、文化感受成为可能。自20年代末,新小说凭借当时所有的艺术手段,寻找对于城市形象的新的感性整合方式。文学曾为此有意识地引入了电影手法——电影的镜头运动、画面剪切、对视听效果的强调,借以打破旧有的格局,表现新奇的时空感受。现代派文学的译介毕竟是太繁难的工程,电影则是易于接触的现代城市艺术。老舍曾有杂文《看电影》,写市民看电影的喜剧性场面。鲁迅的嗜看电影更是人们熟知的事实。由早期左翼文学(如丁玲的《水》,张天翼的《最后列车》《面包线》《二十一个》等)到《科尔沁旗草原》(端木蕻良),你都能发现电影对于小说的艺术渗透。这也是那时的"时式"。电影作为典型的都市艺术,充分体现着为当时中国人所理解的现代物质文化,所谓"声光化电"。即使有乡土中国的保守性,现代科技(这里是电影技术手段)仍然影响了人们感知世界的方式,并改造着他们的审美趣味。与电影手法一道大举侵入文学创作的,还有新闻文体和新闻手段。纪实手法、速写体在一段时间的流行,也有助于打破旧有的结构形态,传达城市的骚动。这一方面,也以早期左翼文学最惹人注目(那种速写体小说直可称作"左翼体")。新闻文体即使不能硬说是一种"城市文体",新闻业的发达也是近代城市发展的直接结果,其形式与功能都有十足的城市性。电影手法与新闻文体,是现成的形式材料,两者间又以电影技巧更有结构更新的启示意义。比如电影对多维时空的把握与呈现方式。对电影手法的文字模仿,使新文学关于自身功能有意想不到的发现。现代技巧使文学重新发现了时间,发现了传达人的时间感受、时间经验的方式。这必然导致革命性地改造小说的整个艺术结构。

最革命最讲求内容的左翼文学,也曾经是极富于形式感,以形式试验中的激进姿态影响一时文学风尚的文学。① 对此,文学史却一向吝于描述。文学史所热心的,是左翼文学中革命化的乡村,却忽略或有意绕开了由上述形式试验而鲜明呈现的城市意象。这种城市意象是经由特定句法构成的。蒙太奇,语词、句、段的非常规组织、排列,是革命动荡也是都会骚动的艺术结构化,令人分明感到内在于形式的都市生活、都会情绪。城市参与组织着城市形象。与北京对于老舍小说、当代京味小说创作的渗透相映照的,是上海对于左翼文学、30年代文学的渗透。

我已料到了上面的说法会使一些研究者不屑地一笑,因为作为城市艺术、城市艺术手段,由上述作品所能看到的,幼稚到近乎原始。我希望不要忘了中国,不要忘了中国现代城市文学自己的起点。暂时地冷落一下欧美范型还是必要的。我们所说的城市意识、城市人,只能由中国的城市中生长。认识到这一点,就不难承认二三十年代茅盾提供的都市女性形象,是极大胆的城市想象与城市思考的产物。如果把左翼文学一时写城市的作品搜集起来,细心地不漏掉其中片段破碎的"感觉""情绪""意象",那么回头看当时有些人对新感觉派的估价,就会感到言过其实。②

一时上海城市文学创作的明显特点之一是情绪化。左翼文学以速写体、以电影句法、以诗化(自然常常是标语口号诗)负载情绪,所写是情绪化了的城市。新感觉派的作品亦情绪化,只不过情绪柔靡、

---

① 你由同时期施蛰存(如他的《追》)、师陀等作家那里,可以找到左翼文学扩张其影响的例子。文学运动有自己的逻辑,一个世界一旦打开,一种技法一旦被发现,就随之被"共有"了。扩展了的视界、丰富了的方法必然是属于整个文学的。

② 参看严家炎:《前言》,严家炎编选:《新感觉派小说选》,人民文学出版社1985年版。

软性而已。① 两类不同思想倾向的创作所"同"的还有情绪化的文学实现,即情绪的语言形式化。它们或以跳宕、顿挫强化力度,渲染都会的内在紧张(左翼文学);或以省略造成暗示性,闪烁、飘忽不定,却也另有一种紧张。

以结构—语言形式对城市的捕捉,一时极其招摇的仍然是新感觉派。传达躁动不宁的城市感觉,左翼文学固然凭借了文体,也凭借了取材上对"事件"的兴趣和描写中对动作性的强调。新感觉派依赖于更直接的形式手段。在这派作家,那程序,不像是基于世界感受而寻找相应的形式,如左翼文学那样,倒像是形式在先,以输入的形式搜寻、组织材料。穆时英那些最具都市风的作品,运用拼贴,镜头转换、跳接,多镜头等极灵活多变的结构手段展览城市消费文化。当拼接的画面并不包含稍有深度的情感概念的时候,结构替代了感觉,只余下空洞的语言形式。前一时流行的无标点长句、字体渐次放大等诸种语言形式、印刷形式,都早在这里被使用过了,而且绝非穆时英等人的首创。有力的形、线确能醒神,比如"上海特别快"的"弧灯的光",列车绕着行驰的"那条弧线"(《上海的狐步舞》)。以组合索取陌生效果,强调印象的瞬间性、形象的质感(甚至因过分的质感而流于猥亵),的确激活了文学的感性。意象、场景间的非逻辑衔接产生非所预想的逻辑,光色形线的拼贴与复合构造出城市感觉的格式塔。结构的功能于是乎凸显,其作为"结构"被感觉到了。这在成熟的文学未见得必要,但在此时尚属适时的提醒,关于结构的功用及结构探索的必要性的提醒。向形式过熟的文学提醒形式总是有益的。形式的过熟会导致形式的"消失"。形式要不断被发现才足以成其为"生命形式"。可惜穆时英的才力与精神境界,多数情况下都不足

---

① 上海形象也并非一味情绪化。即使在情绪化的时尚中,也有极冷静的写实,如茅盾作品。40年代徐訏写《风萧萧》就绝无穆时英笔下的癫狂和熏人的酒气。40年代初张爱玲写上海与香港,绝无"煽情"之嫌,而以嘲讽、以描写的透骨与文字的泼辣强劲,显示其俯临人物世界的智慧与文化优越。

以为其形式赋予生命,且越到后来越见出苍白——又应了沈从文对城市的批评。形式一旦被纯"技术化",势必剥脱出其赖以成为"生命形式"的生命整体。穆时英、刘呐鸥们由上海文化结构的支离破碎中找到了风格倚托,又以其"玩儿形式"而与普遍文学风气,更与普遍人生脱节——终难成大气候。他们的命运不能不喧闹而又寂寞。

新感觉派结构运用中有十足海派文人的聪明、机灵,那种结构样式与语言组织却并不就能加深生命体验。它们在闪烁朦胧故作神秘之后,给你看到的,或许只是虚假的深刻。穆时英、刘呐鸥们猎取了感觉的片段、印象的光影,作品中有的是"气味",却并不就有多少"文化"。形式本身是一种文化,形式却不能替代其他文化发现。由《公墓》《白金的女体塑像》两集,到《圣处女的感情》,格调愈趋于下,其原因在文化的贫血。由对夜总会文化的批评态度,到本身(包括文体)即属于夜总会文化——在没有了思想,没有了血、活力、生命的真实的地方,也就没有了感觉。原本就有几分空洞的,终于空洞到一无所有。因而同代作家的辛辣嘲讽并非即是党同伐异。文坛至少在这里,还不曾因强调倾向性而失去了判断力与公正。

即使左翼文学的形式试验,也注定了是难以熟透的果子。一时的文学思想也全然不理会上述试验中的张力,不能更合于实际地观察形式与内容、结构与意识的关系。直接的革命任务,极为沉重的文学使命,使年轻的左翼文学难有耐心等待变动着的形式由幼稚生硬走向圆熟。一些参与试验者也完成了否定之否定而回到传统。当人们对新感觉派的怪异文体侧目时,很少有人想到,仅就形式特征看,有些新感觉派作品与早期左翼文学是极相像的。

依据文学史知识反顾新时期之初的形式试验,你会发现,引起过惊诧的所谓"意识流""时空交错"等等并不比之前人做得更大胆。然而也应当说,当代文学在艺术地呈现城市时,更追求结构性而非止技巧性,即与城市文化的结构性对应。两个时期都使人感到,城市文学像是比之乡村文学更倾向于20世纪的欧美文学,更热衷于求新求异。横向植入造成的不协调——外来艺术结构与中国社会形态、文化结构,陌生美感与中国人的欣赏心理,输入的形式中沉积着的文化与中国本土文化——尚须经由选择淘汰才能化解。在这期间,舶来的形式技法仍将一意孤行地制造其城市意象,或多或少无视中国城市的实际生活。形式因这傲慢使自己格外触目,比之其他时候更吸引你去留意它本身。文学史进程中,"形式主义"有时正适应了文学进一步发展的需求。这一点上,新感觉派并不足为前车之鉴,像前两年一些论者郑重地提醒的那样。

五 城市象征与城市人

恍若偶遇旧人,你在当代城市文学中,又看到了那些熟悉的城市象征,咖啡馆、舞厅(或许美容院是未见之于新文学的?)等等。个别城市场景在这种使用中特化了,显得过火、炫耀。

也像对于乡村,寻找城市的诗人们,依着文学惯性寻找最有力的城市象征。他们并不那么容易得手。他们找到的意象系列,倒是标出了一道城市认识回环往复的轨迹。从新文学的摩天大楼、霓虹灯、舞厅、酒吧,到新时期文学的舞厅、咖啡馆,又是一度轮回。刘心武的"立体交叉桥"是他当时所能找到的被认为大含深意的象征。无论摩天大楼还是立交桥,都不可能如"大地"之于乡村文学那样,美感形态稳定且意蕴深厚。城市俨若由种种现成符号构成,文学也易于构造意义裸露的"城市"。过分的标记化,恰恰证明着匆忙的寻找者心态的非城市性。到得真的深入了城市,反而会感到难以"象征"的吧。也有人以更加心理—情绪性的意象表达其城市感受,如张承志一再描写的疯狂的演唱会。

"Rock是疯狂、是滚木礌石、是炸弹盔甲、是歌手守住自己的武器。唱这种歌的歌手一面唱一面等,他只有等来了那气浪那热度才能唱好。这就需要一个信号,一个命。我总是拼出命来,用它唤来那个信号,然后再凭这一股神助完成演唱。唱完了,那信号也消失了,它带走了我的一分命。"(《黄昏Rock》)会有许多人陌生于这都市的疯狂,"那气浪那热度",却不妨碍张承志本人拥有这样的都市。他也许不是在演唱会上而是在万籁俱寂中感受到都市生命的蠢动的。他自个儿由岑寂中聚集了全副力量,紧张地谛听着,"接着就是狂风大雨,接着就是奔马驰骤,接着就是滚木礌石的Rock恣情扫荡的时刻"(同上)。

不必一味嘲笑城市诗人意识超前,任人们凭自己的经验、情绪去拥抱城市吧。我们的文学也如人,自我约束得太长久也太苦,何不容忍这片刻的松弛、放纵,任人们尽其所能地呈现其心理的、感觉的、情绪的城市呢!然而在放纵之后,他们仍然得回过头来向城市本身寻索,而且想到,没有写得像回事儿的"城市人",就永远不会有他们各自的"城市"。他们的"城"应当系在"人"上,而不是系在他们自己没完没了的情绪扩张上。文体有文体自身的规定性。城市小说固然不妨追逐捕捉色、形、线,但为着捉住城市灵魂,还得出一身臭汗,花一番笨功夫,寻找城市人、城市性格。主人公不见得出场,但主人公终究是主人公。

关于茅盾及其笔下的城市人,我已经提到了。新感觉派也不一味地跳宕、变奏,玩弄感觉,穆时英们同样在寻找他们的城市人——比如男人眼里狐魅肉感的女人,以及同样是男人眼里的被女人作为消遣品的男人,为情欲所纠缠却又不大可能烧得白炽一片的老于世故、精于情场谋略的都市男女。张爱玲则写她所熟识的中产社会的伦理(婚姻)形态。曾经沧海,她不为繁华喧嚣的都市声色所动,一意向人性深处发掘"上海人"或"香港人"。又因不避俗,对中产阶级的市民气有入骨的观察,人物世界写得炽热而又荒凉。我想,不必非大部头,多有一些如《倾城之恋》《沉香屑·第一炉香》这样的作品,"城市"自会获得其所渴望的文化深度的。城即人。只有在文学发现了"人"的地方,才会有"城"的饱满充盈。

倘若你肯更将眼光投向港台文学,哪怕只是匆匆一瞥,也该会看到施叔青的"香港人的故事"与白先勇的"台北人"系列的吧。"华洋杂处",是张爱玲与施叔青笔下香港的基本现实,人物的人生波澜往往由此生发。施叔青借诸香港人的婚姻伦理,把这种文化的杂交性质描写到淋漓尽致。发生在西化的愫细和她"中国味十足"的情人间的文化狩猎(《愫细怨》),也令人想到《倾城之恋》(张爱玲)中的白流苏与范柳原,只是人物基调对换了,结局也不同。这里不再有白、范间的彼此趋就;两种犯冲的色调涂上一块画布,只令人看到刺目极了的不和谐——也是一种香港风情。①

两性关系,婚姻关系,而且由知识女性的处境、命运出发,是施叔青切入香港城市文化的有利且有力的角度。如果说30年代文学的都市女性形象中有"城市理想",那么施叔青笔下的知识女性(包括写字楼中事业上成功的女性)是严峻的城市现实。她写这些女人内在的强与弱,她们较之男性更深切的城市人生体验,承受着的城市痛苦。女性处境从来被作为社会文明程度最灵敏的测试器,知识女性则更有可能以其个人痛苦包容历史痛苦、时代痛苦——如施叔青的愫细、方月们。

白先勇的"城市人"包括了他写来最见精彩的舞女们。舞厅文化也许是最少地域性的城市文化,无论上海的百乐门,还是台北的夜巴黎。舞厅因其营业性质,已不专属于某一特定的社会层。它向金钱开放,从而有商品交易中的平等感。白先勇的文字在这等场合,才潇洒泼辣得最到好处。舞厅文化本是都会享乐文化中最生动最有生

---

① 本土文化与西洋文化这香港文化中的两大成分,在施叔青的小说中没有妥协更没有融合,而是姘居式的并存。用了张爱玲的说法,"处处都是对照,各种不调和的地方背景,时代气氛,全是硬生生地给掺揉在一起"(《沉香屑·第一炉香》)。施叔青小说《困》中的人物说:"结了婚,就好比跟另外一种不同的文化在一起似的……"话说得聪明。《愫细怨》中的一对男女间,情感选择十足是一种文化选择,生活方式、伦理意识到价值系统以至具体的两性关系处置等等无所不包的选择,其严重性在个人不啻一个国家的引进文化。即使在香港,女性的地位也仍然是软弱的。"香港"是人物背后的人物。作者所要诠释的,首先是这个位居中心的人物。诠释中她的确显示出如施淑所说的女性的专断。她把呈现和解释的权力都捏在手里,毫不放松地审视与判断,使文字间饱胀着她本人的道德感情与性格力量。

气的一部分,介于俗雅之间;社交界明星、舞女通常又是具体沟通雅俗,沟通沙龙文化与舞厅、夜总会文化的人物。她们以其姿色倾动舞客,又为舞客所轻蔑与玩弄;她们点缀着都会的繁华,同时促成着都会的腐败——地位、功能都是双重的。她们连同自己的卑贱身份一起,把讲求实际的市井气,赤裸裸的生意眼光、商业习气,久历风尘后冷酷的"现实主义"带进舞厅,造成特殊的舞厅氛围,及与交易对手间的微妙关系:"服务"中无情的劫夺,软语媚笑里积蓄着的轻蔑以至仇恨。写这类人物,白先勇的文字亦在俗雅之间,其生动性与表现力恰与对象相称。真正由这种文化空气浸泡过来的,不拘用什么字面,所写无不是这生活的气味,无须乎拼命渲染、夸张。更可称道的,是他以远较穆时英辈为深切的人生洞察,写出了"货腰"生涯的荒凉,这种生活对于人的严酷意味。其所达到的心理深度是新文学至今类似题材的作品中仅见的。

在写出了"香港人"的地方才有"香港"。张爱玲关于上海人,说到过他们那"也许是不甚健康"的"奇异的智慧"。[1] 她的《倾城之恋》等,即写这智慧。张爱玲写上海与施叔青写香港,都着力于其特有的智慧形态,如商业心理的冷静与精明,港埠特具的眼界与见识,不同于乡土社会中人的清醒明晰的价值估量和反复的功利权衡中的人生选择。她们认为值得花大气力写的,不是装饰得最耀目的广告人物,而是最得城市文化精神、最宜于承担城市痛苦、最有可能体现城市文化深度的人,"上海人"与"香港人"。城市即隐现其中,即使只是一角,小小的一角,也绝不会是无足轻重的一角。由内地出版的有数的香港文学作品中,易于看到的,是香港人的"抢世界"(或作"抢食世界""捞世界")——记得有一句精彩的形容,叫"捞得风生水起";难以看到的,是人性深度,是商业氛围竞争生态中生命搏动的力感,形神兼备血肉充盈的"人"。施叔青的"香港人"与白先勇的"台北人",是作者的力量所在。有志于写上海或南京等等的,致力

---

[1] 张爱玲:《到底是上海人》,《流言》,第2页,花城出版社1997年版。

处也应首在"上海人"或"南京人"。仅仅空泛皮毛的"文化",对于实现那些个大意图全无用处。

新时期自所谓"反思文学",出现过种种明星式的城市人物,以耀眼外表不凡气度违俗举动摆出十足的挑战姿态,戏剧性地标明其文化归属。这是一时人们所能想象的"现代人",其装备与气质又不能不是城市的,形象中有作者们对城市未来的设计。既然性格不得不存在于还没有真正城市化的城市里,不免与其整个环境不协调,像是晦暗画布上的明亮色块。风格也参与了人物的挣扎。比如因所持价值—道德尺度的违俗不得不强化思辨性论说性,一边与社会、一边同自己辩难驳诘。被刻意寻求着的陌生性格通常被置于普遍的伦理意识容忍的极限,像是一种危险的游戏,令人看得提心吊胆。倒是刘索拉所写"城市人"更与其文化环境和谐;不试图属于广义的"城市"或"现代",明确亮出所属具体圈层的纹章,呼啸来去,恣情任性,旁若无人。① 伦理挑战是有对手的,通常也念念不忘其对手。这里则几无对手。天低吴楚,眼空无物。以"新"以"异"为招徕的,有时只是对于熟悉事物的改装,真异乎寻常的,反而并无名目,也无以名之。毕竟是开放时代,无名、不可名状的事物、性格的出现才更是常态。我有时会想到,被同时代的"批评"分析得头头是道的,在文学作品多半是其"粗"吧。真正的精粹怕也会是无以名之无从分析的。

两个时期的城市文学都以知识分子("改革者"也是具有现代意识的知识者)为"城市人"的基本型范,知识界的知识、文化构成毕竟已大不同。如《无主题变奏》《你别无选择》之属所传达的文化体验,较之30年代新感觉派诸作更有西方现代哲学的背景。即使类似的文化经验只属于狭小圈层,其中也有极重要的城市文化信息。

---

① 王蒙为刘索拉小说集《你别无选择》作序,其中说:"那种闹腾劲儿,那种嘲笑别人也嘲笑自己的语言,那种意欲有所追寻但又不准目标的惶惑,那种不惜一切的献身精神与创造欲望,那种自我夸大狂与自卑自弃,尽管有时候是以'不象'的闹剧形式出现的,却也真实地再现了八十年代某些城市青年的心态风貌。"(《你别无选择》,第2页,作家出版社1986年版)

不应低估所谓"改革文学"对于"城市现代化"的热情。改革文学中几乎无篇无之的都市女性,多少令人想到二三十年代成批出现过的新女性形象;形象确有相似之处。相似的还有经由这类超常女性与环境的冲突所进行的有关传统与现代的伦理思考。思考大致在一个方向上;又因历史条件的不同,改革文学中的有关思考像是更艰难。这里也有历史的讽刺。由沉醉于外观的耀眼到探索内心,毕竟是一种文化深入,正如由广告牌深入到了公寓楼层。较之同时期以"城市文学"为标榜的作品,改革文学思考城市,较习于用肯定思维(当然也不乏对于城市现实的文化批判),稍多一点理想主义,较少"城市烦闷"的炫耀。这些作品寻找并力图摹写现代城市性格与城市人风范:人物的特立独行的勇气(尤其道德勇气)和潇洒豪迈的气度。越到后来,越多地写到文化对抗,写到人物处境的艰窘,以此剖析城市、社会。没有人把改革文学与"文化小说"联系在一起,却不应忽略这些作品中极严肃的文化思考。凡深入于改革进程的,不可能没有非但严肃而且沉重的文化思考:从而有这批作品与"十七年"的工厂文学的不同境界。①

我不禁惊讶于我们的城市文学中"女性主题"的耀目和女性作家对于城市文化的特殊敏感。除上文已说到的二三十年代文学,新时期的改革文学以及港台文学,都有一些作者经由女性的方面探寻城市文化,寻找对于城市文化的价值评估,将发现女性与发现城市系在一起,以至使女性形象成为城市文化的某种文学标记。在女性形象创造以至女性作家(如新文学史上的丁玲、张爱玲,当代作家张

---

① 更多地写到经济进程、企业改革的具体运作的改革文学,较之写改革期中乡村的作品,场景更宏伟,构思更有大城市大企业式的规模,也更理性化,有分析倾向以至"理论色彩",强调超越情节空间的全局意识。同时较之乡村小说,缺少人性的深,而人性总是文学所能把握的最有深度的文化;少情致韵味,美感较为粗糙,难得的是贾平凹作为美学追求的那个"旨远";情节中文化信息的拥挤与文字本身文化含量的稀薄恰成对比,这里又隐伏着"十七年"至今写工厂的文学传统。城市(即使改革期中日见粗糙的城市)也应有其深邃的灵魂、文化的深厚、情致的细腻悠远的。我们已说过文学等待着城市,这里还应当说,城市也期待着文学滋生出相应的美感能力。

洁、刘索拉、张辛欣,港台的施叔青等)的创作中,确也汇集了较富于文化—心理深度的"城市"。

关于城市文学发了如上的议论之后,再来讨论有关城市文学的界定,也许有点程序紊乱;我却有意先以描述包含我的个人尺度。没有相应的材料,"名目"是无从讨论的。以此看来,只能嫌上文的描述太过粗疏,材料的搜集远不全备——这亦非这部旨在研究京味小说的书稿所能、所宜承担的任务。

而且这也不是追溯城市文学在中国的发生过程的适当场合。然而既已涉笔此类问题,就不妨再说几句。我想,我们先得将"城市文学"与"现代城市文学"区分开来。"城市文学"是相对于"乡村文学"的概念,概念本不含有对城市性质的限定。现代城市文化(对"现代"的理解须有相当的弹性),古城老城文化,与小城镇文化——即使发达国家也有这么一些不同的城市文化形态;不是层级,而是文化类型,或者可以说是城市文化三型。自然,分类从来是小小的冒险,不免因"需要"而肢解现实,剪裁历史。在讨论城市文学时,有必要关注的界限似乎应当是:一般地取材于城市生活经验(以城市为经验领域)与意在呈现城市文化形态;仅仅被当作空间范围的城市,与被作为文化性格的城市;以城市为生存空间的人们,以及属于城市、一定程度上为城市所规定的人们——"写城市的文学"与"城市文学"的区分。由此看来,前现代文学有可能比现当代有些取材于城市的文学更有城市文学特征。此外,城市文学不止意味着特殊经验,而且意味着这种经验的组织,其艺术化的整个过程。城市经验在文学,只能经由形式技巧而实现,城市文学也应包括这实现及其方式。这差不多仅仅是施之于"城市文学"的要求,而在使用"乡村文学"的概念时几乎可以不假思索,一切都不言自明。因上述种种,有关城市文学的描述必然带有较多的不确定性,引出的课题亦更为复杂。不妨承认,在缺乏相应的理论准备和审美经验的情况下,上文中描述的准确性不能不是可疑的。

在是否"城市"之外,当代人还关心是否"现代";是否"现代城市文学"。"城市文学"既是近年来才广泛使用的概念,其"城市"中势必已含有了"现代城市"的语义内容。而"现代"的语义绝不比"城市"更明确,尤其因历史学(我们所说的"现代史""近代史")与一般文化史的不同尺度。在诸如"现代"这样的概念上发生歧义,也许是咱们这儿特有的现象,难免导致理论语言含义的易混淆,不统一。不消说,"现代史上的城市"非即"现代城市",二者却又不无关联。因中国现代史的确是中国进向"现代"的历史,即使再古旧的城市也难一仍旧观。

现代因素的发生,甚至可以追溯到更早,城市的现代性质,却须有量与质两方面的指标。不能以有关发生过程的叙述替代性质判断。作为语义含混的补救,也许可用"现代史上的城市文学"与"现代城市文学"(或"现代的城市文学"与"现代意义上的城市文学")来区分不同情况,以期扩大"城市文学"的包容,并借以更细密地观察城市文学的演进过程,及其所映现出的城市、城市文化经由积累进向"现代"的过程。

为了给京味小说"定位",在城市文学与城市文学的比较之外,还应引入城市文学与乡村文学的比较。这不是不同层次的比较,而是不同质地的比较。比如以老舍作品与同期写乡村的作品比较,所写北京的城市性格因有乡村形象的反照,也会更明晰地呈现出来。正是在位置的不确定、性质的非肯定中看京味小说,别有一种趣味。位置的非确定性背后,是中国社会最基本的文化事实。京味小说、准京味小说发生着的美感变化,提供了"现代城市文学"发生、成熟的样品。

琐　语

晴空一声鸽哨使我的心宁静,我不大敢细看后楼阳台上杂物堆积中的简陋鸽舍。我其实是因久已远于胡同文化才更想写这题目的。借了文学的材料去构筑胡同形象,其中有些或近于说梦。作家因薄雾微烟而大做其梦,研究者也不妨偶尔做梦,"梦见春的到来,梦见秋的到来"——这是鲁迅那篇著名的《秋夜》。我知道自己做的是最平庸最没有出息的梦,其中没有悲歌慷慨,血泪飞迸,一弯冷月下的铁马金戈;有的是浮荡在远树间的炊烟,灶下的火光,碗盏敲击中最平易庸常的人间情景。

我何尝不知道这本小书会使读过我的文章的读者失望!他们由这里找不到细腻的情绪独特的感觉,却嗅到了厨房和市场的气味。我绝对无意于戏弄我的读者。消磨在厨房与市场上的不也是人生?即如吃,不必再重复说了一千遍一万遍的吃是生存需求或"民以食为天"。吃甚至会是一种精神治疗。乔伊斯·卡罗尔·欧茨《奇境》写主人公当生命现出巨大空虚时的饕餮,真写得惊心动魄。全然不知其味的吃在这种时候竟像是一种拯救呢!汪曾祺评《棋王》,关于阿城写吃的一番议论或能使小说作者首肯的吧。他欣赏小说人物吃的虔诚,赞赏作者对于通常被忽略的人的基本生存的郑重态度。人生的庄严并非只能在殉道的场合的。

这书又并非说梦。

我在开封的胡同里度过童年,当年的玩伴是一些腌臜的孩子。我还记得市井顽童的粗俗游戏,并不感到有什么可羞,倒是对那生活怀着永远的感激。人生际遇是奇妙的。有谁能想到,童年经历竟会在几十年后助成了一种沟通呢。我承认自己对于胡同特有的人间气味有持久的依恋。日落时分胡同口弥散升腾的金色光雾,街灯下忽长忽短的行人身影,邻里街坊间的琐语闲话,晚炊时满街流淌的饭香——在最深最无望的孤独中,我所渴望过的,正是这和煦亲切的人的世界。

在这个并非乡土的大城里,我已前后生活了十五年,仍然是个不折不扣的外乡人。外乡人的兴致对于探究一种陌生的地域文化也许恰恰是有利的?对于北京,我有外乡人时有的小小惊异与欣悦。这大城在我是常新的。我喜欢在僻静干净(比我早年住过的胡同干净得多了)的胡同里闲走,窥看门洞里的院落,并非为了对隐私的好奇,谛听四周琐细的人声和由远处流入的市声,揣想一种生活情景,一种人际聚合。

毕竟不是远在北美探究中国,北京的胡同文化就在你所呼吸的打胡同流过的空气中。你零零碎碎地触碰着那个胡同里的北京,其形象也就在这零碎的感触中渐就成熟。终于在有一天,你想起它来犹如想起一个住在近旁的熟人。

对于北京文化的兴趣,也仍然是由专业勾起的。清末民初的历史,北京特有的文化氛围,是"五四"一代人活动的时空条件。这条件中的有些方面却久被忽略了。我期待着由近代以来北京的文化变迁,北京学界的自身传统,去试着接近那一代人,说明为他们塑形的更具体的人文条件。我想,为了这个,包括胡同在内的北京的每一角隅都是值得细细搜索的。在上述可以堂皇言之的"缘起"之外,纯属个人的冲动,是探寻陌生,甚至寻求阻难,寻求对于思维能力、知识修养的挑战。北京、北京文化是这样的挑战。对此,我在刚刚开始进入本书课题时就已感觉到了。

探究人置身其中的环境是认知的顽强目标。如"我在哪里""我是谁"这样的问题,几乎不会有什么回答是最后的,也因此才像斯芬克斯之谜似的永远诱人。

考虑到"我在哪里"这一问题的深奥性质,我在本书中,把关于人的研究兴趣大大收缩了,收缩为如此具体的"人与城"。即使这"人与城"又何尝能穷尽!以个人之力试图读解如北京这样巨大的文本必定会显得滑稽。我在本书中实际做到的,也许只是把本不能说清楚也不宜坐实的关系坐实,以简化、浅化,使认识任务看起来像是可以对付的。人们也许从来就是经由类似的浅化、简化,才使自己保有了行动的愿望的?

幸而我在写作本书时并未打算完成什么,只希望以此开始一个过程。所有似是而非的描述、粗陋的见解,或许会因此而得到谅解。本书的最后一部分显然与全书不谐:由那样具体的文化现象一下子跳入对于城市文学的宏观描述。这是又一个思考过程的起始。在寻索北京文化时,我禁不住时时对着远处城乡之交的那遥远的地平线出神,由胡同的梦径直走入更其悠长的关于乡村与城市的梦……

郁达夫曾借小说描写他"五四"以后尤其"大革命"以后的心境演化,说一度激动过他的"悲哀的往事",渐已"升华散净,凝成了极纯粹,极细致的气体了。表面上包裹在那里的,只有一层浑圆光滑,像包裹在乌鸡白凤丸之类的丸药外面的薄薄的蜡衣。这些往事,早已失去了发酵、沸腾、喷发、爆裂的热力了;所以表面上流露着的只是沉静、淡寞,和春冰在水面上似的绝对的无波"(《纸币的跳跃》,1930年7月)。人生或不必有重大曲折也会有这一番变迁的,只不过在我所属的一代人,由于历史原因,将转折期推迟了。十几、几十年河道壅塞未通后一阵狂躁的涌流,然后才归平缓。也许当涌流时即已模糊地意识到这将是"最后的",才有那一种不无夸张的悲壮感,像是在将生命奋力一掷的吧。

我在这书稿中写进了变化着的自己,渐趋平静淡漠的心境,或多或少调整了的认识框架。其中有原本狭窄的文化、道德意识的扩展,也一定会有观念、情绪的老年化。也许正有必要弛缓一下神经也调节一下文字,发现自己原本存在着的小品心态、散文气质。我又疑心这不过是借口,逃避思维的紧张更逃避生存紧张的借口。儒表道里,我走的或又是中国知识分子世代走过的老路?

我常常游移着,不知该怎样谈论中国的知识分子。赞美哀矜与轻蔑瞬间变换,正如对于自己,自信自怜又轻蔑那样。中国脆弱的知识者,当人生之旅疲惫困顿时,本能地注视市井、田园。这似也应属于"母胎化"的倾向。社会动乱,文化仍在民间,是一种你我都熟悉的相当古老的信念。我的选题和注入其间的思索,是否也基于这古老的信念?我不禁有点惶悚不安了。

激情迸发时任激情迸发,平静淡漠中写平静淡漠的文字,大约也只能如此的吧。生命有它自己的河道,选择的余地总是有限的——谁说这不又是一篇预先准备了的"答客诮"呢。

我时有对于生活无所不在的支配力、改造力的忧惧,怕在将来的某一天,成为自得其乐、无不满不平、持论公允稳健、"事理通达心气平和"、无可无不可的蔼然老者。我一向乐于亲近这样的老人,却逃避着类似的自我形象。

沉醉在课题中,稍一脱出,总要紧张地审视自己。清醒是累人的,我仍然渴望清醒。即使平庸化是不可避免的,我也愿正视这一过程。

论说中游移不定,往复回旋,通常是一种貌似深刻的平庸。这本书或是对于我自己的平庸的一次集中披露。我不想滥用"中国特性"作为对于平庸的平庸辩解以增益其平庸,我只能指望这基于平庸的北京文化描述引出极为不同的描述,从而使研究得以更深地进入北京文化。这也是平庸所能有的那一点效用吧。

我清晰地体验着发生在自己这里的衰老过程,觉察到生命由体内的流逝,甚至听到了生命流逝中那些细碎的声音。我还从来不曾写得这样匆忙过,像被催迫着。我也从来不曾写得这样孤独,几乎全然没有友朋间的对话,只有一片紧张中的自语。我因而不能不怀疑自己思考的价值。我不便自欺地宽慰自己,说我所说的是我自个儿想到和说出来的。我只能寄希望于事后的批评与校正,相信仍会像过去那样得到来自关心着我的前辈、同行和热情的青年们的消息。

我等着。

2001年版后记

写这本书,在我,多少出于偶然,是所谓"计划外项目"。尽管我的写作通常并无严格的设计,但大致的方向总还是有的,比如"知识分子研究"之类。《北京:城与人》的选题不消说发端于关于老舍的硕士论文。但如若不是后来读到了几篇令我感兴味的当代作品,不大会有机会再返回老舍。这也证明了我的研究、写作对于对象的依赖程度——我从来不是满储了"思想",随时准备倾泻而出;我是必得为对象所触发,才有话可说的。友人在关于《窗下》的评论中,说到"赵园的思想常常是在与历史的旧迹碰撞的那一瞬间喷射而出的",无论能否"喷射","碰撞"是绝对必需的。写散文如是,做学术也如是。十余年后回头来读《北京:城与人》,那笔调竟令我暗自诧异。我由此也体验着人的生命过程的不可逆。某种写作状态、笔墨运用,竟也不可重复,似乎是只能一次的经历。在这种意义上,也应当对那对象、对与那对象的"遇合"怀了感激。这番遇合毕竟丰富了我的人生。

这本书虽用了如"北京文化"这样的大题目,其实更是研究小说的书,因而并未花大气力于文献的搜集、梳理——仅此就已足以使之远离严格意义上的"学术"。《明清之际士大夫研究》出版后,有评介文字说那本书是我"第一本称得上是严格意义的"学术作品,我倾向于认可这说法,尽管也明白为此有必要追问什么是"学术"。至于北京,此后虽购置了一些有关的书,至今仍关在书橱里。回头来看,未下足够的文献功夫即侈谈如此大的题目,像是也勇气可嘉,稍迟几年就绝不至于如此孟浪;即使做类似的题目,也绝不会做成这样子。由此也证明了人生过程之不可逆。事实是,在这本书之后,关于"北京文化",始终难以"接着说"。写过几个片段,终于"片段"而已——又证明了写作此书在我之为偶然。

《北京:城与人》出版后,曾有读者写了信来,问到何以未论及王朔。我回答说,这本书写在1988年之前,当时王朔尚未成为引人注目的现象。原因当然不止于此。也如不能将对象由"知青文学"推展到"后知青文学",论"京味"而到邓友梅、汪曾祺等人止,也因了限度,经验及能力的限度。如邓友梅、汪曾祺的那一种"京味小说",此后像是并未再度兴盛以至蔚为大观;我所论到的作者,有些已被读书界遗忘。这本书中的"预言""期待",很有些是落了空的。所幸"风格"所附丽的"文化"尚在,因而书中的某些"文化分析",或许还有它的意义。

在我写的几本书中,此书的命运是略具一点戏剧性的。书稿1988年完成后,曾经平原兄审读。交到出版社后,因1989年而一度搁置,到1991年面世时,所论"风格现象"已像是明日黄花。不料在此后的地域文化热中,竟又被人拣出,与其他几种关于北京的书排在了一起,其中差不多一章的篇幅,还被收进了一本题作《南人与北人》的书里。在《艰难的选择》之后,这或是我的书里最为人所知的一本。我也因而有了出席某种关于北京城市建设的会议的荣幸,俨然有了关于这城的发言资格——却是写书的当时逆料未及的。

北京大学出版社拟重印此书,我自然是感激的。前两年编自选集时就发现,我的几种关于文学的研究中,《北京:城与人》是比较经得住时间的一本。当动手来校订时,却仍忍不住做了一点局部的删改,而未能如原来所设想的那样一仍旧观。这是要向读者诸君说明的。而校订时不得不花费了一些时间在版本的核实、补注上,也证明了当初写作时的粗疏。自己重读时最觉不适的,是"城与文学"一章中那种对"城市化"的乐观。我也正由这种"不适"而触摸岁月,察知自己身上时间的留痕。这毕竟是一本写于80年代的书。但书中的肤浅之处却又不便一股脑地归因于"时代"。事实是,对象("五四"

新文学,京味小说)本身已包含了别一文化眼光与尺度,而书稿完成时已临近 80 年代末,问题的复杂性正在渐次呈现出来。

到现在我也仍住在这城里,多半会继续住下去的吧,却已渐失了写作此书时对这城的敏感。用了这书中的思路,人由居住而沉思;到了仅仅居住,即可能已为居住地所消化。有时真的想到,在这城里浸泡太久,或许确已失去了适应别的城别种生活的能力。这是否也是一种代价?

1999 年 11 月